हिन्द पॉकेट बुक्स

मज़हब नहीं सिखाता

देहरादून के रहने वाले सत्येन्द्र शरत् का पूरा नाम सतेंद्र पाल शर्मा था। उन्होंने शरदचंद्र के वंदेमातरम् गीत से प्रभावित होकर अपना नाम सत्येन्द्र शरत् रखा और अपने गुरु हरिवंशराय बच्चन के सान्निध्य में वे लेखन कार्य में जुट गए। उन्होंने हिन्दी में एमए करने के बाद अपना जीवन हिन्दी साहित्य को समर्पित कर दिया। उन्हें अनेक साहित्यिक पुरस्कार मिले हैं।

मज़हब नहीं सिखाता

सत्येन्द्र शरत्

हिन्द पॉकेट बुक्स
पेंगुइन रैंडम हाउस इम्प्रिंट

हिन्द पॉकेट बुक्स

यूएसए। कनाडा। यूके। आयरलैंड। ऑस्ट्रेलिया। सिंगापुर
न्यू ज़ीलैंड। भारत। दक्षिण अफ्रीका। चीन

हिन्द पॉकेट बुक्स, पेंगुइन रैंडम हाउस ग्रुप ऑफ़ कम्पनीज़ का हिस्सा है,
जिसका पता global.penguinrandomhouse.com पर मिलेगा

पेंगुइन रैंडम हाउस इंडिया प्रा. लि.,
चौथी मंजिल, कैपिटल टावर -1, एम जी रोड,
गुड़गांव 122 002, हरियाणा, भारत

पेंगुइन
रैंडम हाउस
इंडिया

प्रथम हिन्दी संस्करण हिन्द पॉकेट बुक्स द्वारा 1981 में प्रकाशित
यह हिन्दी संस्करण हिन्द पॉकेट बुक्स में पेंगुइन रैंडम हाउस द्वारा 2022 में प्रकाशित

10 9 8 7 6 5 4 3 2

इस पुस्तक में व्यक्त विचार लेखक के अपने हैं, जिनका यथासंभव तथ्यात्मक सत्यापन किया गया है, और इस संबंध में प्रकाशक एवं सहयोगी प्रकाशक किसी भी रूप में उत्तरदायी नहीं हैं।

ISBN 9789353493929

मुद्रकः रेप्रो इंडिया लिमिटेड

www.penguin.co.in

FSC www.fsc.org MIX Paper from responsible sources FSC® C047271

पाठकों से

मज़हब या धर्म न तो बालू की दीवार है कि ज़रा किसी दूसरे ने हवा दी और ढह गई, और न ही दुधारी तलवार है कि जिससे पराये का और ग़लत प्रयोग करने पर अपना गला काट दिया जाए। मज़हब या धर्म तो मानवता की बुनियाद है, मानव की बुनियादी ज़रूरत है। लेकिन फ़िरक़ापरस्त राजनीति-विक्रेता सदा से ही मज़हब को एक ज़हर की तरह काम में लाते आए हैं। धर्म के संकुचित अर्थ करके जाति-बिरादरी की, मतसम्प्रदायों की दीवारें खड़ी करते रहे हैं और दीवार के इधर-उधर खड़े लोगों को अपने स्वार्थ के लिए 'मज़हब ख़तरे में है' का नारा बुलंद करके आपस में लड़ाते रहे हैं।

देश के साम्प्रदायिक दंगे पहले अंग्रेजों की देन कहे जाते थे, लेकिन आज़ादी के बाद इन दंगों की रफ़्तार और तेज़ हुई है, इनके अनेक रूप और धाराएं भी पैनी धार के साथ सामने आई हैं। ज़ाहिर है कि देश की दूषित राजनीति वोट बटोरने के लिए इस ख़ूनन-ख़राबे की ज़िम्मेदार है।

राजनीतिक लोग विद्वेष का ज़हर फैलाते हैं तो इसके विपरीत बुद्धिवादी सजग होकर मानवीय एकता का कल्पवृक्ष लगाते हैं, ताकि आपस में टकराती इंसानियत को कहीं तो सुख की सांस लेने के लिए छांह मिले। हमारे बुद्धिजीवी बराबर यह अनुभव करते आए हैं कि साम्प्रदायिकता एक ऐसा महाविष है, जिसे अपनी पहचान बनाए रखने के लिए राजनीतिज्ञ खुद तो खाते ही हैं, अपने अनुयायियों को भी खिलाते हैं। नतीजा यह होता है कि अपनी पहचान तो क्या बनती, पूरी इंसानियत की पहचान खो जाती है। मानवता की शत्रु फ़िरक़ापरस्ती के ख़िलाफ़ महाकवि कबीर ने अपनी पहचान अर्थात् सच्चे इंसान की पहचान बताते हुए कहा: "मैं ना हिन्दू ना मुसलमान" और कि "साई

के सब जीव हैं, कीरी-कुंजर दोय", छोटे-बड़े का, उच्च और निम्न वर्ण का कोई झगड़ा नहीं, जो "हरि को भजै सो हरि का होई।" आधुनिक युग में महाकवि इक़बाल ने भी यही गाया : "मज़हब नहीं सिखाता, आपस में बैर रखना।"

कवियों ने ही नहीं, अनेक कथाकारों ने भी अनगिन ऐसी कहानियां लिखी हैं, जो साम्प्रदायिक घृणा के विरुद्ध मानवीय एकता की स्थापना पर बल देती हैं। हमने देश के तनावपूर्ण वातावरण को कम करने की दिशा में क़दम उठाए जाने की कोशिश के रूप में 'मज़हब नहीं सिखाता' के अन्तर्गत हिन्दी की ऐसी श्रेष्ठ कहानियों का संकलन किया है जो देशवासियों को फ़िरक़ापरस्ती के झूठे परदे को फाड़ फेंकने की समझ देंगी। संग्रह में संकलित 'अधूरी कहानी' के अहमद साहब फ़रमाते हैं: "मेरे दोस्त ! इस दुनिया में मिटने वाला कुछ भी नहीं है, मुहब्बत तो हरगिज़ नहीं। सिर्फ़ हमारी ग़फ़लत से कभी-कभी उसपर परदा पड़ जाता है।" आशा है, यह कहानी-संग्रह ग़फ़लत को दूर कर इंसानी-मुहब्बत का संदेश घर-घर पहुंचाने में सहायक सिद्ध होगा।

—**सत्येन्द्र शरत्**

अनुक्रम

मज़हब नहीं सिखाता

[साम्प्रदायिक एकता से सम्बन्धित कहानियों का संकलन]

प्रेमचंद

जन्म : सन् 1880

मृत्यु : सन् 1936

परिचय

प्रेमचंदजी का जन्म ज़िला वाराणसी के लमही ग्राम में हुआ था। इनका असली नाम धनपतराय था। प्रेमचंद इनका उपनाम था, किन्तु साहित्य-क्षेत्र में आप इसी नाम से प्रसिद्ध हैं। पहले यह उर्दू में लिखते थे। 1916 से इन्होंने हिन्दी में लिखना प्रारम्भ किया। आपने 'माधुरी', 'सुधा' कई पत्रों का सम्पादन किया, स्वयं भी एक मासिक पत्र 'हंस' निकाला और इसके माध्यम से अनेक लेखकों को प्रोत्साहन दिया।

कहानी-लेखक और उपन्यासकार के रूप में इनका नाम बहुत आदर से लिया जाता है। इनकी अनेक कहानियों और उपन्यासों का अनुवाद कई भारतीय तथा विदेशी भाषाओं में हो चुका है। इनके प्रमुख उपन्यास हैं—सेवासदन, रंगभूमि, कायाकल्प, निर्मला, ग़बन, प्रेमाश्रम, कर्मभूमि, गोदान और मंगल सूत्र।

इनकी कहानियां 250 से ऊपर हैं जो 'मानसरोवर' के आठ-दस भागों में संग्रहीत हैं।

प्रेमचंदजी के साहित्य का मुख्य स्वर है समाज-सुधार। इनकी रचनाओं ने देश और समाज को एक नई दिशा दी है। ग्रामीण जीवन का सजीव चित्रण आपके लेखन की प्रमुख विशेषता है।

पंच-परमेश्वर

जुम्मन शेख और अलगू चौधरी में गाढ़ी मित्रता थी । साझे में खेती होती थी। कुछ लेन-देन में भी साझा था। एक को दूसरे पर अटल विश्वास था। जुम्मन जब हज करने गए थे, तब अपना घर अलगू को सौंप गए थे, और अलगू जब कभी बाहर जाते, तो जुम्मन पर अपना घर छोड़ देते थे। उनमें न खान-पान का व्यवहार था, न धर्म का नाता, केवल विचार मिलते थे। मित्रता का मूल मंत्र भी यही है।

इस मित्रता का जन्म उसी समय हुआ, जब दोनों मित्र बालक ही थे, और जुम्मन के पूज्य पिता, जुमराती, उन्हें शिक्षा प्रदान करते थे। अलगू ने गुरुजी की बहुत सेवा की थी, खूब रकाबियां मांजीं, खूब प्याले धोए। उनका हुक्का एक क्षण के लिए भी विश्राम न लेने पाता था; क्योंकि प्रत्येक चिलम अलगू को आधे घण्टे तक किताबों से अलग कर देती थी। अलगू के पिता पुराने विचारों के मनुष्य थे। उन्हें शिक्षा की अपेक्षा गुरु की सेवा-शुश्रूषा पर अधिक विश्वास था। वह कहते थे कि विद्या पढ़ने से नहीं आती; जो कुछ होता है, गुरु के आशीर्वाद से। बस, गुरुजी की कृपादष्टि चाहिए। अतएव यदि अलगू पर जुमराती शेख के आशीर्वाद अथवा सत्संग का कुछ फल न हुआ, तो यह मानकर सन्तोष कर लेगा कि विद्योपार्जन में मैंने यथाशक्ति कोई बात उठा नहीं रखी; विद्या उसके भाग ही में न थी, तो कैसे आती ?

मगर जुमराती शेख स्वयं आशीर्वाद के कायल न थे। उन्हें अपने सोंटे पर अधिक भरोसा था, और उसी सोंटे के प्रताप से आज आस-पास के गांवों

में जुम्मन की पूजा होती थी। उसके लिखे हुए रेहननामे या बैनामे पर कचहरी का मुहर्रिर भी कलम न उठा सकता था । हल्के का डाकिया, कांस्टेबल और तहसील का चपरासी—सब उनकी कृपा की आकांक्षा रखते थे। अतएव अलगू का मान उसके धन के कारण था, तो जुम्मन शेख अपनी अनमोल विद्या से ही सबके आदर-पात्र बने थे।

जुम्मन शेख की एक बूढ़ी खाला (मौसी) थी। उसके पास कुछ थोड़ी-सी मिलकियत थी, परन्तु उसके निकट सम्बन्धियों में कोई न था । जुम्मन ने लम्बे-चौड़े वादे करके वह मिलकियत अपने नाम लिखवा ली थी। जब तक दान-पत्र की रजिस्ट्री न हुई थी, तब एक खालाजान का खूब आदर-सत्कार किया गया। उन्हें खूब स्वादिष्ट पदार्थ खिलाए गए। हलवे-पुलाव की वर्षा-सी की गई, पर रजिस्ट्री की मोहर ने इन खातिरदारियों पर भी मानो मुहर लगा दी। जुम्मन की पत्नी—करीम—नरोटियों के साथ कड़वी बातों के कुछ तेज़-तीखे सालन भी देने लगी। जुम्मन शेख भी निठुर हो गए। अब बेचारी खालाजान को प्रायः नित्य ही ऐसी बातें सुननी पड़ती थीं—बुढ़िया न जाने कब तक जिएगी ! दो-तीन बीघे ऊसर क्या दे दिया, मानो मोल ले लिया है ! बघारी दाल के बिना रोटियां नहीं उतरतीं ! जितना रुपया इसके पेट में झोंक चुके, उतने से तो अब तक गांव मोल ले लेते।

कुछ दिन खालाजान ने सुना और सहा, पर जब न सहा गया तब जुम्मन से शिकायत की। जुम्मन ने स्थानीय कर्मचारी—गृहस्वामिनी—के प्रबन्ध में दखल देना उचित न समझा। कुछ दिन तक और यों ही रोधोकर काम चलता रहा। अन्त को एक दिन खाला ने जुम्मन से कहा—बेटा ! तुम्हारे साथ मेरा निबाह न होगा। तुम मुझे रुपये दे दिया करो, मैं अपना पका-खा लेंगी।

जुम्मन ने धृष्टता के साथ उत्तर दिया—रुपये क्या यहां फलते हैं ? खाला ने नम्रता से कहा—मुझे कुछ रूखा-सूखा चाहिए भी कि नहीं ? जुम्मन ने गम्भीर स्वर से जवाब दिया—तो कोई यह थोड़े ही समझा था कि तुम मौत से लड़कर आई हो ?

खाला बिगड़ गईं, उन्होंने पंचायत करने की धमकी दी। जुम्मन हंसे,

जिस तरह कोई शिकारी हिरन को जाल की तरफ जाते देखकर मन-हीमन में हंसता है। वह बोले—हां, ज़रूर पंचायत करो । फैसला हो जाए। मुझे भी यह रात-दिन की खटपट पसन्द नहीं।

पंचायत में किसकी जीत होगी, इस विषय में जुम्मन को कुछ भी सन्देह न था। आस-पास के गांवों में ऐसा कौन था, जो उनके अनुग्रहों का ऋणी न हो ? ऐसा कौन था, जो उनको शत्रु बनाने का साहस कर सके ? किसमें इतना बल था जो उनका सामना कर सके ? आसमान के फरिश्ते तो पंचायत करने आएंगे नहीं।

इसके बाद कई दिन तक बूढ़ी खाली हाथ में एक लकड़ी लिए आस-पास के गांवों में दौड़ती रहीं। कमर झुककर कमान हो गई थी। एक-एक पग चलना दूभर था, मगर बात आ पड़ी थी। उसका निर्णय करना ज़रूरी था।

बिरला ही कोई भला आदमी होगा, जिसके सामने बुढ़िया ने दुःख के आंसू न बहाए हों। किसीने तो यों ही ऊपरी मन से हूं-हां करके टाल दिया, और किसीने इस अन्याय पर ज़माने को गालियां दीं। कहा—कब्र में पांव लटकाए हुए हैं, आज मरे, कल दूसरा दिन, पर हवस नहीं मानती। अब तुम्हें क्या चाहिए ? रोटी खाओ और अल्लाह का नाम लो। तुम्हें अब खेती-बारी से क्या काम ? कुछ ऐसे सज्जन भी थे, जिन्हें हास्य-रस के रसास्वादन का अच्छा अवसर मिला। झुकी हुई कमर, पोपला मुंह, सन के-से बाल। इतनी सब सामग्रियां एकत्र हों, तब हंसी क्यों न आए ? ऐसे न्यायप्रिय, दयालु, दीन-वत्सल पुरुष बहुत कम थे, जिन्होंने उस अबला के दुखड़े को गौर से सुना हो और उसको सांत्वना दी हो। चारों ओर से घूम-घामकर बेचारी अलगू चौधरी के पास आई। लाठी पटक दी और दम लेकर बोली—बेटा, तुम भी दम-भर के लिए मेरी पंचायत में चले आना।

अलगू —मुझे बुलाकर क्या करोगी? कई गांव के आदमी तो आएंगे ही।

खाला—अपनी बिपत तो सबके आगे रो आई । अब आने न आने का अखतियार उनको है।

अलगू—यों आने को आ जाऊंगा, मगर पंचायत में मुंह न खोलूंगा।

खाला—क्यों बेटा ?

अलगू—अब इसका क्या जवाब दूं ? अपनी खुशी ! जुम्मन मेरा पुराना मित्र है। उससे बिगाड़ नहीं कर सकता।

खाला—बेटा, क्या बिगाड़ के डर से ईमान की बात न कहोगे ?

हमारे सोए हुए धर्म-ज्ञान की सारी सम्पत्ति लुट जाए, तो उसे खबर नहीं होती, परन्तु ललकार सुनकर वह सचेत हो जाता है । फिर उसे कोई जीत नहीं सकता। अलगू इस सवाल का कोई उत्तर न दे सका, पर उसके हृदय में ये शब्द गूंज रहे थे—

क्या बिगाड़ के डर से ईमान की बात न कहोगे ?

सन्ध्या समय एक पेड़ के नीचे पंचायत बैठी। शेख जुम्मन ने पहले से ही फर्श बिछा रखा था। उन्होंने पान, इलायची, हुक्के, तम्बाकू आदि का प्रबन्ध भी किया था। हां, वह स्वयं अलबत्ता अलगू चौधरी के साथ ज़रा दूर पर बैठे हुए थे। जब पंचायत में कोई आ जाता था, तब दबे हुए सलाम से उसका स्वागत करते थे। जब सूर्य अस्त हो गया और चिड़ियों की कलरवयुक्त पंचायत पेड़ों पर बैठी, तब यहां भी पंचायत शुरू हुई। फर्श की एक-एक अंगुल ज़मीन भर गई, पर अधिकांश दर्शक ही थे। निमंत्रित महाशयों में से केवल वे ही लोग पधारे थे, जिन्हें जुम्मन से अपनी कुछ कसर निकालनी थी। एक कोने में आग सुलग रही थी। नाई ताबड़तोड़ चिलम भर रहा था। यह निर्णय करना असम्भव था कि सुलगे हुए उपलों से अधिक धुआं निकला था या चिलम के दमों से ! लड़के इधर-उधर दौड़ रहे थे। कोई आपस में गाली-गलौज करते और कोई रोते थे। चारों तरफ कोलाहल मच रहा था। गांव के कुत्ते इस जमाव को भोज समझकर झुण्ड के झुण्ड जमा हो गए थे।

पंच लोग बैठ गए, तो बूढी खाला ने उनसे विनती की—पंचो, आज तीन साल हुए, मैंने अपनी सारी जायदाद अपने भानजे जुम्मन के नाम लिख दी थी। इसे आप लोग जानते ही होंगे। जुम्मन ने मुझे ताहयात रोटी-कपड़ा देना कबूल किया। साल भर तो मैंने इसके साथ रो-धोकर काटा पर अब रात-दिन का रोना

नहीं सहा जाता। मुझे न पेट की रोटी मिलती है, न तन का कपड़ा। बेकस बेवा हूं। कचहरी-दरबार नहीं कर सकती। तुम्हारे सिवा और किसको अपना दुःख सुनाऊँ ? तुम लोग जो राह निकाल दो, उसी राह पर चलूं। अगर मुझमें कोई ऐब देखो, तो मेरे मुंह पर थप्पड़ मारो। जुम्मन में बुराई देखो, तो उसे समझाओ, क्यों बेकस की आह लेता है। मैं पंचों का हुक्म सिर-माथे पर चढ़ाऊंगी।

रामधन मिश्र, जिनके कई असामियों को जुम्मन ने अपने गांव में बसा लिया था, बोले—जुम्मन मियां, किसे पंच बदते हो ? अभी से इसका निपटारा कर लो। फिर जो कुछ पंच कहेंगे, वही मानना पड़ेगा।

जुम्मन को इस समय सदस्यों में विशेषकर वे ही लोग दीख पड़े, जिनसे किसी-न-किसी कारण उनका वैमनस्य था। जुम्मन बोले—पंच का हुक्म अल्लाह का हुक्म है। खालाजान जिसे चाहें, उसे बदें। मुझे कोई उच्च नहीं।

खाला ने चिल्लाकर कहा—अरे अल्लाह के बन्दे ! पंचों का नाम क्यों नहीं बता देता ? कुछ मुझे भी तो मालूम हो।

जुम्मन ने क्रोध से कहा—अब इस वक़्त मेरा मुंह न खुलवाओ । तुम्हारी बन पड़ी है, जिसे चाहो पंच बदो।

खालाजान जुम्मन के आक्षेप को समझ गई; वह बोली—बेटा, खुदा से डरो। पंच न किसीके दोस्त होते हैं, न किसीके दुश्मन। कैसी बात कहते हो। और तुम्हारा किसीपर विश्वास न हो, तो जाने दो; अलगू चौधरी को तो मानते हो ? लो, मैं उन्हींको सरपंच बदती हूं।

जुम्मन शेख आनन्द से फूल उठे; परन्तु भावों को छिपाकर बोले—अलगू चौधरी ही सही, मेरे लिए जैसे रामधन, वैसे अलगू।

अलगू इस झमेले में नहीं फंसना चाहते थे। वे कन्नी काटने लगे । बोले—खाला, तुम जानती हो कि मेरी जुम्मन से गाढ़ी दोस्ती है।

खाला ने गम्भीर स्वर से कहा—बेटा, दोस्ती के लिए कोई अपना ईमान नहीं बेचता । पंच के दिल में खुदा बसता है। पंचों के मुंह से जो बात निकलती है, वह खुदा की तरफ से निकलती है।

अलगू चौधरी सरपंच हुए। रामधन मिश्र और जुम्मन के दूसरे विरोधियों

ने बुढ़िया को मन में बहुत कोसा।

अलगू चौधरी बोले—शेख जुम्मन ! हम और तुम पुराने दोस्त हैं। जब काम पड़ा, तुमने हमारी मदद की है और हम भी, जो कुछ बन पड़ा, तुम्हारी सेवा करते रहे हैं, मगर इस समय तुम और बूढ़ी खाला, दोनों हमारी निगाह में बराबर हो। तुमको पंचों से जो कुछ अर्ज करनी हो, करो।

जुम्मन को पूरा विश्वास था कि अब बाज़ी मेरी है। अलगू यह सब दिखावे की बातें कर रहा है। अतएव शांत चित्त होकर बोले—पंचो, तीन साल हुए, खालाजान ने अपनी जायदाद मेरे नाम हिब्बा कर दी थी। मैंने उन्हें ताहयात खाना-कपड़ा देना कबूल किया था। खुदा गवाह है, आज तक मैंने खालाजान को तकलीफ नहीं दी। मैं उन्हें अपनी मां के समान समझता हूं। उनकी खिदमत करना मेरा फर्ज है; मगर औरतों में ज़रा अनबन रहती है, इसमें मेरा क्या बस है, खालाजान मुझसे माहवार खर्च अलग मांगती हैं। जायदाद जितनी है, वह पंचों से छिपी नहीं। उससे इतना मुनाफा नहीं होता कि मैं माहवार खर्च दे सकूं। इसके अलावा हिब्बानामे में माहवार खर्च का कोई ज़िक्र नहीं। नहीं तो मैं भूलकर भी इस झमेले में न पड़ता। बस, मुझे यही कहना है ! आइन्दा पंचों को अख्तियार है जो फैसला चाहें, करें।

अलगू चौधरी को हमेशा कचहरी से काम पड़ता था। अतएव वह पूरा कानूनी आदमी था। उसने जुम्मन से जिरह शुरू की। एक-एक प्रश्न जुम्मन के हृदय पर हथौड़े की चोट की तरह पड़ता था। रामधन मिश्र इन प्रश्नों पर मुग्ध हुए जाते थे। जुम्मन चकित थे कि अलगू को क्या हो गया ? अभी यह अलगू मेरे साथ बैठा हुआ कैसी-कैसी बातें कर रहा था। इतनी ही देर में ऐसी कायापलट हो गई कि मेरी जड़ खोदने पर तुला हुआ है। न मालूम कब की कसर यह निकल रहा है। क्या इतने दिनों की दोस्ती कुछ भी काम न आएगी ?

जुम्मन शेख तो इसी संकल्प-विकल्प में पड़े हुए थे कि इतने में अलगू ने फैसला सुनाया :

जुम्मन शेख ! पंचों ने इस मामले पर विचार किया। उन्हें यह नीति-संगत मालूम होती है कि खालाजान को माहवार खर्च दिया जाए।

हमारा विचार है कि खाला की जायदाद से इतना मुनाफा अवश्य होता है। कि माहवार खर्च दिया जा सके। बस, यही हमारा फैसला है। अगर जुम्मन को खर्च देना मंजूर न हो तो हिब्बानामा रद्द समझा जाए।

यह फैसला सुनते ही जुम्मन सन्नाटे में आ गए। जो अपना मित्र हो, वह शत्रु का व्यवहार करे और गले पर छुरी फेरे, इसे समय के हेर-फेर के सिवा और क्या कहें। जिसपर पूरा भरोसा था, उसने समय पड़ने पर धोखा दिया। ऐसे ही अवसरों पर झूठे-सच्चे मित्रों की परीक्षा की जाती है। यही कलयुग की दोस्ती है! अगर लोग ऐसे कपटी-धोखेबाज़ न होते, तो देश में आपत्तियों का प्रकोप क्यों होता ? यह हैजा-प्लेग आदि व्याधियां दुष्कर्मों के ही दण्ड हैं।

मगर रामधन मिश्र और अन्य पंच अलगू चौधरी की इस नीतिपरायणता की प्रशंसा जी खोलकर कर रहे थे। वे कहते थे—इसका नाम पंचायत है। दूध-का-दूध और पानी-का-पानी कर दिया। दोस्ती, दोस्ती की जगह है, किन्तु धर्म का पालन करना मुख्य है। ऐसे ही सत्यवादियों के बल पर पृथ्वी ठहरी है, नहीं तो वह कब की रसातल को चली जाती।

इस फैसले ने अलगू और जुम्मन की दोस्ती की जड़ हिला दी। अब वे साथ-साथ बातें करते नहीं दिखाई देते। इतना पुराना मित्रता-रूपी वृक्ष सत्य का एक झोंका भी न सह सका। सचमुच, वह बाल की ही जमीन पर खड़ा था।

उनमें अब शिष्टाचार का अधिक व्यवहार होने लगा। एक-दूसरे की आवभगत ज़्यादा करने लगा। वे मिलते-जुलते थे, मगर उसी तरह जैसे तलवार से ढाल मिलती है।

जुम्मन के चित्त में मित्र की कुटिलता आठों पहर खटका करती थी। उसे हर घड़ी यही चिन्ता रहती थी कि किस तरह बदला लेने का अवसर मिले।

अच्छे कामों की सिद्धि में बड़ी देर लगती है, पर बुरे कामों की सिद्धि में यह बात नहीं होती; जुम्मन को भी बदला लेने का अवसर जल्द ही मिल गया। पिछले साल अलगू चौधरी बटेसर से बैलों की एक बहुत अच्छी गोई मोल लाए थे। बैल पछाहीं जाति के सुन्दर, बड़े-बड़े सींगों वाले थे। महीनों तक आस-

पास के गांवों के लोग उनके दर्शन करते रहे। दैवयोग से जुम्मन की पंचायत के एक महीने बाद इस जोड़ी का एक बैल मर गया। जुम्मन ने दोस्तों से कहा—यह दगाबाज़ी की सज़ा है। इंसान सब भले ही कर जाए, पर खुदा नेक-बद सब देखता है। अलगू को सन्देह हुआ कि जुम्मन ने बैल को विष दिला दिया है। चौधराइन ने भी जुम्मन पर ही इस दुर्घटना का दोषारोपण किया, उसने कहा—जुम्मन ने कुछ कर-करा दिया है। चौधराइन और करीमन में इस विषय पर एक दिन ख़ूब ही वाद-विवाद हुआ। दोनों देवियों ने शब्द-बाहुल्य की नदी वहा दी। व्यंग्य, वक्रोक्ति, अन्योक्ति और उपमा आदि अलंकारों में बातें हुईं। जुम्मन ने किसी तरह शान्ति स्थापित की। उन्होंने अपनी पत्नी को डांट-डपटकर समझा दिया। वह उसे उस रणभूमि से हटा भी ले गए। उधर अलगू चौधरी ने समझाने-बुझाने का काम अपने तर्कपूर्ण सोंटे से लिया।

अब अकेला बैल किस काम का? उसका जोड़ बहुत ढूंढ़ा गया पर न मिला। निदान यह सलाह ठहरी कि इसे बेच डालना चाहिए। गांव में एक समझ साहु थे, वह इक्का-गाड़ी हांकते थे। गांव से गुड़-घी लादकर मण्डी ले जाते, मण्डी से तेल-नमक भर लाते और गांव में बेचते। इस बैल पर उनका मन लहराया। उन्होंने सोचा, यह बैल हाथ लगे तो दिन भर में बेखटके तीन खेपें हों। आजकल तो एक ही खेप के लाले पड़े रहते हैं। बैल देखा, गाड़ी में दौड़ाया, बाल-भौंरी की पहचान कराई, मोल-तोल किया और उसे लाकर द्वार पर बांध ही दिया। एक महीने में दाम चुकाने का वादा ठहरा। चौधरी को भी गरज थी ही, घाटे की परवाह न की।

समझू साहु ने नया बैल पाया, तो लगे उसे रगेदने। वह दिन में तीन-तीन, चार-चार खेप करने लगे। न चारे की फिक्र थी, न पानी की; बस, खेपों से काम था। मण्डी ले गए, वहां कुछ सूखा भूसा सामने डाल दिया। बेचारा जानवर अभी दम भी न ले पाया था कि फिर जोत दिया। अलगू चौधरी के घर था, तो चैन की वंशी बजती थी। बैलराम छटे-छमाहे कभी बहली में जोते जाते थे। तब खूब उछलते-कूदते और कोसों तक दौड़ते चले जाते थे। वहां बैलराम का रातिब था साफ पानी, दली हुई अरहर की दाल और भूसे के साथ खली, और

यही नहीं, कभी-कभी घी का स्वाद भी चखने को मिल जाता था। शाम-सबेरे एक आदमी खरेहरे करता, पोंछता और सहलाता था। कहां वह सुख-चैन, कहां यह आठों पहर की खपत ? महीने-भर ही में वह पिस-सा गया। इक्के का जुआ देखते ही उसका लहू सूख जाता था। एक-एक पग चलना दूभर था। हड्डियां निकल आई थीं, पर था वह पानीदार, मार की बरदाश्त न थी।

एक दिन चौथी खेप में साहुजी ने दूना बोझ लादा । दिन-भर का थका जानवर, पैर न उठते थे। उसपर साहुजी कोड़े फटकारने लगे। बस, फिर क्या था, बैल कलेजा तोड़कर चला। कुछ दूर दौड़ा और चाहा कि जरा दम ले लूं, पर साहूजी को जल्द पहुंचने की फिक्र थी; अतएव उन्होंने कई कोड़े बड़ी निर्दयता से फटकारे । बैल ने एक बार फिर जोर लगाया, पर अबकी बार शक्ति ने जवाब दे दिया। वह धरती पर गिर पड़ा, और ऐसा गिरा कि फिर न उठा। साहुजी ने बहुत पीटा, टांग पकड़कर खींचा, नथनों में लकड़ी ठूंस दी, पर कहीं मृतक भी उठ सकता है ? तब साहुजी को कुछ शंका हुई। उन्होंने बैल को गौर से देखा, खोलकर अलग किया और सोचने लगे कि गाड़ी कैसे घर पहुंचे। बहुत चीखे-चिल्लाए, पर देहात का रास्ता बच्चों की आंख की तरह सांझ होते ही बन्द हो जाता है। कोई नज़र न आया। आस-पास कोई गांव भी न था। मारे क्रोध के उन्होंने मरे हुए बैल पर और दर्रे लगाए और कोसने लगे—अभागे ! तुझे मरना ही था, तो घर पहुंचकर मरता ! ससुरा बीच रास्ते ही मर रहा ! अब गाड़ी कौन खींचे ? इस तरह साहुजी खूब जले-भुने। कई बोरे गुड़ और कई पीपे घी उन्होंने बेचे थे, दो-ढाई सौ रुपये कमर में बंधे थे। इसके सिवा गाड़ी पर कई बोरे नमक के थे, अतएव छोड़कर जा भी न सकते थे। लाचार, बेचारे गाड़ी पर ही लेट गए। वहीं रतजगा करने की ठान ली, चिलम पी, गाया, फिर हुक्का पिया । इस तरह साहुजी आधी रात तक नींद को बहलाते रहे। अपनी जान में तो वह जागते ही रहे, पर पौ फटते ही जो नींद टूटी और कमर पर हाथ रखा, तो थैली गायब ! घबराकर इधर-उधर देखा, तो कई कनस्तर तेल भी नदारत ! अफसोस में बेचारे ने सिर पीट लिया और पछाड़ खाने लगे। प्रातःकाल रोते-बिलखते घर पहुंचे। सहुआइन ने जब यह बुरी

सुनावनी सुनी, तब पहले रोई, फिर अलगू चौधरी को गालियां देने लगी—निगोड़े ने ऐसा कुलच्छनी बैल दिया कि जनम-भर की कमाई लुट गई।

इस घटना को हुए कई महीने बीत गए। अलगू जब अपने बैल के दाम मांगते तब साहु और सहुआइन, दोनों ही झल्लाए हुए कुत्तों की तरह चढ़ बैठते और अंड-बंड बकने लगते—वाह ! यहां तो सारे जन्म की कमाई लुट गई, सत्यानाश हो गया, इन्हें दामों की पड़ी है। मुर्दा बैल दिया था, उसपर दाम मांगने चले हैं। आंखों में धूल झोंक दी, सत्यानाशी बैल गले बांध दिया, हमें निरा पोंगा ही समझ लिया ! हम भी बनिये के बच्चे हैं, ऐसे बुद्धू कहीं और होंगे। पहले जाकर किसी गड़हे में मुंह धो आओ, तब दाम लेना, न जी मानता हो, तो हमारा बैल खोल ले जाओ। महीना-भर के बदले दो महीना जोत लो। और क्या लोगो ?

चौधरी के अशुभचिन्तकों की कमी न थी। ऐसे अवसरों पर सभी एकत्र हो जाते और साहुजी के बर्राने की पुष्टि करते । परन्तु डेढ़ सौ रुपये से इस तरह हाथ धो लेना आसान न था। एक बार वह भी गरम पड़े। साहुजी बिगड़कर लाठी ढूंढ़ने घर चले गए। अब सहुआइनजी ने मैदान लिया। प्रश्नोत्तर होते-होते हाथापाई की नौबत आ पहुंची। सहुआइन ने घर में घुसकर किवाड़ बन्द कर लिए। शोर-गुल सुनकर गांव के भलेमानस जमा हो गए। उन्होंने दोनों को समझाया। साहूजी को दिलासा देकर घर से निकाला। यह परामर्श देने लगे कि इस तरह से काम न चलेगा। पंचायत कर लो । जो कुछ तय हो जाए, उसे स्वीकार कर लो। साहुजी राज़ी हो गए। अलगू ने भी हामी भर ली।

पंचायत की तैयारियां होने लगीं। दोनों पक्षों ने अपने-अपने दल बनाने शुरू किए। इसके बाद तीसरे दिन उसी वृक्ष के नीचे पंचायत बैठी। वही सन्ध्या का समय था। खेतों में कौए पंचायत कर रहे थे। विवाद-ग्रस्त विषय यह था कि मटर की फलियों पर उनका कोई स्वत्व है या नहीं, और जब तक यह प्रश्न हल न हो जाए, तब तक वे रखवाले की पुकार पर अपनी अप्रसन्नता प्रकट करना आवश्यक समझते थे। पेड़ की डालियों पर बैठी शुक-मण्डली में यह प्रश्न छिड़ा हुआ था कि मनुष्यों को उन्हें बेमुरौवत कहने का क्या अधिकार है, जब उन्हें स्वयं अपने मित्रों से दगा करने में भी संकोच

नहीं होता।

पंचायत बैठ गई, तो रामधन मिश्र ने कहा—अब देरी क्या है ? पंचों का चुनाव हो जाना चाहिए। बोलो चौधरी, किस-किसको पंच बदते हो ?

अलगू ने दीन भाव से कहा—समझू साहु ही चुन लें।

समझू खड़े हुए और कड़ककर बोले—मेरी ओर से जुम्मन शेख।

जुम्मन का नाम सुनते ही अलगू चौधरी का कलेजा धक्-धक् करने लगा, मानो किसीने अचानक थप्पड़ मार दिया हो। रामधन अलगू के मित्र थे। वह बात को ताड़ गए। पूछा—क्यों चौधरी, तुम्हें कोई उज्र तो नहीं ?

चौधरी ने निराश होकर कहा—नहीं, मुझे क्या उज्र होगा।

अपने उत्तरदायित्व का ज्ञान बहुधा संकुचित व्यवहारों का सुधारक होता है। जब हम राह भूलकर भटकने लगते हैं, तब यही ज्ञान हमारा विश्वसनीय पथ-प्रदर्शक बन जाता है।

पत्र-सम्पादक अपनी शान्ति-कुटी में बैठा हुआ कितनी धृष्टता और स्वतन्त्रता के साथ अपनी प्रबल लेखनी से मन्त्रिमण्डल पर आक्रमण करता है; परन्तु ऐसे अवसर आते हैं, जब स्वयं मन्त्रिमण्डल में सम्मिलित होता है मण्डल के भवन में पग धरते ही उसकी लेखनी कितनी मर्मज्ञ, कितनी विचारशील, कितनी न्यायपरायण हो जाती है, इसका कारण उत्तरदायित्व का ज्ञान है। नवयुवक युवावस्था में कितना उदंड रहता है। माता-पिता उसकी ओर से कितने चिंतित रहते हैं। वे उसे कुल-कलंक समझते हैं, परन्तु थोड़े समय में परिवार का बोझ सिर पर पड़ते ही वह अव्यवस्थित-चित्त, उन्मत युवक कितना धैर्यशील, कैसा शान्त-चित्त हो जाता है, यह भी उत्तरदायित्व के ज्ञान का फल है।

जुम्मन शेख के मन में भी सरपंच का उच्च स्थान ग्रहण करते ही अपनी ज़िम्मेदारी को भाव पैदा हुआ । उसने सोचा, मैं इस वक़्त न्याय और धर्म के सर्वोच्च आसन पर बैठा हूं। मेरे मुंह से इस समय जो कुछ निकलेगा, वह देववाणी के सदृश है—और देववाणी में मेरे मनोविकारों का कदापि समावेश

न होना चाहिए, मुझे सत्य से जौ-भर भी टलना उचित नहीं !

पंचों ने दोनों पक्षों से सवाल-जवाब करने शुरू किए। बहुत देर तक दोनों दल अपने-अपने पक्ष का समर्थन करते रहे। इस विषय में तो सब सहमत थे कि समझु को बैल का मूल्य देना चाहिए। परन्तु दो महाशय इस कारण रिआयत करना चाहते थे कि बैल के मर जाने से समझू की हानि हुई। इसके प्रतिकूल दो सदस्य बैल के अतिरिक्त समझू को दण्ड भी देना चाहते थे, जिससे फिर किसीको पशुओं के साथ ऐसी निर्दयता करने का साहस न हो। अन्त में जुम्मन ने फैसला सुनाया :

"अलगू चौधरी और समझू साहु ! पंचों ने तुम्हारे मामले पर अच्छी तरह विचार किया। समझू को उचित है कि बैल का पूरा दाम दें। जिस वक़्त उन्होंने बैल दिया, उसे कोई बीमारी न थी। अगर उसी समय दाम दे दिए जाते, तो आज समझू उसे फेर लेने का आग्रह न करते। बैल की मृत्यु केवल इस कारण हुई कि उससे बड़ा कठिन परिश्रम लिया गया और उसके दाने-चारे का कोई अच्छा प्रबन्ध न किया गया।"

रामधन मिश्र बोले—समझु ने बैल को जान-बूझकर मारा है, अतएव उससे दण्ड लेना चाहिए।

जुम्मन बोले—यह दूसरा सवाल है। हमको इससे कोई मतलब नहीं। झगड़ू, साहु ने कहा—समझू के साथ कुछ रिआयत होनी चाहिए।

जुम्मन बोले—यह अलगू चौधरी की इच्छा पर निर्भर है। वह रियायत करें, तो उनकी भलमनसी है।

अलगू चौधरी फूले न समाए। उठ खड़े हुए और जोर से बोले—पंच-परमेश्वर की जय !

इसके साथ ही चारों ओर से प्रतिध्वनि हुई—पंच-परमेश्वर की जय!

प्रत्येक मनुष्य जुम्मन की नीति को सराहता था—इसे कहते हैं न्याय ! यह मनुष्य का काम नहीं, पंच में परमेश्वर वास करते हैं; यह उन्हींकी महिमा है। पंच के सामने खोटे को कौन खरा कह सकता है ?

थोड़ी देर बाद जुम्मन अलगू के पास आए और उनके गले लिपट कर

बोले—भैया, जब से तुमने मेरी पंचायत की तब से मैं तुम्हारा प्राण घातक शत्रु बन गया था; पर आज मुझे ज्ञात हुआ कि पंच के पद पर बैठकर न कोई किसीका दोस्त है, न दुश्मन। न्याय के सिवा उसे और कुछ नहीं सूझता। आज मुझे विश्वास हो गया कि ज़बान से ख़ुदा बोलता है।

अलगू रोने लगे। इस पानी से दोनों के दिलों का मैल धुल गया। मित्रता की मुरझाई लता फिर हरी हो गई।

□

पांडेय बेचन शर्मा 'उग्र'

जन्म : सन् 1900

मृत्यु : सन् 1967

परिचय

'उग्र' जी का जन्म ज़िला मिर्ज़ापुर के चुनार नामक स्थान में हुआ था। अपने रचना-काल के प्रारम्भ से ही 'उग्र' जी ने अपने खरे, दो टूक और प्रगल्भ लेखन के कारण सारे हिन्दी-संसार का ध्यान अपनी ओर आकर्षित कर लिया था। आपने समाज की कुरीतियों और समाज के सड़ेगले संस्कारों पर बहुत सफलता के साथ बड़े निर्मम कटाक्ष किए हैं। अनेक समालोचकों ने आपके साहित्य को 'घासलेटी' साहित्य की संज्ञा दी है; किन्तु इससे न तो 'उग्र' जी के साहित्य के महत्त्व पर कोई प्रभाव पड़ा है। और न ही उनके साहित्य की शक्ति पर। 'उग्र' जी की गणना सशक्त साहित्यकारों में होती है। कहानियों के अतिरिक्त आपने अनेक उपन्यास और आकर्षक शैली में अनेक ललित निबन्ध भी लिखे हैं, जिनमें 'बुढ़ापा' और 'रुपया' का हिन्दी-साहित्य में विशिष्ट स्थान है। 'उग्र' जी की स्वलिखित जीवनी 'अपनी खबर' हिन्दी-साहित्य की एक महत्त्वपूर्ण सृष्टि है।

खुदाराम

हमारे क़स्बे के इनायतअली कल तक नौमुसलिम थे। उनका परिवार केवल सात वर्षों से खुदा के आगे घुटने टेक रहा था। इसके पहले उनके सिर पर भी चोटी थी, माथे पर तिलक था और घर में ठाकुरजी थे। हमारे समाज ने उनके निरपराध परिवार को ज़बरदस्ती मंदिर से धकेलकर मसजिद में भेज दिया था।

बात यों थी : इनायतअली के बाप उल्फतअली जब हिन्दू थे, देवनन्दन प्रसाद थे, तब उनसे अनजाने में एक अपराध बन पड़ा था। एक दिन एक दुखिया ग़रीब युवती ने उनके घर आकर आश्रय मांगा। पता-ठिकाना पूछने पर उसने एक गांव का नाम ले दिया। कहा :

"मैं बिलकुल अनाथ हूं। मेरे मालिक को गुज़रे छः महीने से ऊपर हो गए। जब तक वह थे, मुझे कोई फ़िक्र न थी। ज़मींदार की नौकरी से चार पैसे पैदा करके, वही हमारी दुनिया चलाते थे। उनके वक़्त-ग़रीब होने पर भी मैं किसीकी चाकरी नहीं करती थी। अब उनके बाद, उसी गांव में, पेट के लिए परदा छोड़ते मुझे शरम मालूम होने लगी। इसलिए उस गांव को छोड़ इस शहर में नौकरी तलाश रही हूं। मुझे और कुछ नहीं, चार रोटियां और चार गज कपड़े की ज़रूरत है। आपको भगवान् ने चार पैसे दिए हैं। मेरी हालत पर रहम कीजिए। मुझे अपने घर के एक कोने में रहने

और बाक़ी ज़िन्दगी ईश्वर का नाम लेने में बिताने दीजिए। आपका भला होगा।"

जाति पूछने पर उसने अपने को अहीरन बताया। देवनन्दन प्रसादजी

सरल हृदय के थे। स्त्री की हालत पर दया आ गई। उनकी स्त्री ने भी अहीरन की मदद ही की। कहा :

"रख लो न ! चौका-बर्तन किया करेगी, पानी भरेगी, दो रोटी खाएगी और पड़ी रहेगी।"

वह अहीरिन रख ली गई। दो महीनों तक वह घर का काम-काज संभालती रही। इसके बाद एक दिन एकाएक वज्रपात हुआ। न जाने कहां से ढूंढ़ता-ढांढ़ता एक आदमी देवनन्दनजी के यहां आया। पूछने लगा:

"बाबूजी, आपने कोई नई मज़दूरिन रखी है ?"

"क्यों भाई, तुम्हारे इस सवाल का क्या मतलब है ?"

"बाबूजी, दो महीनों से मेरी औरत लापता है। मैं उसीकी तलाश में चारों ओर की खाक छान रहा हूं। ज़रा-सी बात पर लड़कर भाग खड़ी हुई। औरत की जात, अपने हठ के आगे मर्द की इज़्ज़त को तो कुछ समझती ही नहीं।"

इसी समय हाथ में घड़ा और रस्सी लिए वह अहीरिन घर से बाहर निकली। उसे देखते ही वह पुरुष झपटकर उसके पास पहुंचा।

"अरे, फ़िरोजी ! यह क्या ? किसके लिए पानी भरने जा रही है ?"

'इधर आओ जी !" ज़रा कड़े होकर देवनन्दनजी ने कहा, "यह कैसा पागलपन है ! तुम किसे फ़िरोज़ो कह रहे हो ? वह हमारी मज़ दूरिन है। हमारे लिए पानी लेने जा रही है। उसका नाम फ़िरोज़ी नहीं, रुकमिनियां है। किसी ग़ैर औरत का इस तरह अपमान करते तुम्हें शरम नहीं आती ?"

जोश में देवनन्दनजी इतना कह तो गए, मगर रुकमिनियां के चेहरे पर नज़र पड़ते ही उनके चेहरे पर हवाइयां उड़ने लगीं। उस पुरुष को देखते ही अहीरिन रुकमिनियां का मुंह काला पड़ गया। वह काठमारीसी जहां-की-तहां खड़ी रह गई।

रुकमिनियां को फ़िरोज़ी कहने वाले ने देवनन्दन की ओर देखकर कहा :

"बाबूजी, आपने धोखा खाया। यह हिन्दू नहीं, मुसलमान है। रुकमिनियां नहीं, मेरी भागी हुई बीवी फ़िरोज़ी है।"

देवनन्दन के काटो तो खून नहीं !

शाम को, घर के पुरुषों के घूमने-फिरने, मिलने-जुलने के लिए निकल जाने के बाद मुहल्ले की बुढी औरतें और जवान लड़कियां अपने-अपने दरवाज़ों पर बैठकर ज़ोर-ज़ोर से देवनन्दन और फ़िरोज़ी की चर्चा करने लगीं।

"बाबा रे बाबा !" एक बूढ़ी ने राग अलापा, "औरत का ऐसा दीदा ! मर्द को छोड़कर दूसरे देश और दूसरे के घर पर चली आई।"

"मुंहझौंसी थी तो तुरकिन, बन गई अहीरिन । मुसलमान औरतों में लाज नहीं होती, मां ! वह तो इस तरह अपने मालिक को छोड़कर दूसरों के यहां चली आई, मुझे तो घर के भी बाहर जाने में डर मालूम होता है। निगोड़ी औरत क्या थी, पतुरिया थी।" एक विवाहिता लड़की ने कहा।

सामने के दरवाज़ें पर से दूसरी अधेड़ औरत ने कहाः

"अब देखो, रघुनन्दन के बाप का क्या होता है ! दो महीनों तक तुरकिन के हाथ का पानी पीकर और उससे चौका-बर्तन कराकर उन्होंने अपना धरम खो दिया है। हमारे...तो कह रहे थे कि अब उनके घर से कोई नाता नहीं रखा जाएगा।"

"नाता कैसे रखा जा सकता है !" पहली बूढ़ी ने कहा, "धरम तो कच्चा सूत होता है। ज़रा-सा इधर-उधर होते ही टूट जाता है। फिर हमारा हिन्दू का धरम ! राम-राम ! जिसकी छूना मना है, सुबह जिसका मुंह देखना पाप है, उसके हाथ से देवनन्दन ने जल ग्रहण किया। डूब गया...देवनन्दन का खानदान डूब गया। अब उनसे खान-पान का नाता रख कौन अपना लोक-परलोक बिगाड़ेगा !"

विवाहिता लड़की बोली :

"यह बात शहर-भर में फैल गई होगी। दो-चार आदमी जानते होते तो छिपाते भी। सुबह उस तुरकिन का आदमी चोटी पकड़कर धो-धों पीटता हुआ उसे ले जा रहा था। सबने देखा, सब जान गए।"

बस । दूसरे दिन मुहल्ले के मुखिया ने देवनन्दन को बुलाकर कहा :

"देखो भाई, अब तुम अपने लिए किसी दूसरे कुएं से पानी मंगाया करो।"

"क्यों ?"

"तुम अब हिन्दू नहीं, मुसलमान हो ! दो महीने तक मुसलमानिन से पानी भराने और चौका-बर्तन कराने के बाद भी क्या तुम्हारा हिन्दू रहना सम्भव है ?"

"मैंने कुछ जान-बूझकर तो मुसलमानिन के हाथ का पानी पिया नहीं ! उसने मुझे धोखा दिया। इसमें मेरा क्या अपराध हो सकता है ?"

"भैया मेरे, हम हिन्दू हैं। कोई जान-बूझकर गो-हत्या करने के लिए गाय के गले में रस्सी बांधता है ? फिर भी, बंधी हुई गाय के मरने पर बांधने वाले को हत्या लगती है। प्रायश्चित्त करना पड़ता है।"

"यह ठीक है। उसके जाने के बाद ही मैंने तमाम मकान साफ़ कराया और लिपाया-पोताया है। मिट्टी के बर्तन बदलवा दिए हैं। धातु के बर्तनों को आग से शुद्ध कर लिया है। इसपर भी और जो कुछ प्रायश्चित्त कराना हो, करा लो। मैं कहीं भागा तो नहीं जा रहा हूं।"

प्रायश्चित्त की चर्चा चलने पर, व्यवस्था के लिए, पुरोहित और पंडितों की पुकार हुई। बस, ब्राह्मणों ने चारों वेद, छहों शास्त्र, छत्तीसों स्मृति और अठारहों पुराणों का मत लेकर यह व्यवस्था दी कि 'अब देवनन्दन पूरे म्लेच्छ हो गए। वह किसी तरह भी हिन्दू नहीं हो सकते।"

उधर देवनन्दन की दुर्दशा का हाल सुनकर मुसलमानों ने बड़ी प्रसन्नता से अपनी छाती खोल दी। क़स्बे के सभी प्रतिष्ठित और अप्रतिष्ठित मुसलमानों ने देवनन्दन को अपनी ओर बड़े प्रेम, बड़े आदर से खींचा।

"चले आओ ! हम जात-पांत नहीं, केवल हक़ को मानते हैं। इसलाम में मुहब्बत भरी हुई है। खुदा ग़रीबपरवर है। हिन्दुओं की ठोकर खाने से अच्छा है कि हमारी पलकों पर बैठो...मुसलमान हो जाओ !"

लाचार, समाज से अपमानित परित्यक्त पतित देवनन्दन सपरिवार अल्लामियां की शरण में चले गए। वह और करते ही क्या ! मनुष्य स्वभाव से ही समाज चाहता है, सहानुभूति चाहता है, प्रेम चाहता है। हिन्दू-समाज ने इन सब दरवाज़ों को देवनन्दन के लिए बन्द कर दिया। इतना हो जाने पर उनके लिए मुसलमान होने के सिवा दूसरा कोई मार्ग ही नहीं था।

देवनन्दन, उल्फ़तअली बन गए, और उनका पुत्र रघुनन्दन—इनायतअली।

देवनन्दन की छाती पर समाज ने ऐसा क्रूर आघात किया कि धर्म-परिवर्तन के नौ महीने बाद ही वह इस दुनिया से कूच कर गए!

जिन दिनों की घटना ऊपर लिखी गई है, उन्हें भूत के गर्भ में गए सात वर्ष हो गए। तब से हमारे क़स्बे की हालत अब बहुत कुछ बदल-सी गई है। पहले हमारे यहां सामाजिक या राजनैतिक जीवन बिलकुल नहीं था। सभी पेट के धन्धे की धुन में व्यस्त थे। उन दिनों हमारी दस हज़ार की बस्ती में, क्लब या सोसाइटी के नाते तहसील का अहाता-मात्र था, जहां नित्य सायंकाल नगर के दस-पांच चापलूस धनी तहसीलदार से हैं-हैं करने के लिए या टेनिस खेलने के लिए एकत्र हुआ करते थे। आर्य समाज का बदनाम नाम तो घर-घर था, मगर सच्चा आर्य समाजी एक भी न था। एक सज्जन आगरे के 'आर्यमित्र' के ग्राहक थे। वही स्वामी दयानन्द का नाम ले-लेकर कभी-कभी नवयुवकों के विनोद के साधन बना करते थे। वह बनते तो थे आर्यसमाजी, मगर बिलकुल मौखिक । हमें ठीक याद है, वह पुराने समाज की सभी प्रथा या कुप्रथाओं को मानते थे। एक बार उनकी स्त्री ने उनसे सत्यनारायण की कथा सुनने का आग्रह किया और उन्होंने अस्वीकार कर दिया। बस, इसी बात पर आर्यसमाजी पति के मुख पर सनातनी चंडी झाड़ू फेरने, कालिख लगाने और चूना करने को तैयार हो गई। तीन दिन तक मुहल्ले वालों की नींद हराम रही। विवश होकर 'महाशयजी' को स्त्री के आगे झुकना पड़ा।

मगर, अब क़स्बे का वातावरण बिलकुल परिवर्तित हो गया है। गत असहयोग-आन्दोलन के प्रसाद से हमारा क़स्बा भी बहुत कुछ जीवित हो उठा है। अब हमारे यहां बाक़ायदा आर्यसमाज-भवन है और हैं उनके मंत्री तथा सभापति । एक पुस्तकालय भी है और उसके भी मंत्री-सभापति हैं। हिन्दी के अनेक पत्र और अंग्रेज़ी के दो-तीन दैनिक आते हैं। सैकड़ों बालक, युवक और वृद्ध अख़बार-जीवी बन गए हैं। ऐसे अख़बार-जीवियों की संख्या प्रतिदिन बढ़ती ही जा रही है।

उस दिन आर्यसमाज के मंत्री पंडित वासुदेव शर्मा समाज-भवन में बैठे कोई उर्दू-अख़बार पढ़ रहे थे। भवन के बाहर, बरामदे में, दो पंजाबी

'महाशय' पायजामा और कमीज़ पहने सायं-संध्या कर रहे थे। उसी समय एक दुबला-पतला लम्बा-सा पुरुष भवन में आया। उसकी आहट पा शर्मा-जी ने चश्माच्छन्न आंखों से उसकी ओर देखा। पहचान गए :

"कहो मियां इनायतअली, आज इधर कैसे ?"

"आप ही की सेवा में कुछ निवेदन करने आया हूं।"

शर्माजी ने चश्मा उतार लिया। उसे कुरते के कोने से साफ़ करने के बाद पुनः नाक पर चढ़ाते-चढ़ाते बोले :

"भाई इनायत, बड़ी शुद्ध हिन्दी बोलते हो !"

"जी हां, शर्माजी, मैं बहुत शुद्ध हिन्दी बोल सकता हूं। इसका कारण यही है कि मेरी नसों में बहुत शुद्ध हिन्दू-रक्त बह रहा है। समाज ने ज़बरदस्ती मेरे पिता को मुसलमान होने के लिए विवश किया, नहीं तो आज मैं भी उतना ही हिन्दू होता जितने आप या कोई भी दूसरा हिन्दुत्व का अभिमानी । ख़ैर, मुझे आपसे कुछ कहना है..."

"कहिए, क्या आज्ञा है ?"

"मैं पुनः हिन्दू होना चाहता हूं।"

"हिन्दू होना !" आश्चर्य से मुख विस्फारित कर शर्माजी ने पूछा।

"जी हां ! अब मुसलमान रहने में लोक-परलोक दोनों का नाश दिखाई पड़ता है। इसलिए नहीं कि उस धर्म में कोई विशेषता नहीं है, बल्कि इसलिए कि मेरा और मेरे परिवार का हृदय मुसलमान धर्म के योग्य नहीं। अनन्त काल का हिन्दू-हृदय—हिन्दू-सभ्यता का पक्षपाती शान्त हृदय—मुसलमानी रीति-नीति और सभ्यता का उपयोग करने में बिलकुल अयोग्य साबित हुआ है। मेरी स्त्री नित्य प्रातःकाल खुदा-खुदा नहीं, राम-राम जपती है। मैं मुसलमान रहकर क्या करूंगा? मेरी माता गंगा-स्नान और बद्रिकाश्रम-यात्रा के लिए तड़पा करती है। मेरा हृदय न तो उन्हें मक्का-मदीना का भक्त बनाने की धृष्टता कर सकता है और न वे बन ही सकती हैं। मैं मुसलमान रहकर क्या करूंगा? मैं स्वयं मसजिद में जाकर हृदय के मालिक को नहीं याद कर सकता। मेरा हिन्दू-हृदय मसजिद के द्वार पर पहुंचते ही एक विचित्र स्पन्दन करने लगता है। उस स्पन्दन का अर्थ

खुदा या मसजिद वाले के प्रति अनुराग नहीं हो सकता, घृणा भी नहीं हो सकती। वह स्पन्दन अनुराग और घृणा के मध्य का निवासी है। इन्हीं सब कारणों से, बहुत सोच-समझकर अब मैंने 'शुद्ध' होकर हिन्दू होने का निश्चय किया है।"

पंजाबी महाशय भी सन्ध्या समाप्त कर 'ओम्-ओम्' करते हुए भीतर गए। शर्माजी ने इनायतअली उर्फ़ रघुनन्दन का परिचय देते हुए उनके प्रस्ताव पर उन दोनों महाशयों की सम्मति मांगी।

"धन्य हो महाशयजी !" एक महाशय बोले, "ऋषि दयानन्द की कृपा होगी तो हमारे वे सब बिछड़े भाई एक-न-एक दिन फिर अपने आर्य-धर्म में चले आएंगे। इन्हें ज़रूर शुद्ध कीजिए।"

हिन्दू-मुसलिम वैमनस्य का बाज़ार गरम होने के एक महीना पूर्व एक विचित्र पुरुष हमारे कस्बे में आए। उनकी अवस्था पचास वर्ष से अधिक जान पड़ती थी। वह वस्त्र के नाम पर केवल लंगोटी धारण किया करते। वही उनकी सारी गृहस्थी और सम्पत्ति थी। उनका मुख तो रोबीला नहीं था, पर उसपर विचित्र आकर्षण दिखाई देता था। दाढ़ी फुट-भर लम्बी थी। सिर के बाल भी बड़े-बड़े थे।

उनमें एक ऐसा चमत्कार था जिससे क़स्बे के छोटे-छोटे लड़के उनपर जान दिया करते थे। हां, उनका नाम बताना तो भूल ही गया। वह अपने को 'खुदाराम' कहा करते थे। खुदाराम गली में आए हैं, यह सुनते ही लड़कों की मंडली जान छोड़कर उनकी ओर झपट पड़ती। 'खुदाराम, पैसे दो ! खुदाराम, पैसे दो !' की आवाज़ से गली गूंज उठती थी। पहले तो खुदाराम दो-चार बार लड़कों को मुंह बिगाड़कर डराने की कोशिश करते; फिर, दो-तीन बच्चों को पीठ पर चढ़ाकर, बग़ल में दबाकर या कंधे पर उठाकर भाग खड़े होते। 'भागा ! भागा ! हो-हो-हो-हो ! लेना जी !' आदि कहते हुए अन्य लड़के खुदाराम को रगेद लेते। अन्त में लाचार हो वह खड़े हो जाते, बच्चों को पीठ या कन्धे के नीचे उतार देते और पूछने लगते :

"बन्दरो ! क्या चाहिए ?"

"पैसे, खुदाराम, पैसे !"

ख़ुदाराम बड़े ज़ोर से हंसते-हंसते खाली मुट्ठी को बन्द कर इधर-उधर हाथ चलाने लगते । चारों ओर झन्न-झन्न की आवाज़ गूंज उठती। लड़के प्रसन्न होकर पैसे लूटने लगते...और खुदाराम नौ-दो-ग्यारह हो जाते।

खुदाराम को सबसे अधिक इन लड़कों ने मशहूर किया।

इसके बाद एक घटना और हुई जिससे उनकी शोहरत चौगुनी बढ़ गई। किसी ग़रीब चमार के पांच वर्ष के पुत्र को हैज़ा हो गया था। उसके पास वैद्य, हकीम या डाक्टर बाबू के लिए पैसे नहीं थे। कई जगह जाने पर भी किसीने उस अभागे की सुध न ली। बेचारा लड़का उपचार के अभाव में मरने लगा।

उसी समय उधर से खुदाराम लड़कों की मंडली के साथ गुज़रे । चमार की स्त्री को दरवाज़े पर बैठकर रोते देख वह उसके सामने जाकर खड़े हो गए। पूछने लगे :

"क्यों रो रही है ?"

स्त्री ने उत्तर तो कुछ न दिया, हां, स्वर को 'पंचम' से 'निषाद' कर दिया।

"क्यों रोती है रे ? बोलती क्यों नहीं, तुझे भी पैसे चाहिए ?"

"पैसे नहीं," स्त्री ने इस बार हिचकते-हिचकते उत्तर दिया, "दवा चाहिए ! मेरा लाल हैज़े से मर रहा है।"

"तेरे बच्चे को हैज़ा हो गया है ? पगली कहीं की ! इतना खाना क्यों खिला दिया ? मुझे तो कभी कुछ खिलाया नहीं। कुछ खिला तो तेरा बच्चा अभी चंगा हो जाए।"

"बाबा, मेरे घर में तुम्हारे खाने लायक है ही क्या ! कहो तो चने खिलाऊं !"

"ला-ला ! जो कुछ भी हो, दौडकर ले आ ! तेरा बच्चा अभी अच्छा हो जाएगा !"

स्त्री अपने मकान में गई और एक छोटी-सी पोटली में पाव-डेढ़ पाव भुने हुए चने ले आई। खुदाराम ने पोटली लेकर बालक-मंडली को चने दान करना आरम्भ किया। देखते-देखते पोटली साफ़ हो गई। केवल चार-पांच चने बच रहे । उन्हें स्त्री के हाथ में देते हुए उन्होंने कहा :

"इन चनों को पीसकर बच्चे को पिला दे ! यह उसका हिस्सा है। ले जा !"

दूसरे दिन उसी चमारिन ने क़स्बे-भर में यह बात मशहूर कर दी कि खुदाराम पागल नहीं, होशियार हैं। मामूली आदमी नहीं, फ़क़ीर हैं, देवता हैं।

फिर तो हिन्दू-मुसलमान दोनों जाति के लोगों ने—विशेषतः स्त्रियों ने—ख़ुदाराम को न जाने क्या-क्या बना डाला। कितनों के बच्चे उनकी ऊटपटांग औषधियों से अच्छे हो गए। कितनों को खुदाराम की कृपा से नौकरी मिल गई। कितने मुक़दमे जीत गए। क़स्बे-का-क़स्बा उन्हें पूछने लगा।

मगर, ख़ुदाराम ज्यों-के-त्यों रहे। उनका दिन-रात का चारों ओर लड़कों की मंडली के साथ घूमना न रुका। अच्छे-से-अच्छे धनी भी उन्हें कपड़े न पहना सके। किसीके आग्रह करने पर वह कपड़े-धोती, कुरता, टोपी—पहन तो लेते; मगर, उसके घर से आगे बढ़ते ही टोपी किसी लड़के के मस्तक पर होती, धोती किसी ग़रीब के झोंपड़े पर और कुरता किसी भिखमंगे के तन पर ! किसी-किसी दिन तो दो-दो बजे रात को किसी गली में खुदाराम की कुंड-ध्वनि सुनाई पड़ती—

"तू है मेरा खुदा, मैं हूं तेरा खुदा,
तू खुदा, मैं खुदा, फिर जुदाई कहां !"

सात आदमी आपस में बातें करते हुए समाज-भवन की ओर जा रहे थे। उनमें एक तो समाज के मंत्री महाशय थे, दो हमारे परिचित पंजाबी और चार बाहर से आए हुए दूसरे आर्यसमाजी थे। बातें इस प्रकार हो रही थीं :

"मुसलमान लोग भरसक इनायतअली को हिन्दू न होने देंगे।"

"क्यों न होने देंगे ? अजी अब वह ज़माना लद गया। यहां के सभी हिन्दू हमारे साथ हैं।"

"लड़ाई हो जाने का भय है।"

"अगर इस बात को लेकर कोई लड़े तो लड़े ! बेवकूफ़ी का भार लड़ाई

छेड़ने वाले पर होगा।"

"अच्छा, हम लोग इनायत के परिवार को केवल शुद्ध करें...वेद-भगवान् की सवारी निकालने से लाभ ?"

कई एकसाथ बोल उठे, "वाह! वेदभगवान् की सवारी क्यों न निकालें ? हम अपने बिछुड़े भाई को पाएंगे। ऐसे मौके पर आनन्द-मंगल मनाने से डरें क्यों ?"

"सवारी पर," पहले महाशय ने कहा, "मुसलमानों ने आक्रमण करने का निश्चय कर लिया है। यह मैं सच्ची ख़बर सुना रहा हूं।"

"देखो भाई, इस तरह दबने से काम न चलेगा । हम किसीके धार्मिक कृत्यों में बाधा नहीं देते, तो कोई हमारे पथ में रोड़े क्यों डालेगा ! फिर, अगर उन्होंने छेड़ा, तो देखा जाएगा। भय के नाम पर धर्म कभी न छोड़ा जाएगा।"

इसी समय बग़ल की एक गली से लंगोटी लगाए खुदाराम निकले। वह वही गुनगुना रहे थे।

'तू है मेरा खुदा, मैं हूं तेरा खुदा,
तू खुदा, मैं खुदा, फिर जुदाई कहां !"

मन्त्री महाशय ने पुकारा :

"खदाराम !"

"चुप रहो !" खुदाराम ने कहा, "मैं कोई युक्ति सोच रहा हूं।"

"कैसी युक्ति सोच रहे हो, खदाराम ! हमें भी तो बताओ।"

"सोच रहा हूं कि क्या उपाय करूं कि खुदा-खदा में लड़ाई न हो। तुम लोग लड़ोगे ?"

"नहीं, लड़ने का विचार तो नहीं है, पर सवारी ज़रूर निकलेगी।"

"खाना नहीं खाऊंगा, पर मुंह में कौर ज़रूर डालूंगा ! हा-हा-हा-हा! यही मतलब है न ?"

"लाचारी है, खुदाराम !"

"तो धर्म के नाम पर ख़ून की नदी बहेगी ! हा-हा-हा-हा ! तुम लोग इंसान क्यों हुए ? तुम्हें तो भालू होना चाहिए था, शेर होना चाहिए था, भेड़िया होना चाहिए था ! वैसी अवस्था में तुम्हारी खूनी प्यास मज़े में शान्त होती। धर्म

के नाम पर लड़ने वाले इंसान क्यों होते हैं ?"

अपरिचित आगन्तुक आर्यों ने शर्माजी से पूछा :

"क्या यह पागल है ?"

"हां-हां,' खुदाराम ने कहा, "कुरान नहीं पढ़ा है, इसलिए पागल है; सत्यार्थप्रकाश नहीं देखा है, इसलिए पागल है; धर्म के नाम पर ख़ूंरेज़ी नहीं पसन्द करता, इसलिए पागल है, खद्दर का कुरता नहीं पहनता, इसलिए पागल है; लैक्चर नहीं दे सकता, इसलिए खुदाराम ज़रूर पागल है ! हा-हा-हा-हा ! खुदाराम ! मुसलमान कहते हैं—'तु पागल है, इस बीच में न पड़ !' हिन्दू भी यही कहते हैं। अच्छी बात है लड़ो ! अगर होशियारी का नाम लड़ना ही है तो लड़ो !"

'तू भी इंसान है, मैं भी इंसान हूं,
गर सलामत हैं हम, तो खुदाई कहां !
तू है मेरा खुदा, मैं हूं तेरा खुदा,
तू खुदा, मैं खुदा, फिर जुदाई कहां !'

खुदाराम नाचता-कूदता हो-हो-हो करता अपने रास्ते लगा ।

क़स्बे के हज़ारों हिन्दू मर्द समाज-मन्दिर की ओर वेद भगवान् के जुलूस में शामिल होने के लिए चले गए। मुसलमान पुरुष भी, पुराने पीर की मसजिद में, जुलूस में बाधा डालने के लिए सशस्त्र एकत्र हो गए। हिन्दू और मुसलमान दोनों के घरों पर या तो बूढ़े बचे थे, या बच्चे और स्त्रियां। घर-घर का दरवाज़ा भीतर से बन्द था।

एक मुसलमान के दरवाज़े पर किसीने आवाज दी :

"मां !"

"कौन है ?"

"ज़रा बाहर आओ, मां ! मैं हूं खुदाराम !"

दरवाज़ा खोलकर बूढ़ी बाहर निकली।

"क्या है खुदाराम ? खाना चाहिए ?"

"नहीं मां, आज एक भीख मांगने आया हूं...देगी न ?"

क्या है फ़कीर ? तुम्हें क्या कमी है ? मांगो, तुमने मेरी बेटी की जान

बचाई है। हम हमेशा तुम्हारे गुलाम रहेंगे। मांगो, क्या लोगे ?"

"पहले क़सम खा, देगी न ?"

"क़सम पाक परवरदिगार की ! खुदाराम, तुम्हारी चीज़ अगर मेरे इमकान में होगी तो ज़रूर दूंगी।"

"तो चलो मेरे साथ ! हम लोग हिन्दू-मुसलमानों का झगड़ा रोकें। बच्चों को भी ले लो। मैं मुहल्ले-भर की—क़स्बे-भर की—औरतों और बच्चों की पलटन लेकर दोनों जातियों के पुरुषों पर आक्रमण करूंगा, उन्हें खुदा या धर्म के नाम पर लड़ने से रोकूंगा।"

मुसलमान जननी अवाक्-सी खड़ी रह गई। खुदाराम कहता क्या है!

"चुप क्यों हो गई, मां ! तूने मुझे भीख देने की क़सम खाई है। मैं तेरे हित की बात कहता हूं। इस रक्तपात में पुरुषों के नहीं, स्त्रियों के कलेजे का ख़ून बहाया जाता है। स्त्रियां विधवा होती हैं, माताएं अपने बच्चे खोती हैं, बहनें अपमानित होती हैं। पुरुषों की यह ज़्यादती तुम्हीं लोगों के रोकने से रुकेगी। चलो ! उन पत्थरों के आगे रोओ और उन्हें लड़ने से रोको ! उन्हें बताओ कि तुम्हारे शरीर तुम्हारी माताओं की धरोहर हैं। उनकी इच्छा के विरुद्ध उनका नाश करने वाले तुम कौन हो ? देर न करो, नहीं तो सब चौपट हो जाएगा।"

एक ओर उत्तेजित मुसलमान ख़ुदा के नाम पर ईंट और डंडे चलाने पर उतारू थे, दूसरी ओर हिन्दू । वेद भगवान् का जुलूस, शुद्ध (इनायतअली) रघुनन्दन प्रसाद के परिवार के साथ और हज़ारों हिन्दुओं के साथ मसजिद के पास डटा था। युद्ध छिड़ने ही वाला था कि गंगा की कल-कल धारा की तरह हज़ारों स्त्रियों की कंठ-ध्वनि मुसलमान दल के पीछे सुनाई पड़ी। पहले खुदाराम गाते और उनके बाद स्त्रियां उसी पद को दुहराती थीं :

'तू है मेरा खुदा, मैं हूं तेरा खुदा,
तू खुदा, मैं खुदा, फिर जुदाई कहां !'

छोटे-छोटे बच्चों के कंठ की उस कोमलता के आगे, माताओं के कंठ की करुण धारा के आगे, उत्तेजित युवकों के हृदय की राक्षसता मुग्ध होकर, पुलकित होकर और नतमस्तक होकर खड़ी हो गई। मुसलमान-दल ने स्त्रियों

के इस जुलूस के लिए चुपचाप रास्ता दे दिया । हिन्दू दल वाले आंखें फाड़-फाड़कर खुदाराम और उसकी स्वर्गीय सेना की ओर देखने लगे। उस सेना में हरेक हिन्दू और प्रत्येक मुसलमान के घर की माताएं और बहनें, बेटे और बेटियां थीं।

"तुम लोग यहां क्यों आईं?" मुसलमानों ने पूछा।

"तुम लोग यहां क्यों आईं ?" हिन्दुओं ने भी प्रतिध्वनि की तरह मुसलमानों के प्रश्न को दुहराया। एक मुसलमान बूढ़ी आगे बढ़ी :

"हम आई हैं तुम्हें मरने से बचाने के लिए ! तुम हमारे बेटे हो...वे बेटे, जिन्हें हमने रात-रात भर जागकर, भूखों रहकर, दुआएं मांगकर अपनी आंखों को सुखी रखने के लिए, दिल को शान्त रखने के लिए इतना बड़ा किया है। तुम्हारे लिए हम खुदा की इबादत करती हैं।...तुम्हीं हमारे खुदा हो !

"यह क्या हो रहा है ? धर्म के नाम पर खून बहाने की क्या ज़रूरत है ? तुम्हें यह शरारत किस शैतान ने सिखाई है ? बच्चो ! तुम्हारी मांएं तुम्हें खोकर अन्धी हो जाएंगी, उनकी ज़िन्दगी ख़राब हो जाएगी। बहिश्त पाने पर भी तुम्हें चैन न मिल सकेगा। लड़ो मत ! खून से पाजी शैतान भले ही खुश हो जाए, पर खुदा कभी नहीं खुश हो सकता। खुदा अगर खून पसन्द करता, तो हमारे वजू करने के लिए पानी न बनाकर खून ही बनाता। गंगा खूनी गंगा होती, समन्दर खून का समन्दर होता। खून के फेर में न पड़ो, मेरे कलेजो ! खुदा खून नहीं पसन्द करता !"

"वेद के पागलो !" खुदाराम ने हिन्दुओं को ललकारा, "चलो, ले जाओ अपना जुलूस ! माताएं तुम्हें रास्ता देती हैं।"

मुसलमानों के हाथों के शस्त्र नीचे झुक गए। बाजा बजाने वाले बाजा बजाना भूल गए। माताओं ने रास्ता बनाया और वेद भगवान् की सवारी, हज़ारों मन्त्र-मुग्ध हिन्दुओं के साथ, निकल गई।

सावन के बादल की तरह मधुर ध्वनि से खुदाराम पुनः गरजे, माता वसुन्धरा की तरह माताओं के हृदय से पुनः प्रतिध्वनि हुई:

'तूने मन्दिर बनाया, तू भगवान् है,
मैंने मसजिद उठाई, मैं रहमान हूं।

तू भी भगवान है, मैं भी भगवान हूं,

तू खुदा, मैं खुदा, फिर जुदाई कहां !'

इस पवित्र जुलूस के नेता थे खुदाराम; उनके पीछे हिन्दू-मुसलमान बच्चे, बच्चों के पीछे दोनों जातियों की माताएं और सबके पीछे मुसलमान पुरुष—जुलूस के सशस्त्र रक्षकों की तरह चल रहे थे। प्रकृति पुलकितकलेवरा थी, आकाश में तारे खिलखिला रहे थे, चन्द्रमा हंस रहा था। वह दृश्य पृथ्वी का स्वर्ग था। □

यशपाल

जन्म : सन् 1903

मृत्यु : सन् 1976

परिचय

यशपालजी का जन्म 3 दिसम्बर, 1903 को पंजाब के ज़िला फ़ीरोज़पुर में हुआ था। शिक्षा गुरुकुल कांगड़ी, डी० ए० वी० कालेज और नेशनल कालेज, लाहौर में हुई। असहयोग आंदोलन के दिनों में आपने कालेज छोड़ दिया था और क्रांतिकारी पार्टी के सदस्य बन गए थे। अपनी क्रांतिकारी गतिविधियों के कारण आप अनेक वर्ष जेल में रहे। शहीद भगतसिंह, चंद्रशेखर आज़ाद और कॉमरेड भगवतीचरण आपके अनन्य साथियों और सहयोगियों में से थे। जेल से छूटने के बाद आपने लखनऊ में रहकर स्वतंत्र लेखन आरम्भ कर दिया था। आपने 'विप्लव' मासिक पत्र के संचालन-सम्पादन के साथ अनेक उच्च कोटि की कहानियां और सशक्त उपन्यास लिखे। साम्प्रदायिक दंगों और देश के विभाजन पर लिखा आपका वृ हद् उपन्यास 'झूठा सच' (दो भाग) आपकी लेखनकला का उत्कृष्टतम उदाहरण है। 26 दिसम्बर, 1976 को आपका देहांत हो गया।

आपकी मुख्य रचनाएं हैं:

उपन्यास : 'दादा कामरेड', 'देशद्रोही', 'दिव्या', 'मनुष्य के रूप', 'अमिता', 'झूठा सच', 'बारह घंटे'।

कहानी-संग्रह : 'ज्ञानदान', 'पिंजरे की उड़ान', 'अभिशप्त', 'फूलों का कुर्त्ता, 'उत्तराधिकारी', 'उत्तमी की मां', 'ओ भैरवी'।

हाय राम !...ये बच्चे !!!

जोशी साहब और मीर साहब पड़ोसी हैं। पड़ोस दोनों के लिए अच्छा है। दोनों बड़े आदमी हैं। यों तो ब्राह्मणों में जोशी और मुसलमानों में सैय्यद कुल के बड़प्पन और पवित्रता से ही बड़े होते हैं परन्तु वकील जोशी साहब और डाक्टर मीर साहब उस बड़प्पन पर निर्भर नहीं करते । जोशी साहब ज़िले के सफ़ल वकील हैं और मीर साहब ज़िले के सिविल सर्जन। दोनों ही उदार विचार के हैं। उनकी साम्प्रदायिकता केवल घर के भीतर रसोई-चौके तक ही सीमित है। विचारों से दोनों आधुनिक हैं। अपने बच्चों के लिए हम-हैसियत के परिवारों के गन्दे बच्चों की सोहबत-संगत पसन्द नहीं करते।

शहर में लड़के-लड़कियों के लिए और फिर हिन्दू-मुसलिम बच्चों के लिए अलग-अलग स्कूल मौजूद हैं परन्तु बड़े लोगों के बच्चे सफ़ाई और सभ्यता के ख़याल से प्रायः मिशन स्कूल में ही पढ़ते हैं। इस देश को सभ्य बनाने वाले अंग्रेज़, इस देश से जाते समय सभ्यता और सफ़ाई की विरासत अपने सहधर्मियों को ही सौंप गए हैं। वकील साहब ऊंचे कुल के ब्राह्मण हैं और डा० मीर हजरत मुहम्मद के रक्त का दावा करते हैं परन्तु दोनों को ही सभ्यता और सफ़ाई का अंग्रेज़ी कायदा पसन्द है। बच्चों को सभ्य और सफ़ाई-पसन्द बनाने के लिए दोनों ने मिशन स्कूल में दाखिल करवा दिया है। वकील साहब की दोनों लड़कियां नीलू और ऊषा डा० ख़ान के पांच बरस के लड़के बन्ने और सात बरस की लड़की नस्सू (नसीम) एक ही जगह पढ़ते हैं।

नीलू और नस्सू समवयस्क, सहपाठी और पड़ोसी होने के कारण सहेलियां भी बन गई हैं। दोनों वही खेल खेलती हैं जो हिन्दुस्तान भर की इस आयु की लड़कियां खेला करती हैं, गुड़िया का खेल। दोनों ने लड़की के खाली खोखों में अपनी गुड़िया के मकान सजाए हुए हैं और अपनी गुड़ियों की शादियां करती रहती हैं। इन शादियों में एक-दूसरे को न्योतती रहती हैं। दोनों के गुड्डे आधुनिक यानी सोहबी पोशाक पहने हुए हैं परन्तु गुड़ियों की पोशाक में कुछ अन्तर है। नीलू की एक गुड़िया साड़ी, एक लहंगा और तीसरी फ्राक पहने है। नस्सू की एक गुड़िया सलवार पहने हुए है, दूसरी गरारा और तीसरी फ्राक। इतने साम्प्रदायिक भेद से उनमें दंगा हो जाने की कभी कोई आशंका नहीं हुई। अलबत्ता, नीलू अपनी मां से एक सलवार पहने गुड़िया और नस्सू अपनी अम्मीजान से एक साड़ी वाली गुड़िया मांगती रहती है।

डा० मीर को चौथे पहर अपने यहां बन्ने और नस्सू के साथ नीलू और ऊषा दिखाई दे जाएं तो सभीको अपने पास बुलाकर दो-दो बिस्कुट अपने हाथ से उनके मुंह में देकर खुश हो जाते हैं। दोनों की गुड़ियों का हाल-चाल पूछ लेते हैं। गुड़ियों के लिए चाकलेट ला देने का पक्का वायदा कर भूल जाते हैं। बच्चे आपस में इतने हिलमिल गए हैं कि दोनों घरों में सभी जगह कमरों और बरामदों में धमा-चौकड़ी मचाते रहते हैं।

नस्सू की अम्मीजान चौथे पहर, बन्ने और नस्सू को नाश्ता देने लगती हैं तो नीलू और ऊषा को साथ देख उन्हें भी कुछ देने को मन हो आता है परन्तु अपनी रसोई में पकी चीज़ ब्राह्मण के बच्चों को देते, हाथ झिझक जाता है। वे 'आदमी' की बनाई चीज़ छोड़, भगवान या अल्लाह की बनाई चीज़, जिसमें हिन्दू-मुसलमान की छूत का परहेज़ नहीं होता, कोई फल-वल या कारखाने का बना बिस्कुट, टाफ़ी जोशी साहब के बच्चों को दे देती हैं। ऐसी कठिनाई जोशी साहब के यहां नहीं होती, क्योंकि ब्राह्मण अपने-आपको संसार के सब मनुष्यों से पवित्र समझते हैं। ब्राह्मण के विचार में उसके हाथ की छुई हुई चीज़ से किसीको परहेज़ नहीं हो सकता परन्तु एक झिझक यहां भी हो ही जाती है।

झिझक ऐसी कि जब नीलू और ऊषा की मम्मी या दादी अपने बच्चों को

खाने के लिए कोई चीज़ कांसे की कटोरी या तस्तरी में देती हैं तो वही चीज़ बन्ने या नस्सू को कांसे की कटोरी या तश्तरी सामने रहने पर भी चीनी या कांच का बरतन ढूंढ़कर देनी पड़ती है। इनके विश्वास में कांसे का बरतन पवित्र और चीनी या कांच का बरतन अपवित्र होता है। यों भी कहा जा सकता है कि कांसे-पीतल का बरतन हिन्दू होता है जो दूसरों की छूत से अपवित्र हो जाता है। कांच और चीनी के बरतन अपवित्र ही होते हैं। वे स्वयं सदा कांसे-पीतल के बरतन का ही व्यवहार करती हैं, चीनी या शीशे के बरतन का कभी नहीं। मुसलमान चाहे कितना ही सुथरा या बड़ा आदमी हो, उसके बच्चे चाहे कितने ही प्यारे लगे, उन्हें अपने खाने के बरतन में कैसे खिलाया जा सकता है ? मुसलमान या अछूत को धातु के बरतन में खिला देने के बाद, बरतन को शुद्ध करने के लिए आग में रखना ज़रूरी हो जाता है। वे स्वयं कुछ खाने-पीने से पहले बन्ने और नस्सू को बाहर खेलने के लिए जरूर बहला देती हैं। खाने-पीने की चीज़ पर अछूत या मुसलमान की दृष्टि पड़ जाने से भी चीज़ ऊंची जात के हिन्दुओं के लिए अपवित्र हो जाती है।

नीलू और ऊषा को दादी और मां ने कई बार समझाया है, "पागलो, रसोई खेलने की जगह नहीं है।...रसोई और पूजा की कोठरी में बन्ने और नस्सू को कभी नहीं लाना। इतना भी नहीं समझतीं तुम कि मुसलमानों को रसोई और पूजा की कोठरी में नहीं लाते ?"

बच्चे काफी तेज़ी से भांपने और समझने लगते हैं। बन्ने अभी पांच ही वर्ष का है परन्तु नस्सू कोई नई बात देखती है तो अपनी पलकें फैलाकर स्थिर आंखों से सोचने लगती है। नीलू अपनी गुड़िया की शादी अपने गुड्डे से कई बार कर चुकी थी। उस दिन वह अपनी गुड़िया की शादी नस्सू के गुड्डे के साथ करने के लिए नस्सू को न्योत कर साथ लिवा लाई थी। दोनों समधिनें बनने वाली थीं। यों तो गुड़िया की शादी और दावत का प्रबंध बरामदे में ही था परन्तु किसी चीज़ की ज़रूरत पड़ जाने पर दोनों साथ-साथ दौड़ती रसोई में जा पहुंचीं।

नीलू की मां और दादी उस समय शाम की चाय जोशी साहब के लिए उनके कमरे में भेजकर स्वयं कांसे के गिलासों में चाय पी रही थीं। दोनों

लड़कियों को रसोई में धंसे आते देख उन्होंने अपनी चाय नस्सू की नज़र से छिपाकर बड़ी कठिनाई से उन्हें दरवाज़े पर ही रोका और दो मिनट में स्वयं ही सब कुछ बरामदे में पहुंचा देने का आश्वासन दे बहला दिया।

ऐसा पहले भी कई बार हो चुका था लेकिन उस दिन नस्सू को कुछ अधिक समझ आ गया। बरामदे की ओर लौटते हुए उसने नीलू के गले में बांह डालकर पूछा, "एक बात सुन ! तेरी दादी और भाबी मुझे रसोई में नहीं आने देतीं ! मेरे सामने खाती-पीती भी नहीं !...क्या बात है ?"

नीलू ने भौंह चढ़ाकर सोचा और नस्सू की कमर से लिपटते हुए उसे अपने साथ चिपकाकर समझाया, "मैं बताऊं, तू मुसनी है न ?"

नस्सू ने सोच कर पूछा, "अच्छा, तु मुसली नहीं है ?"

"नहीं, मैं जोशी हूं।" नीलू ने समझाया, "तेरी अम्मीजान सलवार पहनती हैं। वो मुसली हैं। मेरी अम्मी धोती पहनती हैं। वो जोशी हैं।"

"तू कहां धोती पहनती है ? तू फराक पहनती है। मैं भी फराक पहनती हूं।" नस्सू ने फिर आग्रह किया।

"मैं बताऊं, अभी हम लोग बच्चे हैं..." नीलू सोचकर बोली, "जब हम बड़ी हो जाएंगी तो मैं मम्मी की तरह धोती पहनूंगी। मैं जोशी हो जाऊंगी। तू अम्मीजान की तरह सलवार और गरारा पहनेगी। तू मुसली हो जाएगी। फिर मैं तेरे हाथ का नहीं खाऊंगी। अभी तो मैं छोटी हूं। छोटों को समझ नहीं होती है न ? बड़ी हो जाऊंगी तो तेरे हाथ का थोडे ही खाऊंगी।"

"तू मेरे हाथ का नहीं खाएगी तो मैं भी तेरे हाथ का नहीं खाऊंगी।" नस्सू ने समर्थन किया, "जब हम बड़ी हो जाएंगी तो हिन्दू और मुसलमान हो जाएंगी। हिन्दू-मुसलमानों में खूब लड़ाई होगी। हम लोग भी खूब लड़ेंगे, है न ?"

"हां, तो फिर तेरे गुड्डे और मेरी गुड़िया की शादी कैसे होगी ? हम खेलेंगी कैसे ?" नीलू ने चिन्ता से पूछा।

"शादी नहीं होगी तो आओ गुड्डे-गुड़िया की लड़ाई का खेल खेलें।"

नस्सू ने सुझाया, "तू मेरे गुड्डे को छुरी मार, मैं तेरी गुड़िया को छुरी मारूंगी

और फिर गुड्डे-गुड़िया के घर में आग लगा देंगे...है न ?"

नीलू के सहमत हो जाने पर नस्सू ने सुझाया, "तो जा, तू रसोई से तरकारी काटने की छुरी ले आ। गुड्डे-गुड़ियों की लड़ाई का खेल खेलें ।"

नीलू ने जाकर दादी से बड़ी छुरी मांगी। उन्होंने विस्मय से पूछा, "हैं छुरी!... छुरी का क्या करोगी?...न ! हाथ कट जाएगा।"

"नहीं नहीं !...नहीं कटेगा । हम हिन्दू-मुसलमान की लड़ाई खेलेंगे। ...दो न जल्दी !" नीलू ने मचलकर आग्रह किया।

दादी की आंखें भय और विस्मय से फैल गईं। दोनों हाथों में सिर थाम, उन्होंने नीलू की मां को पुकारा—"हाय राम !...देख तो !! ... ये बच्चे !!!"

□

चंद्रगुप्त विद्यालंकार

जन्म : सन् 1906

परिचय

चंद्रगुप्त विद्यालंकारजी का जन्म पश्चिमी पाकिस्तान के कोट अद्दू गांव में 1906 में हुआ था। आपकी शिक्षा-दीक्षा गुरुकुल कांगड़ी, हरिद्वार में हुई। वहीं से विद्यालंकार की उपाधि प्राप्त कर लाहौर में 'विश्व-साहित्य ग्रंथ-माला' का प्रकाशन व संचालन किया । आपकी पहली कहानी 1928 में 'विशाल भारत' में छपी थी। विभाजन के पश्चात् चंद्रगुप्तजी दिल्ली आ गए थे, जहां आपने भारत सरकार के प्रकाशन विभाग द्वारा प्रकाशित 'विश्व-दर्शन' और 'आजकल' मासिक पत्रों का सम्पादन किया। उसके पश्चात् टाइम्स ऑफ़ इंडिया ग्रुप की कहानी-पत्रिका 'सारिका' के सम्पादक रहे। आजकल थाणें (महाराष्ट्र) में रह रहे हैं।

कहानी लेखक होने के साथ-साथ चंद्रगुप्तजी नाटककार, अनुवादक और आलोचक भी रहे हैं। सरल भाषा, वातावरण का मार्मिक चित्रण और शिल्पगत नये प्रयोग आपकी कला के प्रमुख गुण हैं। आप प्रायः अपनी कहानियों का कथानक यथार्थ घटनाओं से लेते हैं और कहानी के प्रमुख पात्र पर ही अपनी दृष्टि केन्द्रित रखते हैं ।

आपकी प्रमुख रचनाएं हैं:

कहानी-संग्रह : चंद्रकला', 'भय का राज्य', 'अमावस', 'तीन दिन' ।

नाटक : 'रेवा', 'अशोक', 'कॉस्मोपोलिटन क्लब' ।

मास्टर साहब

न जाने क्यों बूढ़े मास्टर रामरतन को कुछ अजीब तरह की थकान-सी अनुभव हुई और सन्ध्या-प्रार्थना समाप्त कर वे खेतों के बीचोबीच बने उस छोटे-से चबूतरे पर बिछी एक चटाई पर ही लेट रहे । सन् 1947 के अगस्त मास की एक चांदनी रात अभी-अभी शुरू हुई थी। मास्टर साहब ने जब सन्ध्या-प्रार्थना शुरू की थी, तो आकाश पर छितराए बादलों में अभी गहरी लाली विद्यमान थी; परन्तु सन्ध्या समाप्त कर जब उन्होंने अपनी आंखें खोलीं, तो सब तरफ चांदनी व्याप्त हो चुकी थी और आकाश के एक भाग में छाए हल्के-हल्के बादल रूई के बंडलों की तरह सफ़ेद दिखाई देने लगे थे। पिछले दिनों बहुत गरमी रही थी—मौसम की भी और दिमाग़ की भी। मास्टर साहब का यह क़स्बा जैसे दुनिया के एक किनारे पर है। नज़दीक-से-नज़दीक का रेलवे-स्टेशन वहां से 30 मील की दूरी पर है। फिर भी पिछले कितने ही दिनों से कितनी अमंगलपूर्ण ख़बरें दिन-रात सुनने में आ रही हैं। सुना जाता है, मुसलमान हिन्दुओं और सिक्खों के खून के प्यासे बन गए हैं। दुनिया तबाह हो रही है। घर-बार लूटे जा रहे हैं। सब तरफ मार-काट जारी है। मास्टर साहब के गांव में अभी तक अमन-चैन है, फिर भी वहां के वातावरण में एक गहरा त्रास स्पष्ट रूप से छाया हुआ है।

चांदनी रात की ठण्डी हवा और चारों तरफ गहरा सन्नाटा । मास्टर साहब को जैसे राहत-सी मिली। थके हुए दिमाग़ का बोझ उतर-सा गया। ऊंह, ये सब झूठी अफ़वाहें हैं ! कभी ऐसा भी हो सकता है ! भला, जब मैंने किसीका

कुछ भी नहीं बिगाड़ा, तो किसीको कुत्ते ने काटा है कि वह मेरे खून तक का प्यासा बन जाए ! अपनी ज़िन्दगी के 65 बरस मैंने यहां बिताए हैं। मेरे शागिर्दों की संख्या हज़ारों में है। हिन्दू, सिक्ख, मुसलमान सभीको मैंने एक समान दिलचस्पी से पढ़ाया है। कोई एकाएक मेरा दुश्मन क्यों बन जाएगा ? मगर यह पाकिस्तान ! मास्टर साहब की दिमाग़ी राहत को जैसे एकाएक ठोकर लग गई। हूं, यह पाकिस्तान तो अब सिर पर ही आने वाला है ! मास्टर साहब के शरीर-भर में एक कंपकंपी-सी छूट गई।

मां प्रकृति ने जैसे अपने इस बूढ़े पुत्र को एक प्यार-भरी थपकी दी। हवा की ठंडक और भी बढ़ गई और चांदनी का उजलापन और भी चमक आया। मास्टर साहब को सहसा अनुभव हुआ, यह तो वही दुनिया है, जिसे देखने का अभ्यास उन्हें बचपन से है। वही खेत हैं, जिन्हें उनके बाप-दादा उनके लिए छोड़ गए हैं। वही आसमान है, वही धरती है और वही सदैव ताज़ी बनकर बहने वाली हवा है। आख़िर पाकिस्तान इन सब को तो नहीं बदल डालेगा। ये सब तो उसी तरह कायम रहेंगे। आख़िर पाकिस्तान में भी इंसान की मिल्कीयत रहेगी, काम-धन्धे रहेंगे, ज़बान रहेगी, लिखना-पढ़ना रहेगा। फिर मेरे-जैसा फ़ारसीदां पाकिस्तान वालों को क्योंकर नागवार गुज़रेगा ? पाकिस्तान बनेगा, तो यह सब कुछ बदल थोड़े ही जाएगा। आख़िर कोई बाहर के लोग आकर पाकिस्तान को नहीं बताएंगे। पाकिस्तान एक दिन बनना ही था । चलो, वह हमारी ज़िन्दगी में ही बन गया।

रात का सन्नाटा और भी गहरा हो गया और अपनी इस छोटी-सी ज़मींदारी के इस अत्यन्त सुरक्षित भाग पर लेटे-लेटे मास्टर साहब को नींद आ गई। प्रभात की लाली आसमान पर दिखाई देने लगी ही थी कि मास्टर साहब की नींद टूट गई। सहसा उन्होंने पाया कि वातावरण अभी तक एकदम नीरव है। यहां तक कि चिड़ियों की चहचहाहट भी उन्हें सुनाई नहीं दी। मास्टर साहब उठ खड़े हुए और तेज़ी से गांव की ओर चल पड़े।

एक ख़ास तरह की मनहूसियत जैसे उन्हें चारों ओर फैली हुई दिखाई दे रही थी। राह में कितने ही मुसलमान किसानों के कच्चे कोठे हैं। उन कोठों के आसपास कितने ही बच्चों और औरतों को उन्होंने देखा। उनमें से अधिकांश

से वे परिचित थे, परन्तु आज सभी उन्हें कुछ बदले हुए-से प्रतीत हो रहे थे। एक गहरी चुप्पी जैसे पुकार-पुकारकर उन्हें चेतावनी दे रही थी कि महाकाल की बेला सिर पर है। राह के किसानों के चेहरे ज़रूर गम्भीर थे, परन्तु मास्टर साहब से किसीने कुछ भी नहीं कहा। वे तेज़ी से अपने गांव की ओर बढ़ते गए।

यह दूर पर क्या दिखाई दे रहा है ? मास्टर रामरतन सहसा चौंक पड़े। जिस तरफ उनका गांव है, उधर ही सुदुर क्षितिज पर बहुत बड़े पैमाने पर यह काला-काला क्या दिखाई दे रहा है ! ये बादल हर्गिज नहीं है; क्योंकि बादल नीचे से ऊपर को नहीं जाया करते ! मास्टर साहब की चाल और भी तेज़ हो गई। अब उन्हें सुदूर क्षितिज पर लाली भी दिखाई देने लगी। सुबह-सुबह पश्चिम में दिखाई देने वाली यह लाली स्पष्टतः किसी बहुत बड़े अमंगल की सूचक थी। बूढ़े मास्टर साहब अपने परमात्मा से प्रार्थना करने लगे : और चाहे जो कुछ हो, यह अग्निकांड उनके गांव में न हुआ हो। मगर यह तो स्पष्ट ही है कि उनका गांव जल रहा है। बूढ़े मास्टर ने अपनी प्रार्थना की मांग और भी कम कर दी : चाहे उनका सारा गांव जलकर भस्म हो जाए, उनके गांव के सभी निवासी सही-सलामत बच जाएं।

मास्टर साहब अब दौड़ने लगे। बहुत जल्द वे पसीना-पसीना हो गए, पर उनकी दौड़ जारी रही। कुछ दूर पहुंचकर एक अत्यन्त त्रासदायक महानाद-सा भी उन्हें सुनाई देने लगा, जैसे सैकड़ों नर-नारी एकसाथ हाहाकार कर रहे हों।

बूढ़े मास्टर ने अपनी प्रार्थना की मांग और भी कम कर दी : चाहे कितने ही लोग क़त्ल भी क्यों न हो जाएं, उनके गांव की किसी लड़की का अपमान न होने पाए।

और तभी सहसा चिन्ता के एक बड़े तूफ़ान ने उनके हृदय को एक सिरे से दूसरे सिरे तक झकझोरकर रख दिया। ओह, उनके परिवार की सब स्त्रियां और बच्चे गांव में ही थे ! और उनकी लाड़ली पोती निर्मला, जिसकी पन्द्रवीं वर्षगांठ अभी पांच ही दिन हुए बीती है !

मास्टर साहब के हृदय की सम्पूर्ण सद्-अभिलाषाएं खुद-ब-खुद अपनी

लाड़ली पोती निम्मो के चारों ओर केन्द्रित हो गई ! ओ मेरे परमात्मा, ओ मेरे देवता, यह तेरी अपनी लज्जा का सवाल है ! मेरी निम्मो को तू अपने पास भले ही बुला ले, उसकी बेइज़्ज़ती मत होने देना।

पूरब दिशा में अग्नि का पुंज सूरज निकल आया। मास्टर साहब अब अपने गांव के काफ़ी नज़दीक पहुंच गए थे। अब वे अकेले भी नहीं थे। उनके गांव के कितने ही हिन्दू और सिक्ख खेतों में छिपे या गांव की ओर से भागकर आते हुए उन्हें दिखाई दिए। मास्टर साहब पसीने से तर-बतर हो गए थे। राह की धूल उस पसीने से लगकर वहीं द्रवीभूत होने लगी थी। इस बहती मिट्टी से उनका मुंह, कपड़े और बाल बुरी तरह भर गए। फिर भी जिस किसी तरह वे दौड़ते चले गए और अपने गांव की सीमा में आ पहुंचे।

मास्टर साहब ने आवाज़ दी, "नत्थूसिंह, मेरे घर का क्या हाल है ?"

नत्थूसिंह उनका पड़ोसी था। वह इतना उदास दिखाई दे रहा था, जैसे उसकी निर्जीव देह-मात्र चल-फिर रही हो। नत्थूसिंह ने मुंह से कुछ नहीं कहा, सिर्फ़ इस तरह सिर हिला दिया, जिससे उसकी असमर्थता प्रकट होती थी। मास्टर साहब ने कितने ही लोगों को पुकारा, पर जवाब कहीं से नहीं मिला। कुछ ही क्षणों के बाद मास्टर साहब अपने मोहल्ले के सामने विद्यमान थे। राह भर में कितनी लाशों को लांघकर मास्टर साहब इस जगह तक पहुंच पाए।

मास्टर साहब का मोहल्ला पक्के मकानों का था। इससे आग वहां बहुत फैलने नहीं पाई थी। किनारे के कुछ मकान ज़रूर जल गए थे और अब उनमें से गहरा नीला-काला धुआं उठ रहा था। पर मास्टर साहब का अपना मकान ज़रा भी नहीं जलने पाया था और न अब उधर आग बढ़ने का ख़तरा ही था। मास्टर साहब लपककर घर के सामने पहुंचे। गली भर में एक भी आदमी उन्हें दिखाई नहीं दिया। सब तरफ सन्नाटा था—मौत का गहरा सन्नाटा ! कुत्ता, बिल्ली या कोई भी ज़िन्दा प्राणी गली में नहीं था। आसमान में परिन्दे तक नहीं थे। सिर्फ दूर पर जल रहे मकानों की ज्वालाएं एक भयोत्पादक आवाज़ उत्पन्न कर रही थीं।

क्षण-भर को मास्टर साहब ठिठक गए। जो कुछ हो बीता है, उसका

आभास उन्हें मिल गया था। फिर भी यह उम्मीद तो थी कि घर के लोग शायद बच गए हों। अगर यही उम्मीद क़ायम रह सकती तो ! क्षण-भर के बाद मास्टर साहब ने सहमे-सहमे से आवाज़ दी, "निम्मो !"

कोई जवाब नहीं आया।

मास्टर साहब ने पुकारा, "निम्मो की दादी ! बेटा सत्ती; बेटा, प्रकाश; बेटी सतवती !"

कोई जवाब नहीं आया।

मास्टर साहब धीरे-धीरे घर के भीतर प्रविष्ट हुए। घर के सब दरवाज़े चौपट खुले पड़े थे। अन्दर जैसे कोई झाड़ू-सा दे गया था। कहीं कोई चीज़ नहीं थी। गुंडे सभी कुछ उठा ले गए थे। भीतर जाते ही एक तरफ बैठक है। सब खाली। उसके बाद एक खुला सहन है। इस सहन के दाहिनी ओर दो कमरे हैं, जो सर्दियों में परिवार के सोने के काम आते हैं। दोनों कमरे एकदम खाली पड़े हैं। सहन की बाईं ओर एक दरवाज़ा है, उसमें से होकर एक और छोटे सहन में जाना होता है, जहां घर के जानवर बांधे जाते हैं—एक बरामदा, एक कमरा जानवरों के लिए। इस वक़्त सब खाली हैं। कमरे के पिछवाड़े में ज़रा-सी जगह खाली है, जिसके चारों ओर ऊंची दीवारें हैं। यहां मास्टर साहब की बूढ़ी घरवाली ने तुलसी के कुछ घने झाड़ बो रखे हैं और उनके पास एक चबूतरे पर वे नियमित रूप से भगवान की पूजा करती हैं। धड़कते दिल से मास्टर साहब इस झाड़ तक आ पहुंचे।

ओह, मेरे भगवान ! यह सब क्या सच है ! तुलसी के उस झाड़ के नीचे नन्हे सत्ती और नन्हे प्रकाश के क्षत-विक्षत निष्प्राण देह पड़े हैं, मानो अनजान शिशु डरकर मां तुलसी की गोद में आसरा पाने आए हों। उधर चबूतरे पर मां-बेटी—मास्टर साहब की जीवन-संगिनी अपनी बड़ी लड़की से चिपककर—पड़ रही हैं निष्प्राण, निस्पन्द !

क्षण-भर के लिए मास्टर साहब को प्रतीत हुआ, जैसे वे स्वयं निष्प्राण हो गए हैं ; उनके हृदय की सम्पूर्ण अनुभूति सन्न होकर एकदम निष्क्रिय बन गई है। परन्तु अभी तो मास्टर साहब ने सभी कुछ नहीं देखा ! उनकी लाड़ली निम्मो कहां है ?

बूढ़े मास्टर की बेहोश होती हुई चेतना खुद-ब-खुद लौट आई ! वे अत्यन्त करुण स्वर में चीख उठे, “निम्मो, निम्मो, निम्मो !”

कहीं से कोई जवाब नहीं मिला।

उसके बाद घण्टों की मेहनत से मास्टर रामरतन रात के महाप्रलय के सम्बन्ध में जो कुछ जान पाए, उसका सार इतना ही था कि चांद डूबने से घण्टाभर पहले मुसलमानों की एक बहुत बड़ी संख्या ने गांव के उस भाग पर हमला कर दिया, जिसमें हिन्दू और सिक्ख रहते थे। यह हमला इतना अचानक और इतने ज़ोर से हुआ कि उसका मुकाबला किया ही नहीं जा सका। आक्रमणकारी लोगों में बहुत बड़ी संख्या आस-पास के तथा दूर से आए मुसलमान किसानों की थी ; परन्तु यह कह सकना कठिन है कि गांव के मुसलमान भी उसमें शामिल थे या नहीं। भयंकर मार-काट और लूटमार के बाद गुण्डे लोग गाड़ियों में भरकर लूटा हुआ माल अपने साथ ले गए हैं। गांव की बीसों जवान लड़कियों को भी वे अपने साथ लेते गए हैं । वे लोग ही बच पाए, जो रात के वक़्त घरों से भागकर खेतों में जा छिपे या दूर भाग गए। वे सब लोग अब एक जगह इकट्ठे कर लिए गए हैं और उन्हें नये हिन्दुस्तान में भेजने का इन्तज़ाम किया जा रहा है। मास्टर साहब के एक पड़ोसी ने इतना ही बताया कि जब वह उनके घर के सामने से होकर भागा जा रहा था, तो घर के भीतर से भयंकर हाहाकार सुनाई दे रहा था। निम्मो के सम्बन्ध में सभीका यह ख़याल था कि गुण्डे ज़रूर उसे अपने साथ उठा ले गए हैं।

बूढ़े मास्टर की परेशानी की सीमा न रही। जन्मभर के उस अत्यन्त ईश्वर-परायण वृद्ध की अन्तरात्मा ने अपने उस अज्ञात आराध्यदेव से पूछा, “मेरे किस अपराध की सज़ा इस छोटी-सी, मासूम-सी बच्ची को मिली है, ओ मेरे देवता ?”

अपनी जीवन-संगिनी, बड़ी विधवा पुत्री और दोनों पोतों को एकसाथ खोकर बूढ़े मास्टर के लिए ज़िन्दगी में क्या दिलचस्पी बाकी रह सकती थी ? अच्छा होता कि वे भी साथ ही मर जाते। पर मास्टर अब यह बात सोच भी नहीं सकते थे कि उनकी लाड़ली पोती निम्मो ज़िन्दा है और वह गुंडों के हाथ

में है।

अपना जीवन-ध्येय चुनने में मास्टर साहब को सोचने की आवश्यकता नहीं पड़ी। वह तो जैसे आसमान पर लिखा हुआ-सा उनके सामने आ गया। बूढ़े मास्टर ने निश्चय किया कि वे जिस किसी तरह निम्मो की तलाश करेंगे, किसी-न-किसी तरह उसके पास पहुंच जाएंगे और...? साफ़ था कि बूढ़ा उसे बचा नहीं सकेगा, तब ? निम्मो के पास पहुंचकर बूढ़ा दादा अपने हाथों अपनी पोती की हत्या करेगा और उसके बाद खुद भी मर जाएगा।

सांझ तक गांव के भले मुसलमानों की मेहनत से वे सब हिन्दू और सिक्ख एक धर्मशाला में एकत्र कर दिए गए, जो प्रभात के महाप्रलय से बाकी बच रहे थे। थाने से दो बार सिपाही भी उनकी देखभाल के लिए आ पहुंचे और उन्हें ज़िले की ओर ले जाने का प्रबन्ध किया जाने लगा। परन्तु मास्टर रामरतन इन लोगों में नहीं थे। न जाने वे किस वक़्त चुपचाप गांव से खिसक गए।

गांव छोड़ने के तीन दिनों के भीतर ही मास्टर रामरतन का जैसे कायाकल्प हो गया। मुंह की झुर्रियां और भी गहरी हो गई, आंखें एक तरह से गढ़े में चली गई, और उनके नीचे कालिमा-सी पुत गई। ये तीन डरावने दिन उनकी 65 साल की ज़िन्दगी पर जैसे पूरी तरह छा गए। मास्टर साहब का चेहरा इतना ग़मगीन और इतना गम्भीर दिखाई देने लगा, जैसे वे अपनी सारी ज़िन्दगी में कभी न हंसे हों और न मुसकराए ही हों।

किसी अपरिचित के लिए यह पहचान सकना अब आसान नहीं था कि मास्टर साहब हिन्दू हैं या मुसलमान । बेतरतीबी से बढ़े, हुए और बेपरवाही से बिखरे हुए उनके धूलधूसरित बालों ने उनकी आकृति पर फ़कीरी की छाया डाल दी थी—एक फ़कीर, जो न हिन्दू होता है और न मुसलमान। वह फ़कीर बन ही तभी सकता है, जब वह इस दुई को, इस भेद-भाव को, एकदम भूल जाए।

आसपास की कितनी ही बस्तियों और गांवों की ख़ाक छानते-छानते मास्टर साहब को यह मालूम हो गया कि उनके गांव पर आक्रमण करने वालों का मुखिया एक पूरे गांव का ज़मींदार गुलामरसूल था। और यह भी कि वह कितनी ही हिन्दू-लड़कियों को अपने साथ घर ले गया है।

राह की एक सुनसान पगडंडी पर ही चलते-चलते सहसा बूढ़े मास्टर को अनुभूति हुई कि वे अपने लक्ष्य के बहुत नज़दीक आ पहुंचे हैं। इस अनुभूति के साथ-ही-साथ उनका हाथ जैसे खुद-ब-खुद जेब में पहुंच गया, जहां एक चाकू संभालकर रखा गया था। बूढ़े मास्टर ने चारों ओर एक खोजती निगाह डाली और जब दूर तक उन्हें और कोई मानव-आकृति नहीं दिखाई दी,तो कांपते हाथों से उन्होंने वह चाकू जेब से बाहर निकाल लिया। चलते-चलते बायें हाथ में चाकू पकड़कर दाहिने हाथ से उसे खोला और बिना रुके ही दाहिनी हाथ की तर्जनी उंगली से उसकी धार की परीक्षा की। बूढ़े का हाथ बुरी तरह से कांप रहा था। इससे उंगली की मोटी चमड़ी ज़रा-सी कट गई और उसपर खून चमक आया । चार दिनों में पहली बार मास्टर को उत्साह की अनुभूति हुई। एक अजीब तरह की उत्तेजना उनके थके हुए मन पर छा गई। हां, मैं अपना काम बखूबी कर सकूंगा। इस तेज़ चाकू से एक हत्या और उसके बाद आत्महत्या ! चाकू बन्द करके उन्होंने जेब में डाल लिया और डगमगाते पैरों की गति स्वयमेव तेज़ हो गई।

गुलामरसूल का घर तलाश करने में मास्टर साहब को देर नहीं लगी। कुल मिलाकर 25-30 मकान थे और उनमें सबसे बड़ा और सबसे ऊंचा मकान ज़मींदार का था। उन्होंने मकान के दरवाज़े पर दस्तक दी। क्षणभर में मकान के सहन का दरवाज़ा खुल गया और एक बच्चे ने आकर पूछा, “क्या चाहिए ?”

मास्टर साहब सहसा चौंक गए। बच्चे की उमर उनके चार साल सत्ती से अधिक नहीं थी। तो अभी तक दुनिया में मासूम बच्चे मौजूद हैं ! इस महान् हत्यारे के घर उनका स्वागत एक बच्चा करेगा, इसकी उम्मीद उन्हें कदापि नहीं थी। मास्टर साहब के झिझक-भरे मौन पर वह बच्चा चकित होने वाला ही था कि उन्होंने कहा, “मियां गुलामरसूल घर पर हैं?”

“कौन, अब्बा?”

“हां, तुम्हारे अब्बा।”

इसी वक़्त भीतर से एक नारी-कण्ठ सुनाई दिया, “कौन आया है, बेटा हमीद ?”

बच्चे ने जवाब दिया, "कोई फ़कीर है, अम्मी! अब्बा को पूछता है।"

बड़े दरवाज़े के दाहिनी ओर घर की बैठक थी। क्षण-भर बाद बैठक का दरवाज़ा खुल गया और बड़ी उम्र के एक अन्य लड़के ने मास्टर साहब से भीतर चलने को कहा। बैठक में कुछ मोढ़े रखे थे। एक तरफ एक पलंग पड़ा हुआ था। मास्टर साहब चुपचाप एक मोढ़े पर जा बैठे।

वह लड़का बड़ी हैरानी से मास्टर साहब की ओर देख रहा था। उनके बैठ जाने पर उसने पूछा, "चचा से क्या कह दूं ? वे साथ के मकान में गए हैं। मैं अभी जाकर उन्हें बुला लाता हूं।"

मास्टर साहब इस प्रश्न के लिए तैयार नहीं थे। फिर भी उनके दिमाग़ ने उन्हें धोखा नहीं दिया। मास्टर साहब आज सुबह नूरपुर से इस गांव की ओर चले थे। उन्होंने कह दिया, "चचा से कहना, नूरपुर से पैग़ाम आया है।"

लड़का चला गया और मास्टर साहब को जैसे ज़रा सोच सकने की फुरसत मिली। यहां तक तो सब ठीक ! अब आगे क्या होगा ? गुलामरसूल अभी आता होगा। परन्तु वे अपनी निम्मो को उससे मांग किस तरह सकेंगे ? कोई बहाना तलाश करने से शायद काम बन जाए। यह तो साफ़ ही है कि सब लोग उन्हें मुसलमान समझने लगे हैं। क्यों न वे इसी बात का फ़ायदा उठावें। वे कह सकते हैं कि नूरपुर का ज़मींदार कुछ लड़कियां चाहता है और वह उनके लिए अच्छी क़ीमत भी देने को तैयार है। इसी बहाने से वे सब लड़कियों को देखने की इच्छा प्रकट कर सकते हैं। और जहां तक भेद खुलने का सवाल है, उन्हें उसकी चिन्ता ही क्या है। आख़िर वे तो अपनी जान देने ही यहां आए हैं। अगर उनकी चाल असफल हो गई, तो वे गुलामरसूल पर तेज़ चाकू से हमला तो कर ही सकते हैं। जो कुछ हो जाए, उतना ही सही। निकट भविष्य में उन्हें क्या करना होगा, इसका निश्चय उन्होंने अनायास ही कर लिया।

और यह निश्चय कर लेने के साथ-ही-साथ उन्हें ध्यान आया कि उनका अन्त समय सिर पर है। कुछ ही क्षणों के भीतर वे अपने परिवार से जा मिलेंगे, अपने भगवान के चरणों में जा पहुंचेंगे। मास्टर साहब मनही-मन राम-नाम का जाप करने लगे।

और सहसा एक अत्यन्त अप्रत्याशित घटना घटित हो गई। जो छोटा बच्चा पहले-पहल मास्टर साहब का स्वागत करने दरवाज़े पर उपस्थित हुआ था, उसी हमीद का हाथ पकड़कर सहसा निम्मो बैठक के दरवाज़े पर आ उपस्थित हुई। बूढ़ा मास्टर सहसा चीख उठा, "निम्मो !"

दरवाज़े पर ही से निम्मो चिल्लाई, "दद्दा !"

और उसी क्षण बूढ़े रामरतन ने अपनी 15 बरस की पोती को गोद में उठा लिया। न जाने इतनी शक्ति बूढ़े मास्टर में कहां से आ गई ! भावों का पहला तूफ़ान निकल जाने के बाद भी मास्टर को यह समझ नहीं आया कि वे इस हालत में क्या करें ! जेब में मौजूद तेज़ चाक की उपस्थिति का ज्ञान उन्हें अब भी था; परन्तु जैसे चाहते हुए भी वे चाकू निकाल नहीं पाए । बूढ़े के आश्चर्य की सीमा न रही, जब उन्होंने पाया कि जैसे बच्चा हमीद निम्मो का साथ ही नहीं छोड़ना चाहता । मास्टर साहब के प्रेम का यह उफ़ान देखकर वह सहम-सा गया है और तब भी उसका दाहिनी हाथ निम्मो के बायें हाथ को पकड़े हुए है।

मास्टर साहब अभी तक सकते की-सी हालत में थे कि सहसा गली में शोर मच गया—'काफ़िर, काफ़िर !' मास्टर साहब अभी तक अपनी जेब से चाकू निकाल नहीं पाए थे कि दो जवान मुसलमानों ने उन्हें जकड़कर पकड़ लिया। घर की एक बूढ़ी औरत ने घर में काफ़िर की मौजूदगी की सूचना बहुत शीघ्र मोहल्ले-भर को दे दी थी।

और उसी वक़्त गालियां बकते हुए गुलामरसूल ने अपनी बैठक में प्रवेश किया। मुमकिन था कि अपने नये क़ैदी को देखते ही गुलामरसूल उसे मारना-पीटना शुरू कर देता ; परन्तु कमरे में मौजूद सभी लोगों के आश्चर्य का ठिकाना न रहा, जब बूढ़े मास्टर पर निगाह पड़ते ही वह जैसे अचम्भे में भरकर चिल्ला उठा, "ओ, मास्टर साहब !"

जिन दो नौजवानों ने मास्टर को पकड़ रखा था, उनकी जकड़ एकाएक कम हो गई। गुलामरसूल क्षण-भर के अन्तर से फिर चिल्लाया, "ओ मास्टर साहब ! आप यहां कैसे ?"

और बूढ़ा मास्टर, जो इस अप्रत्याशित घटनाचक्र के प्रवाह में एकदम

मूकऔर एकदम संज्ञाहीन-सा बन गया था, सहसा फफककर रो उठा। दोनों जवानों ने मास्टर को अपनी पकड़ से मुक्त कर दिया और निम्मो अपने दादा से जा चिपकी।

गुलामरसूल ने बूढ़े मास्टर को सांत्वना देने का प्रयत्न किया। उसने कहा, "मास्टर साहब, बचपन में जब हम रोया करते थे तो आप हमें चुप कराया करते थे और आज..." कहते-कहते सहसा गुलामरसूल चुप हो गया। न जाने किस शक्ति ने उसे यह अनुभूति प्रदान कर दी कि उसे यह सब कहने का अधिकार नहीं रहा।

बात बदलने की गरज़ से गुलामरसूल ने कहा, 'यह लड़की आपकी क्या लगती है, मास्टर साहब ?"

बूढ़े मास्टर ने सिसकते हुए कहा, "यह मेरी पोती है।"

गुलामरसूल ने कहा, "तभी !" और वह चुप हो रहा।

बूढ़ा मास्टर निम्मो को छाती से लगाकर अब भी धीरे-धीरे सिसक रहा था। उसने कोई सवाल नहीं किया। क्षण-भर बाद गुलामरसूल ने खुद ही कहा, "शायद तभी चार ही दिनों में हमीद इसे अपनी सगी बहन समझने लगा है," और तब आसमान की ओर ताककर उसने कहा, "खुदा का शुक्र है।"

मानवीय सहानुभूति का हल्का-सा आसरा पाकर बूढ़े मास्टर के हृदय की सम्पूर्ण व्यथा आंखों की राह बह चली, जैसे गरमी पाकर बर्फ़ पिघलती है।

कुछ क्षणों तक गुलामरसूल चुपचाप मास्टर साहब की ओर देखता रहा और उसके बाद धीरे-धीरे आगे बढ़कर उसने बूढ़े मास्टर को अपनी छाती से लगा लिया। मास्टर साहब ने कोई प्रतिरोध नहीं किया। गुलामरसूल ने बहुत धीमे शब्दों में कहा, "धीरज से काम लो, मास्टर साहब ! तुम्हें अब कोई भय नहीं है ! निम्मो के साथ मेरी हिफ़ाज़त में तुम चाहे जहां चले जा सकोगे।"

उपेन्द्रनाथ अश्क
जन्म : सन् 1910

परिचय

उपेन्द्रनाथ अश्क का जन्म 14 दिसम्बर, 1910 को जालंधर में हुआ। बचपन बीमारियों और कठिनाइयों में बीता । लाहौर आकर अख़बार की नौकरी करते हुए आपने एल० एल० बी० की परीक्षा पास की किन्तु पहली पत्नी के यक्ष्मा से देहांत होने पर वकालत और सब-जजी को हमेशा के लिए नमस्कार कर साहित्य क्षेत्र में आ गए। स्वतंत्र पत्रकारिता, रेडियो में 'हिन्दी परामर्शदाता' की नौकरी, 'सैनिक समाचार' का सम्पादन, फ़िल्मों में अभिनय तथा संवाद-लेखन आदि अनेक कार्य बहुत सफलता के साथ सम्पन्न कर 1948 में इलाहाबाद आ गए। गत तीस वर्षों से आप स्वतंत्र लेखक के रूप में साहित्य सर्जन कर रहे हैं। अब तक आपकी लगभग 70 पुस्तकें प्रकाशित हो चुकी हैं, जिनमें उपन्यास, कहानियां, एकांकी, बड़े नाटक, संस्मरण और कविताएं—सभी शामिल हैं। 1965 में 'संगीत नाटक अकादमी' द्वारा सर्वश्रेष्ठ नाटककार के रूप में पुरस्कृत हो चुके हैं। आप 'सोवियत लैंड नेहरू पुरस्कार' भी प्राप्त कर चुके हैं और रूस, यूरोप, मॉरिशस तथा पाकिस्तान की यात्रा कर आए हैं। 1979 से आप टेलिविजन और आकाशवाणी के 'प्रोड्यूसर इमेरिटॅस' हैं। निम्न मध्यवर्गीय जीवन का सजीव चित्रण और रोज़मर्रा की ज़िन्दगी की विसंगतियों पर तीव्र कटाक्ष आपके लेखन का एक विशिष्ट गुण है।

आपकी प्रमुख रचनाएं हैं:

उपन्यास : 'गिरती दीवारें', 'शहर में घूमता आईना', 'बड़ी-बड़ी आंखें', 'एक नन्हीं किंदील', 'बांधो न नाव इस ठांव', 'निमिषा' ।

नाटक : 'छठा बेटा', 'स्वर्ग की झलक', 'अंजो दीदी', 'अलग-अलग रास्ते', 'लौटता हुआ दिन', 'कैद और उड़ान' ।

कहानी-संग्रह : 'पिंजरा', 'छींटे', 'कहानी लेखिका और जेहलम के सात पुल', 'पलंग', 'आकाशचारी' ।

टेबल लैंड

"आप ज़रा उदार विचारों के हैं, इसलिए मैंने यह पूछा है !" सेठ साहब ने कहा।

"जी, आप निश्चय रखें। यह सब मैं पंजाब के हिन्दू शरणार्थियों ही को भेजूंगा।" सेठ साहब की आशंका के उत्तर में दीनानाथ बोला।

"एक कम्बल आपके विचार से कितने का आता है ?" सेठ साहब ने पूछा।

"यों तो आप ऐसे सेठ को सौ रुपये का भी कम्बल शायद अच्छा न लगे," तनिक उत्साह पाकर दीनानाथ ने कहा, "लेकिन वे लोग तो मुसीबत के मारे हैं। नर्मी की अपेक्षा उन्हें गर्मी की अधिक आवश्यकता है। जब मैं इधर सेनेटोरियम ही में था तो वार्ड-ब्वाय नारायण दस रुपये में कम्बल लाया था, उतना नर्म तो नहीं; लेकिन गर्म ख़ूब था।"

"तो तीन कम्बलों के पैसे आप मेरे नाम लिख लीजिए।" सेठ हीरामल अडवानी ने कहा।

तीन कम्बलों के—अर्थात तीस रुपये !—प्रसन्नता से दीनानाथ का चेहरा खिल उठा।

सबसे पहले जब उसने सेठ हीरामल वीरामल अडवानी के स्पेशल कॉटेज में जाने का निश्चय किया था तो उसका ख़याल था कि वे पांच रुपये कम-से-कम देंगे ही और लिस्ट में सबसे ऊपर पांच रुपये देखकर दूसरे रोगी भी रुपया-आठ आना दे ही देंगे। इस प्रकार वह दो-चार कम्बलों के पैसे पंजाब के शरणार्थियों की सहायता के लिए भेज सकेगा। सेनेटोरियम के थोड़े-से

अनुभव ने उसे बता दिया था कि सैर-तमाशा या ह्विस्ट अथवा रमी-ड्राइव हो तो रोगी खुले दिल से चंदा देते हैं (मेज़ों पर स्त्रियों के साथ बैठकर खेल सकने का सुअवसर पाने की ग़रज़ से) लेकिन यदि किसी भले काम के लिए चंदा देने को कहा जाए तो कुछेक को छोड़कर शेष सब बहाने बना देते हैं।

सेठ हीरामल धर्मपरायण, दानी आदमी थे। इसीलिए उसने लिस्ट में सबसे पहले उनका नाम रखा था। वे इतने रुपये दे देंगे, इस बात की उसने कल्पना भी न की थी। परन्तु जब सेठ साहब ने दस-दस के तीन नोट निकालकर दीनानाथ के हाथ पर रख दिए तो उसने कापी पर सबसे पहले उनका नाम लिखते हुए कहा, "आपसे मुझे ऐसी ही आशा थी। इसीलिए तो मैं सबसे पहले आपके पास आया।"

"कहिए, आपके भाई और दूसरे सगे-सम्बन्धी तो पाकिस्तान से आ गए ?" सेठ साहब ने पूछा।

"घर-बार छोड़ बे-सरोसामानी की दशा में दिल्ली पहुंच गए हैं," दीनानाथ ने तनिक उदास होकर कहा, "घर दोनों जल गए और सामान लुट गया। इतना ग़नीमत है कि जान बच गई।"

"इस टी० बी० ने हमें तो कहीं का न रखा," सेठ हीरामल ने खांसकर और बलगम स्पिटून में थूककर कहा, "नहीं तो पचास-सौ मुसलमानों को हम स्वयं अपने हाथ से यम-लोक पहुंचाते।"

यह कहते हुए उनके म्रियमाण,पीत, क्षीण मुख पर एक तिक्त मुसकान फैल गई और इतनी बात-चीत ही से थककर वे चारपाई पर लेट गए।

सेठ साहब की यह भयानक आकांक्षा पिछले कई दिनों से स्वयं दीनानाथ के मन में निरन्तर उठ रही थी। सेठ साहब तो अभी हिन्दू महासभा के प्रधान रहे थे, मुसलमानों को सदा से यवन और असुर समझते थे, पर दीनानाथ तो कभी हिन्दू-मुसलमान में कोई अन्तर न मानता था। वह पंजाबी था और पंजाबियों में, जहां तक रहन-सहन, खान-पान, वेश-भूषा और बोल-चाल का सम्बन्ध है, मुसलमान-हिन्दू में कोई विशेष अन्तर न था। बम्बई में भी वह स्वतंत्र रूप से फ़िल्म कम्पनियों में काम करता था और यद्यपि साम्प्रदायिकता

के इस ज़माने में फ़िल्म कम्पनियों में भी यह बीमारी फैल गई थी, पर दीनानाथ के मित्रों में मुसलमानों की संख्या कम न थी। उसे मुसलमान डाइरेक्टरों की फ़िल्मों में निरन्तर काम मिलता था। बीमार होकर जब वह पंचगनी आया और छः महीने सेनेटोरियम में रहा तो यहां भी उसकी घनिष्ठता क़ासिम भाई के अतिरिक्त कई दूसरे मुसलमानों से हो गई।

क़ासिम भाई तो खैर उसीकी तरह आर्टिस्ट था, पर दीनानाथ के मित्रों में तो कई दूसरे मुसलमान भी थे। आज वही दीनानाथ इतना कटु हो गया था कि सेठ हीरामल ही की भांति चाहता था—बस चले तो पंजाब जाए। और स्त्रियों तथा बच्चों पर पाशविक अत्याचार तोड़ने वाले मुसलमानों को यथाशक्ति यम-लोक पहुंचाए। दो महीने पहले कुछ स्वास्थ्य सुधर जाने और कुछ हाथ तंग हो जाने से वह बाहर आकर रहने लगा था। तभी से पंजाब की ख़बरें सुन-सुनकर कई बार उसका ख़ून खौल-खौल उठा था और कई बार सपनों में वह कभी तलवार और कभी पिस्तौल लिए आततायी मुसलमानों का संहार करता रहा था।

दीनानाथ के ख़ून में यह खौलाव पिछले दो महीनों ही से पैदा हुआ था, नहीं साम्प्रदायिक दंगे तो साल भर से हो रहे थे। साल भर पहले मुस्लिम लीग के डाइरेक्ट-एक्शन के दिन जो आग कलकत्ता में लगी थी, यद्यपि उसकी लपटें बम्बई तक पहुंच गई थीं, पर दीनानाथ ने अभी इस ओर ध्यान न दिया था। लम्बी बीमारी के प्रति बीमार और तीमारदार जैसे दोनों उदासीन हो जाते हैं, इसी प्रकार दीनानाथ भी साम्प्रदायिकता की इस लम्बी बीमारी के प्रति उदासीन था। फिर वह मलाड में रहता था और मलाड बम्बई के फ़िसादी इलाकों से बीस मील दूर था। इसके अतिरिक्त उधर ध्यान देने के लिए दीनानाथ के पास तनिक भी अवकाश न था। वह स्वतन्त्र रूप से फ़िल्म कम्पनियों में काम करता था और यद्यपि एक्स्ट्रा की स्टेज को पार कर अभिनेता बन गया था, पर वह कोई प्रसिद्ध अभिनेता न था। एक पार्टी को पाकर दूसरी को ढूंढ़नेऔर सिनेमा की प्रतिक्षण नीचे से खिसकती हुई धरती को पांव के नीचे बनाए रखने के प्रयास में उसे इतना समय न मिलता था कि वह इस मूर्खता (दंगे-फ़िसाद को दीनानाथ इसी नाम से पुकारता था) की ओर

ध्यान दे, फिर सबसे बड़ी बात यह थी कि यह दंगा-फ़िसाद कलकत्ता में हुआ था, नोआख़ाली में हुआ था, बिहार, बम्बई और पश्चिमीय पंजाब के कुछ नगरों में भी हुआ था, पर उसका जन्मस्थान—उसका लाहौर—इसकी लपटों से सर्वथा सुरक्षित था और जहां तक दीनानाथ का सम्बन्ध है, उसे हिन्दुस्तान का कोई नगर लाहौर से अधिक प्रिय न था और न किसी और नगर से उसे दिलचस्पी थी। लाहौर तटस्थ बना हुआ था, इसलिए दीनानाथ भी तटस्थ था।

लेकिन तभी बम्बई के अधिक काम, कम आराम और अस्वास्थ्यकर भोजन के कारण फेफड़ों की बीमारी लेकर वह पंचगनी आ गया और न वह उसकी व्यस्तता रही, न तटस्थता।

देश की परिस्थिति दिन-प्रतिदिन बिगड़ रही थी। सेनेटोरियम के रोगी यद्यपि खेल-तमाशे, ह्विस्ट अथवा रमी-ड्राइवों में इकट्ठे योग देते थे, पर जब पाकिस्तान अथवा हिन्दुस्तान के सम्बन्ध में कोई विवाद-ग्रस्त बात आ जाती तो रोगियों को चुप-सी लग जाती। एक क़ासिम भाई ही था जो इस सारे दंगा-फ़िसाद की तह में प्रतिक्रियावादी शक्तियों का हाथ देखता और उन्हें कोसता।

दीनानाथ निरन्तर यह वाद-विवाद सुनता और जब लेटता तो यही सब बातें उसके मस्तिष्क में घूमा करतीं।

परन्तु उधर दो महीने पहले उसने सेनेटोरियम छोड़ा और इधर लाहौर में भयानक विस्फोट हो उठा—इतना भयानक कि कलकत्ता, नोआख़ाली, बिहार और बम्बई के दंगे उसके सामने मात्र पटाख़ों-से रह गए।

दीनानाथ की तटस्थता भी समाप्त हो गई। आग की लपटें उसके प्रिय लाहौर तक जा पहुंची थीं, बल्कि उन्होंने एक तरह से सब कुछ, जो वहां उसे प्रिय था, उससे छीन लिया था। इधर बाउंडरी-कमीशन के बैठने की घोषणा हुई, उधर मुसलमानों ने अकबरी मंडी जला डाली। दीनानाथ अपने घर और भाई-बांधवों के लिए चिन्तित हो उठा। उसके तार के उत्तर में उसके भाई का पत्र आया था :

'मैं तुम्हें पत्र लिख रहा हूं और लाहौर जल रहा है। मुहल्ला सिरीन, कटड़ा पूरबियां, भाटी और दिल्ली दरवाज़े के अन्दर हिन्दुओं के मकान,

शाहआलमी दरवाज़ा और पापड़ मंडी—सब जलकर राख हो चुके हैं। पापड़ मंडी की आग में सौ से अधिक मकान जल गए। आग, रात के अढ़ाई बजे—ऐन करफ़्यू के समय लगाई गई। जो बुझाने आया, वह पुलिस की गोली का शिकार बना। इतनी बड़ी आग लाहौर ने कभी नहीं देखी। अकबरी मंडी—लाहौर की सबसे बड़ी गेहूं की मार्केट—पहले ही जल चुकी है।

रहा पुराने शहर के बाहर का इलाका, सो अनारकली में उल्लू बोलते हैं। सिविल लाइन सहमी-सी लगती है। अमन है, पर वैसा ही जैसा तूफ़ान से पहले होता है। मैजिस्ट्रेट से लेकर मामूली सिपाही तक फ़िरक़ापरस्त हो गए है। लाहौर का काम-काज सब ख़त्म हो गया। सोचता हूं, किसी तरह दोनों मकान बेच-बाचकर भागूं, लेकिन जायदादें पड़ी हैं और ख़रीदने वाला कोई नहीं। लोग भाग रहे हैं—शहर से, सिविल लाइन से, संत नगर से, ऋषि नगर से, राम और कृष्ण नगर से, भारत नगर और माडल टाउन तक से । लगता है, चन्द दिन में लाहौर हिन्दुओं से बिलकुल ख़ाली हो जाएगा।'

पत्र पढ़कर दीनानाथ के हृदय में बगूला-सा उठा था। उसे लगता था, जैसे लाहौर को नहीं, उसके हृदय ही को आग लग रही है। शाहआलमी के भरे-पूरे बाज़ार उसकी आंखों के आगे घूम गए। कृष्ण नगर, संत नगर, राम नगर, ऋषि नगर और न जाने हिन्दुओं की कितनी बस्तियां लाहौर के आंचल में सितारों-सी टंकी हुई थीं। दीनानाथ को लगा, जैसे बर्बरता का क्रूर हाथ एक के बाद एक सितारा नीचे जा रहा है। उसके भाई के इस पत्र के बाद उसे कोई ख़त न मिला, लेकिन लाहौर की तबाही, भगदड़ और पश्चिमी पंजाब में हिन्दू स्त्रियों, बच्चों और बूढ़ों पर होने वाले कल्पनातीत पाशविक अत्याचारों की ख़बरों ने उसका दिन का चैन और रात की नींद हराम कर दी। तभी जब वह भाई को एयर-मेल से चिट्ठियां लिख-लिखकर और तार भेज-भेजकर हार गया था, उसे दिल्ली से उसके भाई का पत्र मिला :

'पिछले दिनों मैं इतना परेशान रहा हूं कि लिख नहीं सकता। तुम बीमार हो इसलिए तुम्हें परेशान करना उचित नहीं समझा। अब कुछ

शान्त हुआ हूं तो तुम्हें पत्र लिख रहा हूं। शान्ति का कारण यह नहीं कि मुसीबतें कम हो गई हैं। उनका तो अभी श्री-गणेश हुआ है, परन्तु उनका पहला हमला सह जाने के बाद जब देखता हूं कि इस मुसीबत में मैं अकेला नहीं हूं, मेरे साथ लाखों आदमी हैं, जिनपर मेरे ऐसी ही, बल्कि मुझसे भी कहीं ज़्यादा मुसीबतें टूटी हैं तो कुछ साहस बंधता है।

बर्बरता-जनित इस विपत्ति में बहुत-से सदा के लिए ख़त्म हो गए। शायद वे दूसरों से अच्छे ही रहे हों। बहुत-से गिर गए, उनमें बैठने की शक्ति नहीं। बहुत-से ऐसे हैं जो बैठ तो सकते हैं, पर खड़े नहीं हो सकते। जो खड़े हो सकते हैं, वे चल नहीं सकते। मैं अपने-आपको उन लोगों में पाता हूं जो खड़े हैं और चलने की शक्ति रखते हैं।

यहां महात्मा गांधी, जवाहरलाल और दूसरे नेता इस कोशिश में हैं कि अधिक-से-अधिक शरणार्थियों को खड़े होकर चलने के योग्य बनाएं। कम्बलों के लिए, धन के लिए अपीलें हो रही हैं, लेकिन मोटे पेट वाले इस दुखद परिस्थिति से भी अपने पेट को कुछ और बढ़ाने की फ़िक्र में हैं। इसीलिए कीमतें आकाश को छू रही हैं। हर चीज़ महंगी है और दिल्ली का जीवन भी आसान नहीं, परन्तु तुम चिंता मत करना। हम सब बचकर आ गए हैं। इंसान काफ़ी ढीठ सिद्ध हुआ है। दुखद-से-दुखद परिस्थिति में वह जीने का मोह नहीं छोड़ता और हम सब आजकल इसी ढीठपने का सबूत दे रहे हैं।'

ख़त को पढ़ते-पढ़ते उसकी अंतिम पंक्तियों की कटुता दीनानाथ के हृदय को बेध गई। भाई-बंधुओं के बचने की ख़ुशी और असंख्य अपाहिजों के ग़म से उसकी आंखें डबडबा आईं। तभी यह विचार उसके मन में उत्पन्न हुआ कि यदि वह उन असंख्य अपाहिजों में से कुछेक को भी इस योग्य बना सके कि वे उठकर जीवन के पथ पर चलने लगें तो कितना अच्छा हो। 'एक कम्बल एक शरणार्थी का जीवन बचाता है'—हिन्द सरकार की यह अपील उसके कानों में गूंज गई और उसने फ़ैसला किया कि वह न केवल अपने पास से एक कम्बल उन अभागे शरणार्थियों के लिए भेजेगा, बल्कि सेनेटोरियम के अपने

परिचित हिन्दुओं से भी रुपये इकट्ठे करेगा। मुसलमानों से चंदा मांगने का उसे ध्यान नहीं आया, क्योंकि अब उसकी तटस्थता समाप्त हो चुकी थी और जब सेठ हीरामल ने तीस रुपया देते हुए मुसलमानों को ख़त्म करने की भयानक आकांक्षा प्रकट की तो दीनानाथ को कुछ भी बुरा न लगा, बल्कि उनकी यह हसरत उसे अपने ही दिल के अरमान की गूंज लगी।

"कहो भाई, यह कापी-पेंसिल उठाए किधर जा रहे हो?"

सेठ हीरामल की स्पेशल कॉटेज से निकलकर दीनानाथ कापी में लिखे हुए तीस अंक को गर्व-स्फीत दृष्टि से देखता हुआ ज़ुबली वार्ड की ओर चला जा रहा था कि क़ासिम की आवाज़ सुनकर चौंका। उसके प्रश्न का क्या उत्तर दे, वह सहसा तय न कर पाया। बोला, "यही कुछ पंजाब के शरणार्थियों के लिए चन्दा इकट्ठा कर रहा हूं।"

"यह बड़ा नेक काम कर रहे हो तुम," क़ासिम बोला, "अभी चार दिन पहले बम्बई में लेखकों और आर्टिस्टों ने सारे नगर में रैली की। तुमने शायद पढ़ा हो, पृथ्वी और नवाब सबसे पहले ट्रक में हाथ-में-हाथ दिए खड़े थे और उनके पीछे बारह-तेरह ट्रकों में बम्बई के दूसरे प्रसिद्ध अभिनेता, लेखक, आर्टिस्ट—वे हिन्दू और मुसलमान दोनों इलाकों में गए। हिन्दू और मुसलमान दोनों ने उनका स्वागत किया और दंगे-फ़िसाद के ख़िलाफ़ उनके भाषण और नारे सुने। मैं तो आप चाहता था कि 'एण्टी-रायट-फ़ंड' के लिए यहां से कुछ चंदा इकट्ठा करके बम्बई के आर्टिस्टों का उत्साह बढ़ाने को उन्हें भेजूं क्योंकि शरणार्थियों को बचाने की अपेक्षा शान्तिपूर्वक बसते हुए गृहस्थों को शरणार्थी होने से बचाना भी कम महत्व नहीं रखता। लेकिन यहां के लोग नहीं माने। उन्होंने दीवाली पर मौज मनाने को अभी तीन सौ रुपया इकट्ठा किया है, हमने यह भी कहा—महात्मा गांधी का आदेश है कि ऐसे समय में, जब लाखों आदमी बेघर-बेदर भटक रहे हैं, दीवाली की खुशियां मनाना अच्छा नहीं लगता, क्यों न वह सब रुपया बम्बई को दंगे-फ़िसाद से बचाने या शरणार्थियों की सहायता के लिए भेज दिया जाए?—लेकिन भाई, मुझे एक पंजाबी दोस्त ने तुम्हारे देश की एक मसल सुनाई थी—कोई मरे, कोई जीए, सुथरा[1] घोल

बताशे पिए ! यहां के लोग उस सुथ रे से किसी तरह भिन्न नहीं। तुमने बड़ा अच्छा काम किया जो चुप नहीं बैठे। तुमने सेनेटोरियम छोड़ दिया है। तुम बिना आर०एम०ओ०[2] की आज्ञा लिए मित्रता के नाते चंदा इकट्ठा कर सकते हो। चलो मैं भी तुम्हारे साथ चलता हूं। पांच रुपये तुम मेरे नाम लिख लो।"

एक ही सांस में यह सब कहकर क़ासिम उसे अपने साथ अपने वार्ड की ओर ले चला।

"लेकिन भाई, मैं तुम्हें साफ़ कह दूं, मैं पंजाब के शरणार्थियों के लिए रुपये इकट्ठे कर रहा हूं।" दीनानाथ ने कुछ झिझकते हुए कहा।

"तो मुझे कब आपत्ति है ?" क़ासिम बोला, "पंजाब से आने वाले हिन्दू-सिख बड़े कटु होंगे। जब तक वे दुखी रहेंगे, उनका साम्प्रदायिक क्रोध शांत न होगा। और जब तक उनका साम्प्रदायिक क्रोध शांत न होगा, वे अपने ही ऐसे निर्दोष मुसलमानों की हत्या करने से बाज़ न आएंगे। उनकी मदद करना तो मेरे लिए अपने भाइयों की मदद करने के बराबर है।"

अब दीनानाथ क्या उत्तर दे ? चुपचाप वह क़ासिम के साथ उसके वार्ड की ओर चल पड़ा।

क़ासिम दीनानाथ को अपने बिस्तर पर ले गया और चाबी से आलमारी खोलकर उसने पांच का एक नोट दीनानाथ के हाथ पर रख दिया।

नोट लेने के अतिरिक्त दीनानाथ के लिए कोई चारा न था। उसने धन्यवाद दिया और चलने के विचार से हाथ बढ़ाया।

उसका हाथ अपने हाथ में लेते हुए उसे तनिक रोककर क़ासिम भाई ने कहा, "देखो दोस्त, मेरी मानो तो अपनी अपील को जरा-सा बदल लो। यह क्यों नहीं कहते कि हिन्दू-मुसलमान दोनों शरणार्थियों के लिए इकट्ठा कर रहा हूं।"

"मुसलमान शरणार्थी तो पाकिस्तान चले गए।"

"फिर क्या हुआ, अभी तो बहुत-से बाकी हैं।"

'लेकिन भाई, मैं तो हिन्दुओं ही के लिए इकट्ठा कर रहा हूं। तुम मुझे इस

---

1. एक विशेष सम्प्रदाय का साधु।
2. रेजिडेन्शियल मेडिकल आफिसर।

साफ़गोई के लिए माफ़ करना। तुम मेरे मित्र हो, साफ़-साफ़ कह दिया। चाहो तो तुम अपने पांच रुपये वापस ले लो।"

यह कहते हुए दीनानाथ ने नोट वाला हाथ आगे बढ़ा दिया।

क़ासिम हंसा, "शायद साधारण हिन्दुओं की तरह तुम्हें भी मुसलमानों से कोई हमदर्दी नहीं और उनकी मुसीबतों को तुम उन्हीं के गुनाहों का फल समझते हो। लेकिन मेरे दोस्त, उनका दोष उन बच्चों के दोष ऐसा ही है जो नहीं समझते कि उनके बड़े उन्हें क्या सिखाते हैं। साधारण लोगों—ख़ास कर अपने देश के साधारण लोगों—और बच्चों में कोई अन्तर नहीं। मुसलमान जनता की बात छोड़ो। तुम हिन्दुओं की बात लो। एक ज़माना था, जब महात्मा गांधी की ठीक इच्छा क्या है, इसे न जानते हुए जनता ने सुभाष बाबू को दूसरी बार कांग्रेस का प्रधान चुना, लेकिन जब महात्मा गांधी ने पट्टाभि की हार को अपनी हार कहा तो वही सुभाष दूध की मक्खी की तरह निकाल बाहर किए गए। वही लोग उनकी निन्दा करने लगे जिन्होंने उन्हें राष्ट्रपति चुना था। देश में अपमानित होकर सुभाष बाबू, जान की बाज़ी लगाकर बाहर चले गए। उन्होंने आई० एन० ए० को जन्म दिया और वही जनता उनके गुण-गान करने लगी। फिर वह समय भी आया कि सुभाष बाबू के प्रति जनता के प्रेम को देखकर उसी कांग्रेस को चुनाव जीतने के लिए उनका और उनकी सेना का ढिंढ्डुम पीटना पड़ा। तुम यदि जन-साधारण में जाओ तो उनकी सरलता को देखकर चकित रह जाओ। अधिकांश यह नहीं जानते कि उनपर जो यह विपत्ति टूटी है, उसमें ईसा के अनुयायी अंग्रेजों का कितना हाथ है। वे नहीं जानते कि 1909 में अंग्रेज़ों ने हिन्दू-मुसलमानों में नफ़रत का जो बीज बोया था, वही आज विष-वृक्ष बन हमारी इस धरती की जड़ों को विषैला बना रहा है। नहीं जानते कि पंजाब का यह हत्याकांड मुसलमान को हिन्दू से लड़ाने की उस कूटनीति की चरम पराकाष्ठा है। यदि कोई निष्पक्ष ट्रिब्यूनल इस भयानक रक्तपात की छानबीन करे तो संसार को पता चल जाए कि शान्ति के पुजारी महात्मा ईसा के इन अनुयायियों ने अपने साम्राज्य की आवश्यकताओं के लिए किस हृदयहीन कूट-नीति से लाखों की हत्या कर डाली है। लेकिन जो हो गया, उसे वापस नहीं

लाया जा सकता। हमारा कर्तव्य तो यही है कि अंग्रेज़ द्वारा लगाए गए इस विष-वृक्ष को जड़ से उखाड़ फेंकें, ताकि नये राष्ट्रों के पौधे इसके विषैले प्रभाव से मुक्त होकर स्वतंत्रता से बढ़े, फलें और फूलें। यह काम इतना सुगम नहीं, यह मैं जानता हूं, लेकिन हमें यह मालूम तो होना चाहिए कि इस मुसीबत के समय हमारा कर्तव्य क्या है...लेकिन मैं तो भाषण झाड़ने लगा," सहसा रुककर क़ासिम भाई ने कहा, "तुम भाई, यह रुपये अपने ही पास रखो। मैंने तो केवल इसलिए कहा था कि सेनेटोरियम में मुसलमान, पारसी और ईसाई अधिक हैं और हिन्दू कम। अपनी अपील को ज़रा विस्तार दे लेते तो रुपया ज़्यादा इकट्ठा हो जाता। फिर चाहे तुम हिन्दू शरणार्थियों को भेजते, चाहे मुसलमानों को।"

दीनानाथ को क़ासिम की बातें उसी तरह ठीक लगीं जैसे सेठ हीरामल की। क़ासिम भाई के स्वर में भी उसे अपने अन्तर के स्वर की गूंज सुनाई दी। पर कौन स्वर ठीक है और कौन ग़लत, यह वह तय न कर पाया। उसने हारते हुए-से स्वर में केवल इतना कहा, "मुझसे यह न होगा कि मैं मुसलमानों से चंदा इकट्ठा करूं और हिन्दुओं को भेज दूं।"

"देखो, ऐसा करो कि तुम 'एण्टी-रायट-फंड' के नाम पर चंदा इकट्ठा करो। हिन्दू शरणार्थियों की मदद करना भी दंगे को बढ़ने से रोकना ही है। जैसाकि मैंने अभी कहा, वे जब तक पहले की तरह बसेंगे नहीं, अपने दुख का बदला मुसलमानों से लेना छोड़ेंगे नहीं। उनकी मदद मुसलमानों की मदद है। चलो, मैं तुम्हारे साथ चलता हूं। हमारी अपील होगी—दंगे को रोकना और शरणार्थियों की सहायता करना।"

और दीनानाथ की ख़ामोशी को नीम-रज़ा समझकर क़ासिम उसके साथ चल पड़ा।

जब तीन घंटे के बाद सेनेटोरियम के दरवाज़े पर क़ासिम भाई को धन्यवाद देते हुए दीनानाथ ने उससे हाथ मिलाया तो उसकी जेब में दो सौ रुपये थे।

सात दिन तक दीनानाथ निरन्तर चंदा इकट्ठा करता रहा। क़ासिम भाई की सहायता से, पहले ही दिन उसे अपने काम में जो सफलता मिली, उससे

उसका साहस बढ़ गया था और जहां वह दस-बीस रुपये इकट्ठा कर पाने का विचार लेकर घर से निकला था, वहां अब उसने पांच सौ रुपया इकट्ठा कर भेजने का निश्चय कर लिया था। वह बीमार था। इससे पहले वह केवल सांझ-सवेरे बाज़ार तक आया करता था, परन्तु इन सात दिनों में वह टैक्सी लेकर पारसी, ख़ोजा और हिन्दू आदि सेनेटोरियमों तक हो आया था। आस-पास के मकान, बंगले और बाज़ार उसने मथ डाले और आज आठवे रोज़ वह मेनरोड पर चला जा रहा था और उसकी जेब में दस कम पांच सौ रुपये थे। उसने सुना था कि डाक्टर मरचेंट का अपना नर्सिंगहोम है जहां वे कुछ रोगी रखते हैं और उसका विचार था कि दस की कमी वह उनके नर्सिंग-होम से पूरी करेगा और रुपये भेजकर तब एक सप्ताह तक पूरा आराम करके जो वज़न घट गया। है, उसे पूरा करेगा।

दाईं ओर रिंग रोड और उसके बंगलों के ऊपर, ढलवान पर उगे हुए गगन-चुम्बी सिलवर-ओक के पेड़ों की फुनगियों के साथ-साथ, एक काली चट्टानी दीवार चली गई थी। एक दिन दीनानाथ चन्द मित्रों के साथ टेबल लैंड की इस दीवार को देखने गया था। जब उनकी टैक्सी कान्वेंट स्कूल के पास से होती हुई, सांप की भांति बल खाती-सी सड़क पर चढ़, इस काली दीवार के ऊपर पहुंची तो दीनानाथ यह देखकर चकित रह गया था कि काली-काली चट्टानी दीवार, दीवार नहीं, बल्कि मीलों तक समतल फैली हुई धरती का एक किनारा है। इस ऊंचाई के ऊपर, किस प्रकार इतनी लम्बी-चौड़ी समतल धरती चारों ओर काली चट्टानी दीवारों पर टिकी रह गई, वह सोचने लगा। पर तब यह सोच-विचार छोड़कर वह टेबल लैंड के सौंदर्य का रस लेने लगा था—सामने, दृष्टि-सीमा तक, समतल धरती फैली थी, जिसपर घास शीत से झुलसकर मटमैली बन गई थी। ऊपर नीलाकाश किसी उलटे प्याले की भांति टेबल लैंड को ढंके हुए दिखाई देता था। और श्वेत-श्वेत बादल—लगता था, जैसे प्याले की मदिरा के गिर जाने से फेन उसके तल से लगी रह गई है।

दीनानाथ इसी रिंग रोड वाले किनारे पर आ खड़ा हुआ। तब इस किनारे से आस-पास की लाल-लाल, मटमैली, रुण्ड-मुण्ड पहाड़ियों में, अनन्त

मरुभूमि के छोटे-से शाद्वल-सी, यह हरी-भरी पंचगनी उसे बड़ी सुन्दर लगी थी। टेबल लैंड की उस ऊंचाई से, लम्बे-लम्बे सिलवर के वृक्षों से ढंकी हुई नन्ही-नन्ही सड़कें, नन्हे-नन्हे बाग-बगीचे, नन्हे खिलौने-से बंगले और बौनों-से स्त्री-पुरुष उसे बहुत ही भले लग रहे थे। उसका जी चाह रहा था कि उस किनारे पर खड़ा निरंतर पंचगनी की इस स्वगिक सुन्दरता को देखता रहे।

लेकिन वह सात दिन से पंचगनी के इन सुन्दर बाग-बगीचों और बंगलों में घूम रहा था और उसे पता चला था कि टेबल लैंड से इतनी सुन्दर दिखाई देने वाली पंचगनी वास्तव में कितनी कुरूप है। सात दिन से घर-घर घूमने पर उसे मालूम हुआ था कि चार सेनेटोरियमों के अतिरिक्त (जहां खुले आम दिक़ के रोगी रह सकते हैं) स्थायी निवासियों के निवासस्थानों को छोड़कर, कम ही ऐसे बंगले अथवा घर होंगे जहां यक्ष्मा से पीड़ित अथवा उनके दुख से दुखी सगे-सम्बन्धी नहीं रहते।

चलते-चलते टेबल लैंड के नीचे, सिलवर के पेड़ों से ढंके, इन सुन्दर बंगलों को देखते-देखते दीनानाथ के हृदय से एक दीर्घ निश्वास निकल गया। इन बंगलों और इनमें स्वास्थ्य-लाभ करने वाले रोगियों की श्री-सम्पन्नता का ध्यान आते ही बाज़ार के नीचे चैसेन रोड तक बने हुए बंगलानुमा दड़बों में इस मूज़ी रोग से जूझने वालों की विपन्नता उसके सामने घूम गई। साथ ही दो घटनाएं और दो आकृतियां उसकी आंखों में कौंध गईं।

चैसेन रोड के एक दड़बे के दरवाज़े पर उसने दस्तक दी थी। किसी ने खांसते हुए क्षीण स्वर में उत्तर दिया था—'आ जाइए!'

दरवाज़ा बंद था। वह अन्दर चला गया था। एक बहुत छोटा कमरा था, जिसमें एक चारपाई, एक मैली-सी कुर्सी और तिपाई पड़ी थी। इससे अधिक फर्नीचर कमरे में रखा ही न जा सकता था। चारपाई पर एक अत्यधिक क्षीण रोगी कंठ तक लिहाफ़ ओढ़े और गर्दन और गले को गलूबन्द से पूरी तरह लपेटे पड़ा था। दीनानाथ ने अपना मन्तव्य प्रकट किया और अपनी बीमारी के बावजूद देश की इस विपत्ति में अपना कर्तव्य निभाने की बात कही तो उस रोगी की आंखें चमक उठीं। बड़े कष्ट के साथ कांपते हुए हाथों से, तकिये के

नीचे से टटोलकर उसने एक छोटा-सा बटुआ निकाला और रुपये-रुपये के दो नोट उसकी ओर बढ़ाते हुए कहा :

"आप बड़ा नेक काम कर रहे हैं। मुझे तो बैठने तक की मनाही है। दोनों फेफड़े ख़राब हैं, नहीं मैं स्वयं आपके साथ चलकर चंदा इकट्ठा करता। ग़रीब आदमी हूं। इतनी कम रक़म के लिए क्षमा कीजिएगा।"

दीनानाथ के गले में गोला-सा अटक गया। आर्द्र होकर उसने कहा, "जी, आपके ये दो रुपये दो सौ के बराबर हैं। बूंद-बूंद ही से तालाब भरता है। आपके इन दो शब्दों से मुझे जितना प्रोत्साहन मिला है, वह भी तो अपना मूल्य रखता है।"

और उसने उनका नाम पूछा।

"दो रुपये के लिए नाम...?" रोगी ने कहना चाहा।

दीनानाथ ने बात काटकर कहा, "आप नाम लिखा दीजिए। मुझे तसल्ली हो जाएगी कि मैं सब जगह गया और उन्हें तसल्ली होगी कि सब सम्प्रदाय इस विपत्ति में उनके साथ हैं।"

"नासिर एम० आबूवाला।" रोग ने विवशता से कहा।

नासिर भाई की पीली-पीली मुरझाई हुई आकृति के ऊपर दीनानाथ की आंखों में चम्पक लाल रामरत्न पटेल की हृष्ट-पुष्ट चमचमाती सूरत घूम गई थी।

पंचगनी में उनकी बड़ी दुकान है। वह सुबह उनके यहां गया तो जो महाशय काउण्टर पर खड़े थे, उन्होंने कहा कि हमारे साझीदार आएं तो उनसे पूछकर देंगे। दीनानाथ ने कहा, "आपको जो भी देना हो, दे दीजिए। मैं बीमार आदमी हूं। बार-बार आने में मुझे कठिनाई होगी।"

"जी, बिना पूछे हम कैसे दे सकते हैं, साझीदारी का मामला है। आप संध्या को आइए।"

दीनानाथ संध्या को फिर उनके यहां पहुंचा। काउण्टर पर दूसरे बुज़ुर्ग थे। उन्होंने संन्यासियों के-से अन्दाज़ में बताया कि वे तो सब मायामोह से किनारा कर बैठे हैं और दुकान में उनके हिस्से का वाली उनका बेटा चम्पक है। दीनानाथ चंदे के संबंध में उन्हींसे पूछे।

आज सुबह वह उनके उत्तराधिकारी चम्पक लाल से मिला था। सौभाग्य से दोनों साझीदार स्टोर पर थे। चम्पक लाल सूट-बूट से लैस गोरे रंग और मंझले कद का युवक था। गाल उसके छोटी-छोटी डबल-रोटियों की भांति फूले हुए थे, क्रीम से चमचमा रहे थे और उसकी आकृति पर अपूर्व तुष्टि का आभास था। दीनानाथ ने जब उससे अपना मंतव्य प्रकट किया तो उसने पूछा, "आपके पास किसीका अधिकार-पत्र है ? क्या प्रमाण है कि रुपया आप शरणार्थियों को पहुंचा ही देंगे ?"

दीनानाथ ने क़ासिम भाई के बताए हुए गुर के अनुसार कहा कि वह आर्टिस्ट है और अभी दो अक्टूबर को बम्बई के आर्टिस्टों और लेखकों ने दंगा रोकने के लिए जो रैली की है, उसीके उद्देश्य की पूर्ति के लिए वह चंदा इकट्ठा कर रहा है। देवधर हॉल में उनका आफ़िस है। वहीं वह सब रुपया भेज देगा। मनीआर्डर की रसीद उन को दिखा देगा।

तब उसने कापी दीनानाथ के हाथ से लेकर लिस्ट पर दृष्टि डाली और फिर संतुष्ट हो कापी उसे देते हुए पूछा, "आप कितना चाहते हैं ?"

दीनानाथ उस युवक के व्यवहार से कुछ जल गया था। उसने कहा, "आपने लिस्ट तो देख ही ली है। यहां तीस रुपये भी हैं और चार आने भी। आपको जो अभिष्ट हो, दे दीजिए।"

तब उसने दराज से चार आने निकाल कर काउण्टर पर दीनानाथ के सामने फेंक दिए और साझीदार से, जो कदाचित् उसके चचा थे, कहा कि चार आने फंड में दिए हैं, नोट कर लें।

ऊपर टेबल लैंड अपनी समस्त सुन्दरता के साथ अविचल खड़ी थी और नीचे पंचगनी और उसके बंगले और दुकानें और दड़बे—जिनमें सुन्दर सूरतें और कुरूप दिल तथा असुन्दर सूरतें और सुन्दर दिल थे। प्रकृति के अपूर्व सौन्दर्य की छाया में क्या समस्त सभ्य संसार और उनके वासी पंचगनी और उसके वासियों ऐसे नहीं—दीनानाथ सोचने लगा—लेकिन तभी डाक्टर मरचेंट का नर्सिंग-होम आ गया और वह अपने विचारों को झटककर उस ओर बढ़ा।

डाक्टर मरचेंट के नर्सिंग-होम में एक बड़ा बंगला और पीछे के दो छोटे

ब्लाक शामिल थे। बड़े बंगले में चार ब्लाक थे। दीनानाथ को पहले ब्लाक ही से पांच रुपये मिल गए। कोई उदार-विचारों का धनी युवक अपनी बीमार पत्नी को लेकर आया हुआ था। सुबह ही डाक्टर साहब ने बताया था कि उसे अब आराम आ गया है और वह प्रसन्न था। दूसरे ब्लाक से दो रुपये और तीसरे से एक रुपया मिला था। चौथा ब्लाक खाली था। दो रुपये उसे दरकार थे और वह पीछे की ओर चल पड़ा।

अभी वह ब्लाक से दूर ही था कि उसे एक स्त्री पिछली ओर (सम्भवतः रसोईघर के आगे) एक लड़की के साथ खड़ी दिखाई दी। दीनानाथ को देखते ही दोनों अन्दर भाग गईं। लेकिन उस एक निमिष ही में दीनानाथ ने जहां उनकी भूषा देखकर जान लिया कि वे उत्तर की हैं—चाहे फिर पंजाब अथवा यू० पी० की हों—वहां उनकी आकृतियों पर गहरी व्यथा की छाप भी उससे छिपी न रही। उनकी दुखी निगाहें तीरों की भांति उसके हृदय को बेधती हुई चली गई। वह उन निगाहों की व्यथा से अनभिज्ञ न था। नये-नये पंचगनी आने वाले रोगियों और उनके तीमारदारों की आंखों में कुछ ऐसी ही व्यथा होती है। 'इनके साथ आने वाले रोगी की बीमारी कदाचित् असाध्य है, इसीलिए इनकी आंखों के ग़म की मात्रा भी अधिक है'—उसने मन-ही-मन सोचा और बढ़कर पहले ब्लाक पर दस्तक दी।

वहां से उसे एक रुपया मिल गया। अब पांच सौ में केवल एक रुपया कम रह गया था। वह उल्लास के साथ, आशा और निराशा में झकोले लेता-सा, दूसरे ब्लाक की ओर बढ़ा। न जाने क्यों, वह चाहता था कि उसी ब्लाक से उसे एक रुपया मिल जाए और उसका पांच सौ रुपया पूरा करने का निश्चय डा० मरचेंट के नर्सिंग-होम ही में पूरा हो जाए—और उसने दस्तक दी।

कुंडी खोलकर जो लड़की दीनानाथ के किवाड़ खोलते-खोलते अन्दर भाग गई, दीनानाथ को लगा कि वही थी जो उसे आते समय कदाचित् अपनी मां के साथ बाहर खड़ी मिली थी।

अन्दर चारपाई पर एक पचास-पचपन वर्ष के अत्यन्त क्षीण-काय बुज़ुर्ग लेटे थे। एक अजनबी को देखकर उठ बैठे। उनके कल्लों की स्याही और दृष्टि

के सहम में उन मां बेटी की-सी व्यथा छिपी थी। उनको देखकर दीनानाथ को अपना संदेह ठीक ही जान पड़ा। उसने अपने आने का मंतव्य प्रकट किया तो उनके होंठों पर वेदना-भरी क्षीण मुसकान फैल गई।

"हम ग़रीब क्या मदद कर सकेंगे?" उन्होंने कहा।

"कुछ भी दीजिए, लोगों ने तीस रुपये से लेकर चार आने तक दिया हैं।"

तब उन बुज़ुर्ग ने अपने लकड़ी जैसे हाथों से बिस्तर के नीचे से कुछ टटोलने का प्रयास किया। असफल रहने पर आवाज दी, "अफ़ज़ल !"

वही छोटी-सी लड़की क्षण भर के लिए किवाड़ की ओट में आ खड़ी हुई और उसने जिस तरह कहा कि 'अफ़ज़ल बाहर गया ऐ !' उससे अनायास दीनानाथ के मुंह से निकला, "कि तुसीं पंजाबी ओ ?"

यह कहते हुए वह पास खड़ी हुई लोहे की कुर्सी पर बैठ गया।

"जी असीं बे-नसीब जलन्धर दे रहन वाले आं !"

"वहां कोई मुसलमान रहा या पश्चिम के हिन्दुओं की तरह सब उजड़ गए ?"

"सब तबाह हो गए !" बुज़ुर्ग ने आर्द्र कंठ से कहा और पहरावे से उसे मुसलमान समझकर वे अपनी विपदा की कहानी उससे कह चले।

दीनानाथ ने पाकिस्तान में हिन्दू-सिख स्त्रियों पर होने वाले पाशविक अत्याचारों की बात सुनी थी—कुंवारी लड़कियों के साथ बलात् किया गया। उनको नंगा करके उनकी छातियों पर पाकिस्तान जिन्दाबाद लिखकर उनका जुलूस निकाला गया। बड़ी-बूढ़ियों की छातियां काटी गईं ! मां-बाप के सामने उनकी बच्चियों के साथ मुंह काला किया गया, बच्चों के सामने उनके माता-पिता की गर्दनें काटी गईं। क़त्ल, ग़ारतगरी, लूट की ऐसी दहला देने वाली घटनाएं पढ़-सुनकर दीनानाथ का रक्त खौल-खौल उठा था। लेकिन उन बुज़ुर्ग से जालन्धर में मुसलमानों की तबाही का हाल सुनते-सुनते दीनानाथ के रोंगटे खड़े हो गए। इनमें से कौन-सा अत्याचार था जो राम और कृष्ण, नानक और गोविन्द के नाम लेवाओं ने मुसलमानों पर न तोड़ा था। जब उन बुज़ुर्ग ने बताया कि स्टेशन के पास हिन्दुओं ने दो बड़े-बड़े हवन-कुण्ड बना रखे थे जिनमें मुसलमानों को बली

के बकरों की भांति जीवित झोंक दिया जाता था और प्रतिशोध के देवता को यह बलि देकर ब्राह्मण उल्लास से जयकारे बुलाते थे तो दीनानाथ के लिए कुर्सी पर बैठे रहना मुश्किल हो गया। बेचैन होकर वह कमरे में घूमने लगा। उन बुज़ुर्ग के दो बड़े लड़के, एक लड़की और दामाद, भिन्न यातनाएं सहकर प्रतिशोध की इस वह्नि में जल गए थे। वे अपनी पत्नी और बच्ची के साथ दिल्ली में हकीम को अपना आप दिखाने आए हुए थे। दिल्ली में झगड़ा हुआ तो किसी प्रकार तन के कपड़े लेकर बम्बई पहुंचे। बीमार तो थे ही। बम्बई के डाक्टरों ने दिक़ का फ़तवा दिया। किसी प्रकार मुसलमान भाइयों की सहायता से पंचगनी आए। उनका छोटा लड़का पाकिस्तान चला गया था। उनकी बीमारी की ख़बर पा, जान को जोखम में डालकर कराची के रास्ते बम्बई पहुंचा।"

"इन्तक़ाम की आग में तन-मन जलता है, वे बोले, "लेकिन जब उससे पाकिस्तान में हिन्दुओं पर होने वाले ज़ुल्मों की बात सुनते हैं तो इसे अपने ही गुनाहों का फल समझकर चुप हो रहते हैं। दो महीने से डाक्टर मरचेंट के यहा पड़े हैं, लेकिन मुसलमान ही सही, डाक्टर साहब कारूं तो हैं नहीं, कब तक मदद करेंगे !" और उन्होंने माथे पर हाथ मारकर कहा कि जो खुदा को मंज़ूर है...

बात समाप्त करते-करते बुज़ुर्ग की आंखों से अनायास आंसू बहने लगे, तब न जाने दीनानाथ को क्या हुआ। वह सेठ हीरामल से किया हुआ वचन भूल गया। आवेग-वश जेब से उसने एक कम पांच सौ के नोट और रेज़गारी निकाली और उसे बुज़ुर्ग के सामने चारपाई पर रख दिया।

बुज़ुर्ग ने चकित-तरल आंखों से उसकी ओर देखा।

"बाबा, मैं भी हिन्दू हूं। मेरा घर-द्वार पाकिस्तान में लुट चुका है। पाकिस्तान में रब्बुल-आलमीन में यकीन रखने वाले मुसलमानों ने बेक़सूर हिन्दुओं पर और हिन्दुस्तान में घट-घट में वासी भगवान के अनुयायियों ने निर्दोष मुसलमानों पर जो अत्याचार तोड़े हैं, उनका क़फ्फ़ारा[1] वे सात जन्म में अदा नहीं कर सकते। मेरी यही दुआ है कि भगवान उन दोनों को सुमति दें। मैं यह चन्दा पंजाब के दुखी शरणार्थियों के लिए इकट्ठा कर रहा था। आप भी

1. पश्चात्त उप ।

पंजाब के शरणार्थी हैं और दुखी भी कम नहीं। रुपया ज़्यादा नहीं, पर देखिए, यदि इससे आपका कुछ काम निकल सके।"

और इससे पहले कि बुज़ुर्ग कुछ कहते अथवा दीनानाथ कोई दूसरी बात सोचता, वह रूमाल से आंखों को पोंछता हुआ बाहर निकल आया।

आस-पास रुण्ड-मुण्ड, सूखी मटियाली पहाड़ियां बिखरी हुई थी और उनके मध्य अपनी समतल धरती और समस्त भव्यता को लिए हुए टेबल लैंड खड़ी थी। दाईं ओर डूबते हुए सूर्य की किरणें सिलवर के पेड़ों की फुनगियों को छूती हुई उसे अपूर्व आकर्षण प्रदान कर रही थीं। □

अज्ञेय

जन्म : 7 मार्च, सन् 1911

परिचय

सच्चिदानन्द हीरानन्द वात्स्यायन 'अज्ञेय' का जन्म कसिया (ज़िला देवरिया, उत्तरप्रदेश) में हुआ। अज्ञेयजी आज के सर्वाधिक प्रतिष्ठित तथा गहन चिंतन के प्रतीक हैं। आपको भारतीय ज्ञानपीठ पुरस्कार से सम्मानित किया जा चुका है।

अज्ञेयजी आधुनिक हिन्दी साहित्य को नई दिशा-दृष्टि देने वालों में अग्रणी हैं। प्रयोगवादी नई कविता के आप जन्मदाता ही हैं। आपके द्वारा संपादित 'तार सप्तक', 'दूसरा सप्तक,' 'तीसरा सप्तक' तथा 'चौथा सप्तक' कविता के क्षेत्र में ऐतिहासिक महत्त्व की पुस्तकें हैं।

आप कवि, कहानीकार, उपन्यासकार, निबंधकार, नाटककार होने के साथ-साथ सुप्रतिष्ठित पत्रकार भी हैं। आपकी कृतियों का विदेशों में भी सम्मान हुआ है।

उपन्यासों में 'शेखर : एक जीवनी' विशेष प्रसिद्ध है। 'नदी के द्वीप' और 'अपने-अपने अजनबी' उपन्यासों के अलावा आपके कई कहानी-संग्रह भी हैं : 'विपथगा', 'परंपरा', 'कोठरी की बात', 'शरणार्थी', 'जयदोल', 'ये तेरे प्रतिरूप', 'अमर वल्लरी', 'कड़ियां', 'अछूते फूल', 'जिज्ञासा' ।

'बदला' कहानी साम्प्रदायिक एकता से सम्बन्ध रखती है। मज़हब-परस्ती पर इस कहानी में बहुत तीखा व्यंग्य किया गया है।

बदला

अंधेरे डिब्बे में जल्दी-जल्दी सामान ठेल, गोद के आबिद को खिड़की से भीतर सीट पर पटक, बड़ी लड़की ज़ुबैदा को चढ़ाकर सुरैया ने स्वयं भीतर घुसकर गाड़ी के चलने के साथ-साथ लंबी सांस लेकर पाक-परवरदिगार को याद किया ही था कि उसने देखा, डिब्बे के दूसरे कोने में चादर ओढ़े जो दो आकार बैठे थे, वे अपने मुसलमान भाई नहीं—सिख थे। चलती गाड़ी में स्टेशन की बत्तियों से रह-रहकर जो प्रकाश की झलक पड़ती थी, उसमें उसे लगा, उन सिखों की स्थिर अपलक आंखों में अमानुषी कुछ है। उनकी दृष्टि जैसे उसे देखती है पर उसकी काया पर रुकती नहीं, सीधी भेदती हुई चली जाती है, और तेज़ धार-सा एक अलगाव उनमें है, जिसे जैसे कोई छू नहीं सकता, छुएगा तो कट जाएगा। रोशनी इसके लिए काफ़ी नहीं थी, पर सुरैया ने मानो कल्पना की दृष्टि से देखा कि उन आंखों में लाल-लाल डोरे पड़े हैं, और...और वह डर से सिहर गई । पर गाड़ी तेज़ चल रही थी, अब दूसरे डिब्बे में जाना असंभव था। कूद पड़ना एक उपाय होता, किंतु उतनी तेज़ गति में बच्चे-कच्चे लेकर कूदने से किसी दूसरे यात्री द्वारा उठाकर बाहर फेंक दिया जाना क्या बहुत बदतर होगा? यह सोचती और ऊपर से झूलती हुई ख़तरे की चेन के हैंडिल को देखती हुई वह अनिश्चित-सी बैठ गई...अगले स्टेशन पर देखा जाएगा...एक स्टेशन तक तो कोई ख़तरा नहीं है...कम-से-कम अभी तक तो कोई वारदात इस हिस्से में हुई नहीं...

"आप कहां तक जाएंगी ?"

सुरैया चौंकी। बड़ा सिख पूछ रहा था। कितनी भारी उसकी आवाज़ थी! जो शायद दो स्टेशन बाद उसे मारकर ट्रेन से बाहर फेंक देगा, वह यहां उसे 'आप' कहकर संबोधन करे इसकी विडंबना पर वह सोचती रह गई और उत्तर में देर हो गई। सिख ने फिर पूछा, "आप कितनी दूर जाएंगी?"

सुरैया ने बुरका मुंह से उठाकर पीछे डाल रखा था, सहसा उसे मुंह पर खींचते हुए कहा, "इटावे जा रही हूं?"

सिख ने क्षण भर सोचकर कहा, "साथ कोई नहीं है?"

उस तनिक-सी देर को लक्ष्य करके सुरैया ने सोचा, हिसाब लगा रहा है कि कितना वक्त मिलेगा मुझे मारने के लिए—या रब, अगले स्टेशन पर कोई और सवारियां आ जाएं...और साथ कोई ज़रूर बनाना चाहिए —उससे शायद यह डरा रहे। यद्यपि आजकल के ज़माने में वह सफ़र में साथ क्या जो डिब्बे में साथ न बैठे...कोई छुरा भोंक दे तो अगले स्टेशन तक बैठी रहना कि कोई आकर खिड़की के सामने खड़ा होकर पूछेगा, 'किसी चीज़ की ज़रूरत तो नहीं...'

उसने कहा, "मेरे भाई हैं...दूसरे डब्बे में..."

आबिद ने चमककर कहा, "कहां, मां? मामू तो लाहौर गए हुए हैं..."

सुरैया ने उसे बड़ी ज़ोर से डपटकर कहा, "चुप रह।"

थोड़ी देर बाद सिख ने फिर पूछा, "इटावे में आपके अपने लोग हैं?"

"हां।"

सिख फिर चुप रहा। थोड़ी देर बाद बोला, "आपके भाई को आपके साथ बैठना चाहिए था, आजकल के हालात में कोई अपने से अलग बैठता है?"

सुरैया मन-ही-मन सोचने लगी कि कहीं कमबख्त ताड़ तो नहीं गया कि मेरे साथ कोई नहीं है?

सिख ने मानो अपने-आपसे ही कहा, "पर मुसीबत में किसीका कोई नहीं, सब अपने ही अपने हैं..."

गाड़ी की चाल धीमी हो गई। छोटा स्टेशन था। सुरैया असमंजस में थी कि उतरे या बैठी रहे? दो आदमी डिब्बे में और चढ़ आए...सुरैया के मन ने तुरंत कहा, 'हिंदू।' और तब वह सचमुच और भी डर गई, और थैली-पोटली

समेटने लगी।

सिख ने कहा, "आप क्या उतरेंगी ?"

"सोचती हूं, भाई के पास जा बैठूं..." क्या जीव है इंसान कि ऐसे मौके पर भी झूठ की टट्टी की आड़ बनाए रखता है...और कितनी झीनी आड़, क्योंकि डिब्बा बदलवाने भाई स्वयं न आता ? आता कहां से, हो जब न ?...

सिख ने कहा, "आप बैठी रहिए। यहां आपको कोई डर नहीं है। मैं आपको अपनी बहन समझता हूं और इन्हें अपने बच्चे...पको अलीगढ़ तक ठीक-ठीक मैं पहुंचा दूंगा। उससे आगे ख़तरा भी नहीं है, और वहां से... आपके भाई-बंद भी गाड़ी में आ ही जाएंगे।"

एक हिंदू ने कहा, "सरदारजी, जाती है तो जाने दो न, आपको क्या ?"

सुरैया न सोच पाती कि सिख की बात को, और इस हिंदू की टिप्पणी को, किस अर्थ में ले, पर गाड़ी ने चलकर फैसला कर दिया। वह बैठ गई।

हिंदू ने पूछा, "सरदारजी, आप पंजाब से आए हो ?"

"जी।"

"कहां घर है आपका ?"

"शेखपुरे में था। अब यहीं समझ लीजिए..."

"यहीं ? क्या मतलब ?"

"जहां मैं हूं, वहीं घर है। रेल के डिब्बे का कोना।"

हिंदू ने स्वर को कुछ संयत कर, जैसे गिलास में थोड़ी-सी हमदर्दी उंडेलकर सिख की ओर बढ़ाते हुए कहा, "तब तो आप—शरणार्थी है..."

सिख ने मानो गिलास को "जी, मैं नहीं पीता," कह ठेलते हुए, एक सूखी हंसी हंसकर कहा, जिसकी अनुगूंज हिंदू महाशय के कान नहीं पकड़ सके, "जी।"

हिंदू महाशय ने तनिक और दिलचस्पी के साथ कहा, "आपके घर के लोगों पर तो बहुत बुरी बीती होगी..."

सिख की आंखों में एक पल के अंश भर के लिए अंगार चमक गया, पर

वह इस दाने को भी चुगने न बढ़ा। चुप रहा।

हिंदू ने सुरैया की ओर देखते हुए कहा, "दिल्ली में कुछ लोग बताते थे, वहां उन्होंने क्या-क्या जुल्म किए हैं हिंदुओं और सिखों पर। कैसी-कैसी बातें वह बताते थे, क्या बताऊं, ज़बान पर लाते शर्म आती है। औरतों को नंगा करके..."

सिख ने अपने पास पोटली बनकर बैठे दूसरे व्यक्ति से कहा, "काका, तुम ऊपर चढ़कर सो रहो।" स्पष्ट ही वह सिख का लड़का था, और जब उसने आदेश पाकर उठकर अपने सोलह-सत्रह बरस के छरहरे बदन को अंगड़ाई में सीधा करके ऊपरी बर्थ की ओर देखा, तब उसकी आंखों में भी पिता की आंखों का प्रतिबिंब झलक आया। वह ऊपरी बर्थ पर चढ़कर लेट गया, नीचे सिख ने अपनी टांगें सीधी की और खिड़की से बाहर की ओर देखने लगा।

हिंदू महाशय की बात बीच में रुक गई थी, उन्होंने फिर आरंभ किया, "बाप-भाइयों के सामने ही बेटियों-बहनों को नंगा करके..."

सिख ने कहा, "बाबू साहब, हमने जो देखा है, वह आप हमीं को क्या बताएंगे..." इस बार वह अनुगूंज पहले से स्पष्ट थी, लेकिन हिंदू महाशय ने अब भी नहीं सुनी । मानो शह पाकर बोले, "आप ठीक कहते हैं... हम लोग भला आपका दुःख कैसे समझ सकते हैं ! हमदर्दी हम कर सकते हैं, पर हमदर्दी भी कैसी जब दर्द कितना बड़ा है यही न समझ पाएं। भला बताइए, हम कैसे पूरी तरह समझ सकते हैं कि उन सिखों के मन पर क्या बीती होगी जिनकी आंखों के सामने उनकी बहू-बेटियों को..."

सिख ने संयम के कांपते हुए स्वर में कहा, "बहू-बेटियां सबकी होती हैं, बाबू साहब !"

हिंदू महाशय तनिक से अप्रतिभ हुए कि सरदार की बात का ठीक आशय उनकी समझ में नहीं आ रहा। किंतु अधिक देर तक नहीं। बोले, "अब तो हिंदू-सिख भी चेते हैं। बदला लेना बुरा है, लेकिन कहां तक कोई सहेगा ? इधर दिल्ली में तो उन्होंने डटकर मोर्चे लिए हैं, और कहीं-कहीं तो ईंट का जवाब पत्थर से देने वाली मसल सच्ची कर दिखाई है। सच पूछो तो इलाज

ही यही है। सुना है, करोल बाग़ में किसी मुसलमान डाक्टर की लड़की को...

अबकी बार सिख की वाणी में कोई अनुगूंज नहीं थी, एक प्रकट और रड़कने वाली रूखाई थी। बोला, "बाबू साहब, औरत की बेइज़्ज़ती सबके लिए शर्म की बात है। और बहिन..." यहां सिख सुरैया की ओर मुख़ातिब हुआ, "आपसे मैं माफ़ी मांगता हूं कि आपको यह सुनना पड़ रहा है।"

हिंदू महाशय ने अचकचाकर कहा, "क्या-क्या-क्या-क्या ? मैंने इनसे कुछ थोड़े ही कहा है ?" फिर मानो अपने को कुछ संभालते हुए, और कुछ ढिठाई से कहा, "ये...आपके साथ हैं ?"

सिख ने और भी रूखाई से कहा, "जी। अलीगढ़ तक मैं पहुंचा रहा हूं।"

सुरैया के मन में किसीने कहा, 'यह बिचारा शरीफ़ आदमी अलीगढ़ जा रहा है। अलीगढ़-अलीगढ़...' उसने साहस करके पूछा, "आप अलीगढ़ उतरेंगे ?"

"हां।"

"वहां कोई हैं आपके ?"

"मेरा कहां कौन है ? लड़का तो मेरे साथ है।"

"वहां कैसे जा रहे हैं ? रहेंगे ?"

"नहीं, कल लौट आऊंगा।"

"तो...तफ़रीहन जा रहे हैं ?"

"तफ़रीन !" सिख ने खोए से स्वर में कहा, "तफ़रीह !" फिर संभलकर, "नहीं, हम कहीं नहीं जा रहे—अभी सोच रहे हैं कि कहां जाएं—और जब टिकाऊ कुछ न रहे तब गाड़ी में ही कुछ सोचा जा सकता है...।"

सुरैया के मन में फिर किसीने कोंचकर कहा, 'अलीगढ़...अलीगढ़ ...बेचारा शरीफ़ है...'

उसने कहा, "अलीगढ़ ...अच्छी जगह नहीं है। आप क्यों जाते हैं ?"

हिंदू महाशय ने भी कहा, जैसे किसी पागल पर तरस खा रहे हों, "भला पूछिए..."

"मुझे क्या अच्छी और क्या बुरी !"

"फिर भी आपको डर नहीं लगता ? कोई छुरा भी मार दे रात में...!"

सिख ने मुसकराकर कहा, "उसे कोई नजात समझ सकता है, यह आपने कभी सोचा है ?"

"कैसी बातें करते हैं आप...!"

"और क्या ! मारेगा भी कौन ? या मुसलमान, या हिंदू । मुसलमान मारेगा, तो जहां घर के और सब लोग गए हैं, वहीं मैं भी जा मिलूंगा। और अगर हिंदू मारेगा, तो सोच लूंगा कि यही कसर बाक़ी थी—देश में जो बीमारी फैली है, वह अपने शिखर पर पहुंच गई...और अब तंदुरुस्ती का रास्ता शुरू होगा।"

"मगर भला हिंदू क्यों मारेगा ? हिंदू लाख बुरा हो, ऐसा काम नहीं करेगा।"

सरदार को एकाएक गुस्सा चढ़ आया। उसने तिरस्कारपूर्वक कहा, "रहने दीजिए, बाबू साहब ! अभी आप ही जैसे रस ले-लेकर दिल्ली की बातें सुना रहे थे—अगर आपके पास छुरा होता और आपको अपने लिए कोई ख़तरा न होता, तो आप क्या...अपने साथ बैठी सवारियों को बख़्श देते ? इन्हें—या मैं बीच में पड़ता तो मुझे ?" हिंदू महाशय कुछ बोलने को हुए पर हाथ के अधिकारपूर्ण इशारे से उन्हें रोकते हुए सरदार कहता गया, "अब आप सुनना ही चाहते हैं तो सुन लीजिए कान खोलकर। मुझसे आप हमदर्दी दिखाते हैं कि मैं आपका शरणार्थी हूं। हमदर्दी बड़ी चीज़ है, मैं अपने को निहाल समझता अगर आप हमदर्दी देने के क़ाबिल होते। लेकिन आप मेरा दर्द कैसे जान सकते हैं, जब आप उसी सांस में दिल्ली की बातें ऐसे बेदर्द ढंग से करते हैं ? मुझसे आप हमदर्दी कर सकते होते—उतना दिल आपमें होता तो जो बातें आप सुनाना चाहते हैं उनसे शर्म के मारे आपकी ज़बान बंद हो गई होती—सिर नीचा हो गया होता। औरत की बेइज़्ज़ती औरत की बेइज़्ज़ती है, वह हिंदू या मुसलमान की नहीं, वह इंसान की मां की बेइज़्ज़ती है। शेखपुरे में हमारे साथ जो हुआ सो हुआ—मगर मैं जानता हूं कि उसका मैं बदला सिर्फ़ ले

नहीं सकता— क्योंकि उसका बदला हो ही नहीं सकता। मैं बदला दे सकता हूं—और वह यही, कि मेरे साथ जो हुआ है, वह और किसीके साथ न हो। इसीलिए दिल्ली और अलीगढ़ के बीच इधर और उधर लोगों को पहुंचाता हूं मैं, मेरे दिन भी कटते हैं और कुछ बदला चुका भी पाता हूं। इसी तरह। अगर कोई किसी दिन मार देगा तो बदला पूरा हो जाएगा—चाहे मुसलमान मारे, चाहे हिंदू । मेरा मक़सद तो इतना है कि चाहे हिंदू हो, चाहे सिख हो, चाहे मुसलमान हो, जो मैंने देखा है, वह किसीको न देखना पड़े, और मरने से पहले मेरे घर के लोगों की जो गति हुई, वह परमात्मा न करे, किसीकी बहू-बेटियों को देखनी पड़े।"

इसके बाद बहुत देर तक गाड़ी में बिल्कुल सन्नाटा रहा। अलीगढ़ के पहले जब गाड़ी धीमी हुई, तब सुरैया ने बहुत चाहा कि सरदार से शुक्रिए के दो शब्द कह दे, पर उसके मुंह से भी बोल नहीं निकला।

सरदार ने ही आधे उठकर ऊपर की बर्थ की ओर पुकारा, "काका, उठो, अलीगढ़ आ गया है।" फिर हिंदू महाशय की ओर देखकर बोला, "बाबू साहब, कुछ कड़ी बात कह गया हूं तो माफ़ करना, हम लोग तो आपकी सरन हैं।"

□

हिंदू महाशय की मुद्रा से स्पष्ट दिखा कि वहां वह सिख न उतर रहा होता, वे स्वयं उतरकर दूसरे डिब्बे में जा बैठते ।

विष्णु प्रभाकर

जन्म : 21 जून, सन् 1912

परिचय

विष्णु प्रभाकर का जन्म मीरापुर, ज़िला मुज़फ़्फ़रनगर में हुआ। जीवन की विषम परिस्थितियों से संघर्ष करते हुए आपने साहित्य-सृजन किया है। पारिवारिक विडम्बनाओं के कारण आपने 1929 से 1944 तक हिसार के पशु-पालन फ़ार्म पर नौकरी की। इस बीच आपने सामाजिक, सांस्कृतिक और राष्ट्रीय आंदोलन में विशेष रुचि ली और 1942 तक आर्य समाज में सक्रिय कार्य किया। 1944 में त्यागपत्र देकर आप पूर्णतया साहित्यिक क्षेत्र में आ गए। प्रारम्भ में लेख और कविताएं लिखीं; किन्तु शीघ्र ही कहानी-लेखन प्रारम्भ कर दिया। 1948 से आप रेडियो के सम्पर्क में आए और शीघ्र ही रेडियो-नाटक-लेखक के रूप में विख्यात हो गए। 1955 से 1957 तक आकाशवाणी दिल्ली के नाटक-प्रोड्यूसर भी रहे।

अब तक विष्णुजी की 57 पुस्तकें प्रकाशित हो चुकी हैं, जिनमें उपन्यास, कहानी-संग्रह, नाटक, एकांकी, यात्रा-संस्मरण, बाल साहित्य, जीवनी आदि शामिल हैं। आपकी बहुचर्चित और बहुप्रशंसित रचना है—सुप्रसिद्ध बंगला कथाकार शरत्चंद्र चट्टोपाध्याय की जीवनी 'आवारा मसीहा', जो विष्णुजी की 15 वर्ष की साधना का फल है।

मानव-जीवन का यथार्थ चित्रण, भावना का संघर्ष और मनोवैज्ञानिक विश्लेषण आपकी कला की विशेषताएं हैं । आपका साहित्य, आपके व्यक्तित्व की ही तरह सहज, आडम्बरहीन और मानवीय है।

आपकी अनेक रचनाओं को पुरस्कार प्राप्त हो चुके हैं। पाब्लो नेरूदा सम्मानम्, सोवियत लैंड नेहरू पुरस्कार, इंटरनेशनल ह्यू मेनिस्ट्स एवार्ड तथा राष्ट्रीय एकता पुरस्कार देकर बुद्धिजीवियों ने आपका जो सम्मान किया है, वह आपकी साहित्य-साधना का ही सम्मान है।

अधूरी कहानी

नारों की आवाज़ धीरे-धीरे धीमी, फिर बहुत धीमी पड़ गई, प्लेट फार्म की भीड़ छंटने लगी और सब लोग अपनी-अपनी सीट पर आ बैठे। इसी बीच में एक मुस्लिम युवक एक हिन्दू सज्जन से उलझ पड़ा था। युवक कह रहा था, "हम पाकिस्तान नहीं चाहते लेकिन कांग्रेस ने मजबूर कर दिया है। हम अब उसे लेकर छोड़ेंगे।"

हिन्दू साहब ने तलख़ी से जवाब दिया, "पाकिस्तान ! जो पाकिस्तान आप छः सौ बरस की हुकूमत में न बना सके, उसे अब गुलाम रहकर बनाना चाहते हैं। एकदम नामुमकिन ।"

एक भारी बदन के मुसलमान जो सामने की बर्थ पर बैठे हुए थे, बीच में बोल उठे, "छै सौ नहीं साहब ! हमने नौ सौ बरस हुकूमत की है।"

"जी हां ! नौ सौ वर्ष !"

"और उन नौ सौ बरस में हिन्दू बराबर हमसे नफरत करते रहे।"

"जी ! क्या कहा आपने ?" हिन्दू साहब बोले, "नफरत करते रहे ! जो ज़ुल्म करता है, उससे नफ़रत की जाती है, प्यार नहीं।"

उन मुसलमान भाई ने बड़े अदब से कहा, "ज़ुल्म क्या है, इसपर सबकी अलग-अलग राय है, पर मेरे दोस्त ! आप लोगों ने हमें सदा दुरदुराया। हमारी छाया से भी आपको परहेज़ था। माना हम ज़ालिम थे, पर ज़ालिम के पास भी दिल होता है। वह कभी-न-कभी पिघल सकता है। लेकिन परहेज़ सदा मोहब्बत की जड़ खोदता है। वह नफ़रत करना सिखाता है। आपने हमसे नफ़रत की और चाहा कि हम आपसे प्यार करें! यह कैसे हो सकता था ? माफ़

करना, मैं आप लोगों की क़द्र करता हूं। मैं मेल-जोल का पूरा हामी हूं, पर आप बुरा न मानें तो एक बात पूछना चाहूंगा।"

हिन्दू भाई की तेज़ी और तलख़ी अब कुछ घबराहट में बदलती जा रही थी और दूसरे मुसलमान साहब अजीब अदा से मुसकराने लगे थे। तो भी उन्होंने कहा, "जी ! ज़रूर पूछिए।"

वह मुसलमान भाई निहायत शराफ़त से बोले, "अछूत हिन्दू हैं, पर आप उन्हें ताकत सौंप दीजिए तब, मैं पूछता हूं, वह आपसे प्यार करेंगे या नफ़रत ?"

हिन्दू भाई सिटपिटाए। उन्हें एकाएक जवाब न सूझा। मुसलमान साहब उसी संजीदगी से कहते रहे, "मैं जानता हूं, आज आप उन्हें अपने बराबर मानते हैं। मेरे ऐसे हिन्दू दोस्त हैं जो इंसान इंसान के बीच के भेद को दुनिया का सबसे बड़ा पाप समझते हैं। पर मेरे दोस्त ! भेद की इस लकीर को बराबर गहरी करने में जाने या अनजाने, जो लोग मदद करते आए हैं, उनके पापों का फल तो आपको भुगतना ही पड़ेगा। आप न समझिए, मैं आपकी क़ौम और मज़हब पर कोई हमला कर रहा हूं। मैं आपके धर्म को समझता हूं। मेरे दिल में उसके लिए जगह है। मैं मुसलमानों की कमियों से भी वाक़िफ़ हूं। पर दूसरों में कमी है, यह कहकर कोई अपनी कमी को सही साबित करने की कोशिश करे, तो वह महज़ अपनी ज़िद और बेवकूफ़ी ज़ाहिर करेगा। जो असलियत है, उसका सामना करना ही इंसान की इंसानियत है। मैं आपको एक छोटी-सी कहानी सुनाता हूं। मुझे मेरी वाल्दा ने सुनाई थी।"

इतना कहकर वह पल भर रुके। डिब्बे में तब तक सन्नाटा छा गया था। पता नहीं लगा, गाड़ी कब चल पड़ी और कब 'शड़ाक-शू छड़ाक-छू' की गहरी आवाज़ करती हुई अगले स्टेशन पर जा खड़ी हुई। सूरज डूबने लगा था। एक भाई ने स्विच दबा दिया। बिजली की हलकी रोशनी में डिब्बा चमक उठा।

तब उन भारी बदन के मुसलमान भाई ने कहना शुरू किया, "मेरे दोस्तो ! बात आज से तीस बरस पहले की है। हमारे सूबे में एक छोटासा क़स्बा है। उसमें हिन्दू-मुसलमान सभी रहते हैं। वे सदा आपस में मोहब्बत करते थे।

एक-दूसरे के दुःख-सुख के साथ थे, लड़ते भी थे पर वह लड़ना प्यार की तड़प को और भी गहरा कर देता था। हिन्दुओं के त्योहारों पर मुसलमान उन्हें बधाई देते थे। मौसम का पैदावार का लेना-देना चलता था । होली जलती तो जौ की बालें पहुंचाने का ज़िम्मा मुसलमानों पर था। ईद के दिन हिन्दू अपनी गाय-भैंसों का सारा दूध मुसलमानों में बांट देते थे। सबेरे ही दूध दुहकर वह अपने-अपने दरवाजों पर खड़े हो जाते और थोड़ा-थोड़ा दूध सब मुसलमानों को देते। उस दिन उनके हारों (अहारों या अंगीठियों) से धुआं नहीं निकलता था, लेकिन उनके दिल की दुनिया खिल उठती थी। मैं नहीं जानता, यह रिवाज कब और कैसे चला । इसकी बुनियाद ज़ुल्म पर भी हो सकती है। पर उन दिनों यह मोहब्बत, इंसानियत और हमदर्दी का सबूत बन गया था। जो हो, उस साल भी ईद आई। मुसलमानों के घर जन्नत बने। उनके बच्चे फ़रिश्तों की तरह खिल उठे। लेकिन दुनिया आख़िर दुनिया है। यहां ज़िन्दगी के बग़ल में मौत सोती है। रंज हमेशा खुशी का दामन पकड़े रहता है। इसीलिए जब सब लोग हंस रहे थे, एक घर में एक बालक दुखी मन चुपचाप अपनी अम्मा की चारपाई के पास बैठा था। उसकी अम्मा फ़ातिमा बीमार थी। उसकी सांस फूल रही थी। वह बेचैन हाथ-पांव फेंक रही थी। लेकिन यह बेचैनी बख़ार की इतनी नहीं थी जितनी ख़ाविन्द की याद की। पार साल अहमद का बाप ज़िन्दा था तो घर में फुलवाड़ी खिली थी। वह अचानक एक दिन खुदा को प्यारा हुआ, घर वीरान हो गया। आज ईद आई है लेकिन... । एकाएक फ़ातिमा को न जाने क्या सूझा, वह उठकर बैठ गई। उसने हांफते-हांफते कहा, 'मेरे बच्चे ! कितना दिन चढ़ गया ? तू दूध लेने नहीं गया?'

अहमद ने सिर हिलाकर कहा, 'नहीं अम्मी !'

फ़ातिमा के दिल पर चोट लगी। उसकी आंखें भर आईं। वह अपने को कोसने लगी, मैं कैसी कमीनी हूं। साल का त्योहार आया है और मेरा बच्चा इस तरह मोहताज बेबस बैठा है ! नहीं, नहीं, आज ईद मनेगी, ज़रूर मनेगी।'

और उसने कहा, 'जा अहमद, तू जल्दी जाकर दूध ले आ। मैं तब तक

तेरे कपड़े निकालती हूं। जा, जल्दी कर मेरे बच्चे।'

बच्चे ने एक बार अपनी अम्मी को देखा और फिर चुपचाप बाल्टी उठाकर बाहर चला गया। लेकिन बहुत देर हो चुकी थी। सब लोग दूध बांटकर अपने-अपने काम में लग गए थे। रास्ते में उसके साथी हंसते-हंसते लोटे और बाल्टी दूध से भरे चले आ रहे थे। उन्होंने देखा और अचरज से कहा, 'अरे, तुमने बहुत देर कर दी! तुम अब तक कहां सो रहे थे? अब तो सब दूध बंट चुका है। मियां, अब जाकर क्या करोगे?'

अहमद सुनता और उसका दिल बैठने लगता। लेकिन उनकी बात ठीक थी। वह जिस दरवाज़े पर जाता, वहां फर्श पर पड़े दूध के छींटों के अलावा उसे कुछ नहीं मिलता। तब सचमुच उसका दिल भर आया। आंखें नम हो उठीं। लेकिन फिर भी उम्मीद की डोर पकड़े वह आगे बढ़ा चला गया कि अचानक एक दरवाज़े पर किसीने उसका नाम लेकर पुकारा, 'अहमद! अहमद!'

अहमद ने रुककर देखा—पुकारने वाला उसके स्कूल का साथी दिलीप है। वह उसीकी जमात में पढ़ता है। उसकी आवाज़ सुनकर अहमद ठिठक गया। दिलीप दौड़कर आया, बोला, 'तू अब तक कहां था? तेरी बाल्टी खाली है।'

अहमद की आवाज़ भर्रा रही थी। उसने कहा, 'अम्मी बीमार है, मुझे देर हो गई!'

'तो।'

'दूध बिलकुल नहीं है?'

'ना।'

फिर कई पल तक वे दोनों उसी दरवाज़े पर, जहां आध घंटा पहले दूध लेने वालों की आवाज़ गूंज रही थी, चुपचाप खड़े रहे कि अचानक दिलीप को कुछ सूझा। वह अन्दर दौड़ा गया। जाते-जाते उसने कहा, 'तू यहीं ठहर, मैं अभी आया।'

अन्दर वह सीधा अपनी मां के पास पहुंचा और धीरे से बोला, 'भाभी कुछ दूध और है क्या?'

उसकी मां बोली, 'हां, है, तेरे और मुन्ने के लिए है। तू पिएगा?'

'नहीं।'

अचरज से मां बोली, 'तो ?'

दिलीप नहीं बोला।

'अरे बात क्या है, बता तो !'

'अहमद को दूध नहीं मिला।'

'कौन अहमद ?'

'वह मेरे साथ पढ़ता है। उसकी मां बीमार है इसलिए उसे देर हो गई।'

कहते-कहते दिलीप ने अपनी मां को ऐसे देखा, जैसे उसने कोई क़सूर किया हो। पर मां का दिल ख़ुशी से भर आया । वह मुसकराई। उसने दूध का भरा लोटा उठाया और कहा, 'चल, बता कहां है तेरा दोस्त ?'

दिलीप ने तब ख़ुशी की छलांग लगाई। मां-बेटे दरवाज़े पर आए। अहमद उसी तरह खड़ा था। दिलीप ने हंसते-हंसते कहा, 'अहमद ! बाल्टी ला। जल्दी कर।'

दिलीप के लोटे का दूध अहमद की बाल्टी में क्या आया, उसकी मोहब्बत अहमद के दिल में समा गई। मां ने पूछा, 'तेरी मां बीमार है?"

'जी।'

'तो सेवैयां कौन बनाएगा ?'

'वही बनाएगी।'

'अच्छा, हमें भी खिलाएगा न ?'

अहमद ने सिर हिलाकर कहा, 'ज़रूर।'

मां हंस पड़ी। बोली, 'भगवान तेरी मां को जल्दी अच्छा करेगा। जा, घर जा, जल्दी आता तो और भी दूध मिलता।'

और फिर दिलीप का हाथ पकड़कर उसकी मां अन्दर चली गई। उसका दिल बार-बार यही कह रहा था, "परमात्मा मेरे बच्चे का दिल सदा इसी तरह खुला रखे।'

उधर अहमद फूला-फूला घर आया। दरवाज़े में घुसते ही उसने पुकारा, 'अम्मी ! मैं दूध ले आया।'

फ़ातिमा खिल उठी, 'ले आया ? बहुत अच्छा बेटा ! कहां से लाया ?'

अहमद ख़ुशी से बोला, 'अम्मी ! दूध थोड़ा तो नहीं है ?'

'बहुत है, मेरे बेटे ! इतना ही बहुत है।'

'हां अम्मी ! सब दूध बंट चुका था। यह उसके अपने पीने का दूध था।'

'अपने !'

"हां ! अपने और छोटे भाई के। ज़रा-सा रखकर सब उसने मझ दे दिया।'

फ़ातिमा का दिल भर आया। गदगद होकर बोली, 'खुदा उसका भला करे। उसने ग़रीब की मदद की है।'

और फिर उन्होंने ख़ुशी-ख़ुशी ईद मनाने की तैयारी की। फ़ातिमा का बुख़ार हलका हो चला। उसने अहमद को नहलाया और कपड़े बदले। किसी तरह वह उसके लिए कुरता-पाजामा तो नया बना सकी थी पर जूता पुराना ही था। उसे तेल से चुपड़कर चमका दिया और टोपी पर नई बेल टांक दी। अहमद ख़ुश होकर बाहर साथियों में चला गया। नमाज़ पढ़ने जाना था और उसके बाद मेला भी देखना था। सबकी जेबों में पैसे खनखना रहे थे। सबकी आंखें चमक उठी थीं। सबके मन उछल-उछलकर मिठाई और खिलौनों की दुकानों पर जा पहुंचे थे। अगरचे अहमद के पास बहुत कम पैसे थे। पर क्या हुआ, उसका दिल तो कम ख़ुश नहीं था। कम होता क्यों, अम्मी ने उसे बताया था कि उसके अब्बा दिसावर गए हैं, बहुत रुपये लेने। अगली ईद पर लौटेंगे जैसे नियाज़ के अब्बा लौटे थे। यह क्या कम भरोसा था ! इसी भरोसे को लेकर वह ईदगाह पहुंचा। वहां उसने हज़ारों इंसानों को एकसाथ नमाज़ पढ़ते देखा। उसके बाद उसने मेले की सैर की। चाट, मिठाई, फल, खिलौने सभी तरह की दुकानों की उसने पड़ताल की। उसने साथियों को झूलते देखा पर वह तो सब कुछ अगले साल के लिए छोड़ चुका था। इसी लिए जो कुछ पैसे अम्मी ने उसे दिए थे, उन्हें ठिकाने लगाकर वह घर लौट आया। देखा, सेवैयां बन चुकी हैं। गरम-गरम, लम्बी-लम्बी सेवैयां उसे बड़ी खूबसूरत लगीं। बीच-बीच में गोले की

फांक पड़ी थी। शक्कर की वजह से दूध कुछ पीला हो गया था। उसका दिल बाग़-बाग़ हो उठा। फ़ातिमा ने प्यार से उसे देखा और कहा, 'मेरे बच्चे ! जा कटोरा ले आ। और ख़ाला के घर सेवैयां दे आ। फिर मामू के घर जाना और फिर...'

अहमद बोला, 'सबके घर देते हैं ?'

'हां बेटा। वे भी तो हमें भेजेंगे।'

'अच्छा अम्मी, मैं अभी दे आता हूं।'

और फ़ातिमा ने दोनों कटोरों में सेवैयां भरीं और उनपर रूमाल ढक दिया कि कहीं चील झपट्टा न मार ले। अहमद पहले एक कटोरा उठाकर चला लेकिन जैसे ही वह दरवाज़े से बाहर हुआ, उसे एक बात याद आई—सेवैयां सबसे पहले दिलीप के घर देनी चाहिए। उसने मुझे दूध दिया था, अपने हिस्से का दूध !

बस, उसने अपना रास्ता पलटा । ख़ाला के घर न जाकर वह दिलीप के घर की ओर चला । सोचने लगा, अम्मी सुनेगी तो बड़ी ख़ुश होगी। बेचारी बीमार है। इसलिए दिलीप का नाम भूल गई । नहीं तो...। यही सोचता हुआ वह ख़ुशी-ख़ुशी दिलीप के घर पहुंचा। दरवाज़ा बन्द था। कुछ देर वह असमंजस में सकुचा हुआ खड़ा रहा। हिम्मत करके आवाज़ दी, 'दिलीप !'

कोई नहीं बोला।

फिर पुकारा, 'दिलीप !'

इस बार किसीने जवाब दिया, 'कौन है ?'

और साथ ही कहने वाला बाहर आ गया। वह दिलीप का बडा भाई था। उसने अचरज से अहमद को देखा और पूछा, 'क्या चाहते हो ?'

अहमद झिझका, फिर संभलकर बोला, 'दिलीप है ?'

'नहीं।'

'उसकी मां ?'

'मां ? मां से तुम्हारा क्या मतलब ?'

अहमद ने कहा, 'मेरा नाम अहमद है। मैं दिलीप के साथ पढ़ता हूं। सबेरे उसने मुझे अपने हिस्से का दूध दिया था।

दिलीप का भाई मुसकराया। तब तक दिलीप की मां और चाची भी वहां आ गई थीं। भाई ने कहा, 'तो फिर ?'

'जी, सेवैयां लाया हूं। उन्होंने (मां को बताकर) कहा था कि...' अपना कहना पूरा करे कि दिलीप के भाई बड़े ज़ोर से हंस पड़े, कहा, 'भोले बच्चे ! जाओ, अपने घर लौट जाओ।'

चाची बोली, 'हम क्या तुम्हारी सेवैयां खा सकते हैं ? हमें क्या अपना ईमान बिगाड़ना है ?'

मां ने निहायत नरमी से कहा, 'बेटे ! मैंने तुमसे मज़ाक़ किया था। हम तुम्हारे घर की सेवैयां नहीं खा सकते।'

अहमद एकदम सकपका गया। उसके छोटे-से दिल पर चोट लगी। फिर भी उसने हिम्मत बांधकर कहा, 'क्यों नहीं खा सकते ? हमने भी तो आपका दूध लिया था।'

अब भाई ने उसे समझाया, 'बच्चे ! तुम बहुत अच्छे हो। परमात्मा तुम्हें खुश रखे। लेकिन हम हिन्दू हैं, और हिन्दू लोग तुम्हारे हाथ का छुआ खाना पाप समझते हैं।'

अहमद पाप-पुण्य नहीं समझता था । उसे हिन्दू-मुसलमान के इतने गहरे भेद का अभी तक पता न था । वह सिर्फ दिलीप और उसकी मां की मोहब्बत की बात सोच रहा था। लेकिन यह बात सुनकर उसका दिमाग़ चकराने लगा। वह खिसिया गया, और जैसे ही घर जाने को मुड़ा, उसका हाथ कांपा । सेवैयों से भरा कटोरा ज़ोर की आवाज़ करता हुआ वहीं उसी चौकी पर गिर पड़ा, जिसपर सबेरे-सबेरे दिलीप की मां ने दूध के रूप में अपनी मोहब्बत अहमद के दिल में उंडेल दी थी। सेवैयां चारों तरफ फैल गईं और अहमद की मोहब्बत पैरों से रौंदे जाने के लिए वहीं पड़ी रह गई।"

सहसा यहीं आकर कहानी को रुक जाना पड़ा। गाड़ी स्टेशन पर आ गई थी और मुझे यहीं उतरना था। डिब्बे की संजीदगी को भंग करता हुआ मैं

अपना बैग उठाकर नीचे उतर गया। और नीचे आकर उनकी तरफ़ देखते हुए मैंने कहा, "मैं नहीं जानता, आपकी कहानी कहां ख़तम होगी पर इतना जरूर जान गया हूं, आप ही अहमद हैं।"

अहमद साहब मुसकराए, उन्होंने कहा, "आपने ठीक पहचाना, मैं ही वह लड़का हूं।"

मैंने पूछा, "लेकिन सच कहना, मोहब्बत की वह लकीर क्या आज बिलकुल ही मिट गई है ?"

वह उसी तरह मुसकरा रहे थे, बोले, "मेरे दोस्त ! इस दुनिया में मिटनेवाला कुछ भी नहीं है। मोहब्बत तो हरगिज़ नहीं । सिर्फ़ हमारी ग़फ़लत से कभी-कभी उसपर परदा पड़ जाता है।"

"तो," मैंने कहा, "विश्वास रखिए, उस परदे को फाड़ देने में हम कोई कसर उठा न रखेंगे।"

इतना कहकर मैं चला आया। कहानी शायद आगे बढ़ी होती; पर मेरे लिए यह अधूरी कहानी ही दिल का दर्द बन बैठी है। रात के सन्नाटे में कभी-कभी मेरे दिल में इतनी टीस उठती है कि क्या बताऊं...? □

अमृतलाल नागर

जन्म : 17 अगस्त, सन् 1916

परिचय

अमृतलाल नागर का जन्म 17 अगस्त, 1916 को आगरा में हुआ। पहली कहानी 1933 में प्रकाशित हुई और पहला कहानी-संग्रह अगस्त, 1935 में। प्रारम्भिक कहानियों में समाज-सुधार और राष्ट्रीय चेतना का गहरा पुट था। उन कहानियों की प्रशंसा करते हुए प्रेमचंदजी ने लिखा: "मैं तुमसे रियलिस्टिक' कहानियां चाहता हूं।" सन् 1936 में 'शकीला की मां' कहानी से लेखन का एक नया दौर प्रारम्भ हुआ। छायावादी शैली छूट गई और सहज बोलचाल की मुहावरेदार भाषा में कहानियां लिखी जाने लगीं। 1937 में लखनऊ से एक साप्ताहिक पत्र 'चकल्लस' का प्रकाशन आरम्भ किया। 'तस्लीम' लखनवी नाम से अनेक हास्य रचनाएं लिखीं। फिर फ़िल्मों में पटकथा-लेखक और संवाद-लेखक के रूप में महेश कौल और किशोर साहू के साथ दर्जनों फ़िल्मों के स्क्रिप्ट लिखे। 'कुंआरा बाप', 'राजा', 'परिवर्तन', 'संगम', 'आगे क़दम', 'परिस्तान' और उदयशंकर की फ़िल्म 'कल्पना' के संवाद लिखकर ख्याति अर्जित की । बम्बई से लौटकर लखनऊ आ गए। कुछ समय आकाशवाणी लखनऊ से ड्रामा-प्रोड्यूसर के रूप में सम्बद्ध रहे। फिर पूरी तरह साहित्यिक लेखन को समर्पित हो गए। दस उपन्यास, अनेक कहानी और नाटक-संग्रह, संस्मरण और रिपोर्ताज प्रकाशित हो चुके हैं। 'अमृत और विष' उपन्यास पर 'साहित्य अकादमी पुरस्कार' और 'सोवियत लैंड नेहरू पुरस्कार' मिला है।

आपकी प्रमुख रचनाएं हैं :

उपन्यास : 'बूंद और समुद्र', 'अमृत और विष', 'सुहाग के नूपुर', "एकदा नैमिषारण्य', 'मानस के हंस', 'खंजन नयन' ।

रिपोर्ताज : 'महाकाल', 'ये कोठेवालियां' ।

संस्मरण : 'सेठ बांकेमल' ।

मोती की सात चलनियां

"ऐ छोड़ मुए बदज़ात हरामी के! ऐ तेरी जवानी को लक़वा मारे शैतान के बच्चे ! आ तो सही !" गली में इस ज़नानी चीख़-चिल्लाहट के साथ धर-पटक-धमाके की आवाज़ें आईं। गर्मी की दोपहर में कई मकानों के खिड़की-दरवाज़े खुल गए। औरतों-मर्दों और लड़कों की भीड़ झांकने लगी, बाहर आ गई। "क्या है ? कौन है ?" शुरू हो गई।

नौजवान शायद आसपास के उजागरे से सहमकर बुर्क़ेवाली के काबू में आ गया था। वह उसे गिराकर चढ़ बैठी। भीड़ आ जाने से नौजवान को एक हाथ से अपना मुंह छिपाने की पड़ी। उधर बुर्क़ेवाली दोनों हाथों से उसके सिर के बाल नोचकर ज़ोर-ज़ोर से कहने लगी, "बड़े शरीफ़ज़ादे बनते हैं ! घर में तेरी मां-बहनें नहीं?" तेहे में आकर बुर्क़ेवाली ने अपना नक़ाब उलट लिया था। निहायत ही भद्दी शक्ल थी—होंठ के ठीक बीचो-बीच मसा, नाक चपटी, सूखे आम-सा चेहरा, रंग स्याह, उम्र अधेड़ । नौजवान के दाहिने हाथ पर अपने पांव मय फटी जूतियों के जमाए अपनी बकबक की रेल दौड़ाने लगी, "ऐ, मैं आबिदअली के घर से निकली तो ये लौंडा वहीं से वाही-तबाही बकता मेरे पीछू-पीछू लगा। हविस का अंधा अल्ला मारा, न बुढ़िया देखे न जवनिया, लेके हाथापाई करने लगा निगोड़ा।"

"अच्छा अब छोड़ो उसे, परे हटो ! ये किसका लौंडा है ? उठ बे !" दारोगाजी उर्फ इम्तियाज अहमद रिटायर्ड सब-इंस्पेक्टर पुलिस छड़ी टेकते हुए आगे आए। बुर्क़े वाली तब भी न उठी। दारोगाजी ने दुबारा डांटकर कहा,

"अच्छा अब उठिए भी, बड़ी पारसा बनी हैं। कहां से आई हो ? कौन हो ?"

"ऐ, मैं कोई चोर-उच्चकी, बदमाश हूं ? आबिदअली के खालूज़ाद भाई नाजिम हुसैन एडूकेट के यहां मुलाजिम हूं मौलवीगंज में । ये मुआ..."

"फिर वही गलत बयानी शुरू की आपने!" दारोगाजी गरजे। फिर कहा, "लड़के को कहे जाती हैं। पहले अपनी सूरत तो देखिए । माशाअल्लाह आपकी इस कमसिनी और हुस्न पर तो लंगूर का बच्चा भी न रीझेगा, इंसान का बच्चा तो आख़िर समझदार होता है।"

लोगों ने ठहाका लगाया। बुर्क़ेवाली मारे गुस्से के रुआंसी हो गई और नक़ाब मुंह पर डाल लिया। इससे और हंसी हुई, फब्तियां कसी गईं। बुर्क़ेवाली अपनी जान छुड़ाकर तेज़ी से चली गई। दारोगाजी अपने पोपले मुंह से हंसकर बोले, "खुदा की क़सम, क्या बूटा-सा क़द और छप्पनछुरी-सी चाल है ! लौंडा इसी चाल पे मात हो गया। अबकी से सूरत देखकर इश्क फरमाइएगा बरखुरदार ! कौन बहादुर हैं आप, ज़रा सूरत तो देखूं !"

लड़के हंस रहे थे, कह रहे थे, इशरत है। इशरत मियां शर्म के मारे मुंह गड़ाए धरती से चिपटे ही जा रहे थे। दो-एक खड़े हुए बुज़ुर्ग, घरों से दो-एक बड़ी-बूढ़ियां लानत-मलामत कर रही थीं कि बेजा बात है। वह तो कहो कि मामूली नौकरानी का मामला था, दारोगाजी ने डांटडपटकर टाल दिया, मगर यही हरकत ये किसी शरीफज़ादी के साथ कर बैठते तो लेने के देने पड़ जाते । वगैरह-वगैरह।

दारोगाजी फिर गरजे। सबको खामोश किया। लड़कों को भगाया, फिर इशरत का हाथ पकड़कर उठाते हुए कहा, "उठ बे ! ओ, खबरदार

जो आयंदा ऐसी हरकत की। बाप-दादों की इज़्ज़त का ध्यान नहीं ?चचा रिटायर्ड प्रोफेसर, भाई एडीटर, बहन डाक्टर और तुम आज ये एक टकहाई के पीछे बदनाम हुए ? बेट्टा, आशिकी खेल नहीं जिसको कि खेलें लौंडे । औरत कमर और टेंट के बूते पर झुकती है। समझा बे?" दारोगा-जी ने समझाकर एक टीप जड़ी। छिपकर सुनते हुए दो लड़के हंस पड़े। इशरत गोली

खाए शेर की तरह उन लड़कों को सज़ा देने के लिए झपटा। इशरत मिया इंटर का इम्तहान देके खाली बैठे थे। ये गलती कर बैठे—आख़िर उम्र है, अरमान है, वजूहात हैं—गलती हो गई। मगर ये साले मुझपे हंसने वाले कौन होते हैं? दांत खट्टे कर दूंगा। लेकिन दारोगाजी ने कसकर बांह पकड़ ली और घर ले चले। दरवाज़े पर पहुंचकर इशरत सहमा-कुम्हलाया, कांपकर दारोगाजी से बोला, "चचाजान से कुछ न कहिएगा।"

मगर वहां तो पहले ही खबर पहुंच चुकी थी। प्रो० अख़्तर हुसैन इशरत को देखकर झपटे और दारोगाजी के समझाने-बचाने के बावजूद उन्होंने उसे थप्पड़ों-घूंसों से मारते-मारते बेहाल कर दिया। उनका भी दम फूल उठा। तब दारोगाजी ने हाथ पकड़ लिया, अख़्तर साहब को लाकर कुर्सी पर बिठलाया। ज़रा दम लेकर अख़्तर साहब बोले, "आप समझते नहीं दारोगाजी, कल ये अपनी नादानी में किसी हिंदू लड़की को छेड़ दे तो खुदा न करे जबलपुर का दूसरा नज़ारा यहां भी देखना पड़ जाएगा। ये आदत खराब है। ज़माना खराब है।"

"जी हां, ये तो आप बजा फरमाते हैं मगर किया क्या जाए, हुज़ूर-वाला? लौंडे-लौंडियां मां के पेट से बाद में निकलते हैं, पहले इश्किया गाने याद करते हैं।"

दारोगाजी की बात सुन अख़्तर साहब कड़ुवा मुंह बनाकर बोले, लानत भेजता हूं इस ज़माने पर। हमारे आला खानदान को दाग लगा दिया इस लड़के ने । बगैर मां-बाप का बेटा है, लोग थूकेंगे तो मेरे मुंह पर थूकेंगे।"

मगर नसीबा मानो प्रोफेसर साहब से कोई पुराना वैर निकाल रहा था। आज भतीजे ने उनके दिल को करारी ठेस पहुंचाई तो कल खास उनकी लड़की ने ही।

डॉक्टर निगार सुलताना
एंड
डॉक्टर सुरेंद्र मोहन

रिक्वेस्ट दि प्लेज़र ऑव...

"अब और बाकी क्या बचा (गाली), लड़के-लड़कियां खुद अपने ही नाम से अपनी शादी का इन्विटेशन कार्ड भेजने लगे। हद है।" मोहसिन मियां ने अपनी मायूस नज़रों को नीचे झुकाकर ठंडी चाय की प्याली को चिढ़कर यों देखा मानो वही अपराधी हो, फिर जैसे उसे सज़ा देने के लिए एक ही घूंट में हलक के नीचे उतारकर कुनैन पीने जैसा मुंह बनाया।

नूर मुहम्मद साहब दोनों पांव सोफे पर उठा के बोले, "अजी यही होगा। अब आप यह तो उम्मीद कर नहीं सकते कि अख़्तर साहब अपनी दुख़्तर और किन्हीं लाला धोतीपरशाद चपरकनाती के साहबज़ादे डॉ० सुरिन्दर मोहन की शादी का कार्ड खुद अपने नाम से शाया करवाते।"

"कौन मैं ? मैं ! अजी बस क्या कहूं ! ये कमबख्त मॉडर्न एजुकेशन ने बुजदिल बना डाला है हम लागों को, वरना जी चाहता है कि होस्टल में जाकर खुद अपने ही हाथों अपनी लड़की को शूट कर दूं !" अख़्तर साहब उठकर चार कदम तेज़ी से दरवाज़े की ओर गए और फिर पलटकर कमरे के एक ओर चहलकदमी करने लगे।

लगभग साठ-पैसठ की उम्र वाले इन चार दोस्तों में खान बहादुर शकील अहमद साहब ही अब तक चुप बैठे थे। अख़्तर साहब को यों परेशान हाल देखकर बोले, "अब गुस्सा थू किए, अख़्तर साहब ! आख़िर इससे फायदा ही क्या है ? शादी तो ये होके रहेगी, हम-आप कुछ नहीं कर सकते। अब तक जहां इतनी शादियां हुईं, वहां एक और सही। अकबर इलाहाबादी क्या खूब फरमा गए हैं :

नयी तहज़ीब में दिक़्क़त
ज़ियादह तो नहीं होती।
मज़ाहब रहते हैं क़ायम
फ़क़त ईमान जाता है।"

"हां-हां, शे'र तो खैर अपनी जगह पर है ही, पर मैं कहता हूं कि ईमान भी कायम रक्खा जा सकता है। आप चार भाई एक राय हो जाएं तो ये शादी रोकी जा सकती है।" जावेद भाई ने अपना पंचमजार्जनुमा दाढ़ी वाला

चेहरा तमतमाकर सिर झटकाकर कहा और फिर बटुवे से किवाम की शीशी निकालने लगे।

"अजी रोकने की बात तो ये है किब्ला कि अभी लड़के या लड़की को गायब करवा दिया जाए तो सारा खेल ही खत्म हो जाए। और मैं तो कहता हूं कि अगर आप इस्लामिक कल्चर को अपहोल्ड करना चाहते हैं। तो कोई-न-कोई सख्त स्टेप लेना ही पड़ेगा; वरना यों ही अपने सिर पर हाथ रख के कमरे में बैठे-बैठे रोया कीजिए और हिन्दू लोग हमारी लड़कियों को पार लगाते रहेंगे। एक दिन इस्लाम खत्मशुद! हमारे बच्चों के बच्चे शिरी-महेशा-गौरी-गनेशा के भजन गाते होंगे। मस्जिदें वीरान और बुतकदों में दीवाली! अऽहः हः हः—है : हैः !" मोहसिन मियां ने अपनी सर्द आह में मानो इस्लामिक कल्चर के आख़िरी रोज़ की तस्वीर नक्श कर दी। चारों दोस्त अपनी सर्द आहों में सिमटकर घुटकर बैठ गए।

आज सुबह की डाक से निगार की शादी के कार्ड हर जगह पहुंचे थे। प्रो० अख़्तर हुसैन उसी वक़्त से बदहवास हो रहे थे। उन्हें गहरा सदमा पहुंचा था। डॉ० सुरेन्द्र मोहन इसी शहर के मशहूर डाक्टर श्याम मोहन का लड़का है, दो-चार बार इस घर में भी आ चुका है, खाना खा चुका है। जिसे प्रोफेसर साहब बड़ा लायक और शरीफ मानते थे, वही इस समय आस्तीन का सांप बनकर उन्हें डस गया। लड़की निगार, जो छुटपन में ही मां के मर जाने के सबब से उन्हें जान से भी ज़्यादा अज़ीज़ थी, इस वक़्त उनकी दुश्मने-जां बन गई। अख़्तर साहब को यों महसूस हो रहा था मानो सुरेन्द्र और निगार वीराने में उनकी छाती में छुरी भोंककर तपती बालू पर छोड़ गए हैं और वे ज़ख्म से छटपटा रहे हैं, आख़िरी वक़्त की प्यास से तिलमिला रहे हैं। दिन में जब कार्ड मिला तब लड़का ज़फर दफ्तर जा चुका था। उन्होंने उसकी बीवी किशवर को बुलाकर पूछा, "सच-सच बतलाना बेटी, तुम लोगों को पहले से इस शादी की खबर थी ?" मगर वह झूठ बोल गई। अख़्तर साहब यह जान भी गए मगर बेबस थे। एक बार जी चाहा कि मेडिकल कॉलेज में जाकर निगार को सबके सामने तड़ातड़ तमाचे मारें—नालायक, बड़ी डॉक्टर बनी है। इसी दिन को देखने के लिए क्या तुझे पैदा किया था ? मगर फिर न गए। मन पर नामर्दी

और पस्तहिम्मती छाई रही।

शाम को अज़ीज़ दोस्तों की दुनिया ने उनका मुंह नोच लिया। दिन-भर इसीका तो उन्हें डर रहा था। हर एक पूछ रहा है कि यह कैसी शादी है ? मगर मुहब्बत सच्ची थी तो डॉ० सुरेन्द्र मुसलमान क्यों न बन गया ? निगार ने तौहीने-मिल्लत क्यों की ? दोस्तों की दुनिया ये कह रही है, बाकी दुनिया और भी न जाने क्या-क्या कहेगी। प्रोफेसर दुनिया से डर रहे थे। यों वे खुद मॉडर्न थे, पर्दे के सख्त खिलाफ थे। गो ईद-बकरीद को भी मस्जिद में कभी नमाज़ पढ़ने न जाते थे, मगर इस्लाम को मानते थे, दुनिया से डरते थे। उन्हें लग रहा था कि उनके पैरों तले ज़मीन ही नहीं रही।

डॉ० सुरेन्द्र मोहन के माता-पिता के पैरों तले से भी ज़मीन खिसक गई थी। यही दुनिया का सवाल डॉ० श्याम मोहन की कोठी में भी रंग ला रहा था। अपने बड़े बेटे डॉ० सुरेन्द्र को बन्द कमरे में बिठाकर डॉ० श्याम मोहन गरमा रहे थे, "तुमको इंटरकास्ट मैरेज ही करनी थी तो क्या अपनी हिन्दू जाति में लड़कियां नहीं थीं ? मेडिकल कालेज ही में पचासों हैं।"

"पापाजी, मुझे निगार से शादी करनी थी, पचासों से नहीं। और मेरे सामने जाति का सवाल ही नहीं है।"

"क्यों नहीं है जाति का सवाल, मैं पूछता हूं !"

"क्यों हो, मैं आपसे पूछता हूं !"

"ज़बान लड़ाते ही मुझसे ?"

"वह नादानी करने की उम्र अब मेरी नहीं रही।"

"जी हां, इसीलिए अब आप बड़ी नादानियां करने लगे हैं, क्यों ? आपको इस बात का खयाल नहीं कि आपके माता-पिता पर कितनी बड़ी जवाबदेही है। फैमिली में अकेले तुम ही नहीं हो, तुम्हारे छोटे भाई हैं, ब्याहने जोग बहनें हैं। बड़ा घर देखकर एक तो लोग यही बड़ा दहेज मांग रहे हैं ऊपर से जब लड़कियों की मियंटी भावज आकर बैठ जाएगी तब जाने और क्या होगा ?"

"पापाजी, आप अखबारों में ये डिक्लेयर कर दीजिए कि मैंने सुरेन्द्र को

घर से निकाल दिया है। फिर कोई परेशानी ही न रहेगी। मुझे आपकी जायदाद से भी एक पैसा नहीं चाहिए।”

सुरेन्द्र ने बहुतठंडे भाव से कहा पर डॉ० श्याम मोहन सुनकर एका एक झटका खा गए। सहसा कुछ जवाब न सूझा फिर हकला-हकलाकर अपना रौब चढ़ाते हुए बोले, “तुम्हें अ-क्या नामके-लज्जा नहीं आई मुझसे यह कहते हुए ? तुमने अपनी मदर को भी यही जवाब दिया था। तुम अभी मां-बाप की भावना को नहीं समझते हो। तुम सब मॉडर्न फैशन वाले पति-पत्नी के रिश्ते को आशिकोमाशूक की नज़र से देखते हो। माशूक की सोहबत जल्द से जल्द मिल जाए इसलिए शादी कर लेते हो। लव-मैरेजेज जितनी तेज़ी से बढ़ रही हैं उतनी ही तेज़ी से फेल भी हो रही हैं।”

सुरेन्द्र को हंसी आ गई, बोला, ''पापाजी, राकेट तेज़ी से उड़ रहे हैं, तेज़ी से फेल भी हो रहे हैं, पर उतनी ही तेज़ी से स्पेस-ट्रैवेल की सफलता भी बढ़ रही है।”

“बहरहाल, वी पार्ट फार गुड। पिता के नाते मेरी शुभ कामना है, आशीर्वाद है। और चलते-चलते यह नेक सलाह भी दूंगा कि वह लड़की तुम्हें चाहे कितना भी फुसलावे मगर तुम हरगिज़-हरगिज़ मुसलमान मत बनना। बस ! पिता होते हुए भी मेरी तुमसे यह हाथ जोड़कर प्रार्थना है।” डॉ० श्याम मोहन के नाटकीय ढंग से हाथ जोड़ने में व्यंग्य उभरा तो अवश्य पर कंठ और आंखें भर आईं। डॉक्टर साहब ने अपना मुंह घुमा लिया।

डा० सुरेन्द्र को अपने पिता के दुःख से दुःख हुआ, वे बोले, “पापाजी, हमारे लिए धर्म बदलने की बात ही नहीं उठती। हमें जनम-मरन, शादी वगैरा के लिए किसी मुल्ला या पंडित की ज़रूरत नहीं। मस्जिद-मंदिर की हमें ज़रूरत नहीं। ईश्वर को मानते हैं मगर साइंस की शक्ति में उसे देखते हैं। खुद आप ही ने कब ये धार्मिक ढोंग और आचार माने ? आप नाममात्र के लिए जन्म के संस्कारों से बंधे रहे। हमें वह भी झूठ लगा; हम उसे भी नहीं मानते।”

“तब मानते क्या हो आख़िर ?”

“यही कि हम भारतीय हैं। इंसानियत के सिद्धांत, ईमानदारी, मेहनत, सचाई,

दया, करुणा वगैरा जितना कोई भी कट्टर से कट्टर हिन्दू या मुसलमान मानेगा, उतना ही हम भी मानते हैं। बाकी क्रियाक्रर्म, जनेऊ नौराल, मुहर्रम वगैरह, पूजा-पाठ, धर्म-कर्म का पुराना बोझ हम क्यों लादें ? इनसे हमें मिलता ही क्या है ?"

"ठीक है भैया, हमारे ऋषि-मुनियों का सनातन धर्म जिसकी सारे संसार ने तारीफ की है, अब तुम्हीं लोगों के हाथों समाप्त न होगा तो क्या कोई बाहर वाला आएगा ? ठीक है...ठीक है...ठीक ही है !" डॉ० श्याम मोहन ने एक सर्द आह खींची और खिड़की से बाहर देखने लगे।

होस्टल की लड़कियों में बड़ा जोश था। उनकी लेक्चरर, हरदिल अज़ीज़ और हसीन डॉ० निगार सुलताना की शादीहो रही है। डा० सुरेन्द्र मोहन भी बड़े पॉपुलर हैं। लड़कियों, नर्सों और लेडी डॉक्टरों का यह आग्रह था कि शादी होस्टल ही में हो। आपस में चंदा जमा हो चुका था, बड़े प्लान बन चुके थे। प्रिंसिपल तक से लड़कियों की यह बात हो चुकी थी कि हम लोग इन दोनों डॉक्टरों की शादी को अपना 'फैमिली अफेयर' बनाएंगे और इस बहाने गरमी की छुट्टियों से पहले तमाम स्टूडेंट और स्टाफ के लोग एकसाथ मिलकर हंसी-खुशी की एक शाम बिताएंगे।

निगार को लगता था कि ये तमाम बातें उसके अब्बा को नाहक और भी ठेस पहुंचाएंगी। शादी की बात तो खैर दो दिलों की बात थी, उसपर ज़ोर नहीं, पर यों निगार अब्बा को नाखुश नहीं करना चाहती। वह उन्हें बहुत चाहती है, उनका अदब करती है। शादी की बात पिछले दो साल से चल रही थी, ज़फर और किशवर को वह अपना राज़ दे चुकी थी पर अब्बा से कुछ भी कहने-पूछने की हिम्मत न हुई। भाई और भावज पूरे दिल से राज़ी नहीं थे, उनके अन्दर एक किस्म का कटाव था, फिर भी वे दोनों निगार के हमदर्द और हमखयाल थे। बातों-बातों में एक दिन निगार, किशवर और ज़फर ने अब्बाजान का दिल भी टटोला था। प्रोफेसर अख़्तर हुसैन यह तो मानते थे कि पढ़े-लिखे हिन्दू और मुसलमान दोनों ही अपनेअपने दीन-धरम को भूल चुके हैं, एक-से हैं, मगर फिर भी हिन्दू, हिन्दू ही है और रहेगा; मुसलमान,

मुसलमान ही रहेगा। वे यह मानते थे कि राम और रहीम में कोई फर्क नहीं मगर दो लफ्ज़ तो रहेंगे ही। कहने लगे, "यह खून का असर है। नस्लों का, कल्चर का, आदतों का फर्क है। खून और नस्ल का सवाल अहम है, इसीलिए हमारे यहां रिश्ते कायम करने से पहले खानदान देखा ज़ाता है, नसबनामा देखा जाता है। मैंने माना कि हिन्दू या दीगर कौमें भी अपने-अपने ढंग से यही सब करती हैं पर यह ढंगों का फर्क ही बड़ा बेढंगा है। इस भेद-भाव को बीसवीं सदी में तो मिटा न सकोगे तुम लोग, और अगर हमारे इस्लाम की स्पिरिट सच्ची है। तो शायद ताक़यामत यह फर्क न मिटा सकोगे।"

अब्बा का यह इस्लाम निगार की समझ में नहीं आया। खुद अब्बा कभी रोज़े-नमाज़ के पाबन्द नहीं रहे, मौलवियों का सदा मज़ाक ही उड़ाते रहे, मगर जैसे वह इस्लाम के पाबन्द हैं वैसे निगार भी रह सकती है। शादी और मज़हब में कोई सम्बन्ध नहीं। उसके लिए पुराने समाजी कायदों से बंधकर चलने की ज़रूरत नहीं। समाज पुराने से नया होता है। तो कायदे भी नये ही बनते हैं। मेरी दादी के वक़्त में यह सोचा भी नहीं जा सकता था कि मुसलमान लड़की पर्दे से बाहर निकलकर डॉक्टरी पढ़ सकती है, नौकरी कर सकती है। आज के समाजी कायदे में यह किसीको भी बुरा नहीं लगता। मैं अपनी पसन्द के एक आदमी से शादी कर रही हूं, इसमें मज़हब का सवाल ही कहां उठता है। हमारे बच्चे हिन्दुस्तानी होंगे। वे अपने ही किस्म के नये कायदों वाले समाज में पलें-बढ़ेंगे, शादियां करेंगे। हिन्दू-मुसलमानपन न हमारे लिए ही किसी काम का है और न हमारे बच्चों के काम का, फिर भी अब्बा उससे हमें बांधना चाहते हैं। यह नामुमकिन है...फिर भी अब्बा की नाखुशी अच्छी नहीं लगती। क्या किया जाए? मेरा कार्ड पाकर बेहद भड़के होंगे।

निगार अपने घर के हालचाल जानने के लिए व्याकुल थी। दोपहर में इशरत मियां आए तो बड़ी खुशी हुई। आते ही कहने लगे, "बाजीजान, लेबोरेटरी में एक्सपेरिमेंट्स होते हैं तो क्या सबके सब कामयाब ही होते हैं?"

"नहीं, फेल भी होते हैं। क्यों?"

"परसों मैंने लव का एक एक्सपेरिमेंट किया था मगर फेल हो गया।

ज़फर भाई अगर उसको कभी तूलतवील करके सुनाएं, जैसीकि उनकी आदत है, तो यकीन मत कीजिएगा। पहले मुझझे पूछ लीजिएगा।"

निगार ये फिज़ूल की बकवास इस वक़्त नहीं सुनना चाहती थी, उसने कहा, "अच्छा, मगर पहले ये तो बतलाओ कि मेरा इन्विटेशन कार्ड घर पहुंच गया ?"

"अरे, उसीके लिए तो आपको मुबारकबाद देने आया हूं। आपका एक्सपेरिमेंट सेंट परसेंप सक्सेसफुल रहा। इसीलिए आया था कि मेरे पास शादी के लायक कपड़े नहीं हैं, जूते भी फटे हुए हैं। इस वक़्त चचामियां और भाईजान से कुछ भी कहने की मेरी हिम्मत नहीं..."

"अरे कपड़े वगैरह तो सब आज ही खरीद लीजो मगर पहले ये बता दे मेरे अच्छे भैया, कि अब्बाजान कहते क्या थे ?"

सारा हाल सुना। दुःख हुआ मगर बेबस थी। तभी कमरे में कुछ लड़कियां आईं। एक ने कहा, "सुनिए डॉक्साब, हम लोगों ने तय किया है। कि सिविल मैरेज की रजिस्ट्री भी होस्टल में ही होगी और उसके बाद हिन्दुस्तानी ढंग से आप लोग एक-दूसरे को माला पहनाएंगे। डॉ० मोहन ने ये मंजूर कर लिया है।"

निगार यह सब नहीं चाहती। अब्बा सुनेंगे तो यही कहेंगे कि उन्हें नीचा दिखलाने के वास्ते ही यह धूमधाम की गई। लेकिन लड़कियों से यह बात वह क्योंकर खोलकर कहे ? और यों ये लोग सुनतीं नहीं, मज़ाक में टाल देती हैं। हाय, ये लड़कियां और मेरी साथिनें कितनी खुश हैं, कितने जोश में हैं ! मैं भला इनकी कौन होती हूं ? हाय री मुहब्बत, मैं कुर्बान! निगार अपने चारों तरफ की गर्मजोशी से थोड़ी-थोड़ी हुई जाती है। उसकी दुनिया कितनी बड़ी है, उसका कुनबा कितना बड़ा है ?

बहन की इश्किया शादी ने तमन्ना की लौ फिर तेज़ कर दी। दोपहर को होस्टल में हसीन लड़कियों को देख-देखकर दिल भड़क उठा। इशरत मियां किसीसे इश्क करने के लिए बेताब हो उठे। आख़िर कब तक मन की आग दबाएं ? अक्सर रातों में ज़फर और किशवर मिलकर फिल्मी गाने गाते हैं, इशरत का जी जलता है। वकील साहब की छत पर सामने ही अन्ने-शज्जो दो

बहनें ऐसे कुदकड़े लगाती थीं कि इशरतअली का दिल उछल-उछल पड़ता था। एक दिन मुहब्बत की छेड़छाड़ के सिलसिले में एक टमाटर खींच मारा। अन्नो के गाल पर कच्च से फूटा, मगर उधर से जवाब में गुम्मा फेंका गया और उसी दिन से छत का खेलकूद भी बन्द हो गया। परसों की गलती के बाद जोश शायद कुछ दिनों तक ठंडा रहता मगर इश्कोमुहब्बत के इस माहौल में वे भला क्योंकर खामोश बैठें। शाम को रुपये लेकर गए, कपड़े-जूते खरीदे, बाल कटवाए, दस रुपये बचे तो सोचने लगे कि किसपर खर्च करें।

दूसरे दिन बारात चलने से कुछ देर पहले डॉ० सुरेन्द्र मोहन को गोटे के हार का ध्यान आया। इशरत-मियां ही सजे-बजे फालतू-से खड़े दिखलाई दिए, उन्हें ही दस-दस के दो नोट दिए और नौकर की साइकिल दिलवाकर अमीनाबाद भेजा।

इशरत मियां साड़ी-गोटे वाले के यहां पहुंचे तो दो लड़कियां देखीं। नशा छा गया; देखा तो देखते ही रह गए। जब दुकानदार ने टोका तो गोटे का हार खरीदा। दो रुपये की बचत उसमें भी कर गए, यही सोचकर कि शायद शरबत कोल्डड्रिंक पिलाने का मौका मिल जाए। दस कल की बचत के और दो ये। बकौल दारोगाजी के लड़कियों को रिझाने के लिए इस वक़्त टेंट में भी बूता था और कमर का बूता तो भड़क ही रहा था...हाय, क्या मीठी और बारीक आवाज़ें हैं, अंग्रेज़ी बोलती हैं तो लगता है, चिड़ियां चहक रही हैं। हाय, क्या अदा है, मासूमियत है, क्या मुसकुराहट है ! मधुबाला...नन्दा...सईदाजान... आशा पारेख...उंह ! ये ये ही हैं।" चलने लगीं तो मुसकुराकर बोले, "लाइए आपका बोझ मैं ले चलूं, आख़िर एक मज़दुर तो चाहिए ही आपको।"

"नो, थैंक्स !" कहकर लिपस्टिक, कुर्ते, सलवार, दुपट्टे वालियां, कटे उड़ते बालों वालियां, धूप के चश्मों वालियां चलीं। इशरत मियां सुध बुध बिसारकर उनके पीछे-पीछे चले । एक दूसरी दुकान में भी साथ-साथ रहे, बीच में कुछ टोक-टाक भी की मगर झिड़की खाई। आप यह सोचकर मुसकुरा दिए कि पहली मुलाकात में भला किस बड़े-से-बड़े फिल्म-स्टार को भी हीरोइनों की झिड़कियां नहीं सुननी पड़ी हैं। इस दुकान से निकलने लगे तो हौसले में

आकर शर्बत पीने के लिए दावत दे बैठे। "शर्बत ? मैं पिलाती हूं आपको।" एक लड़की ने अपने हाथ के बंडल दूसरी के हाथ में रखे और इशरत मियां के कान उमेठकर एक तमाचा लगाया, फिर दो तमाचे, फिर सैंडिल तड़ातड़-पटापट ! तब तक भीड़ आई। जो आया उसीने मारा, जिसके हाथों में खुजली उठी उसीने टीप जमाई, ये वहीं सिर झुकाकर बैठ रहे । एक सयाने उस्ताद की नज़र इनकी जेब, साइकिल और हाथ के थैले पर पड़ी। बस, फिर क्या था? उसने पब्लिक के लिए चटपट तमाशा बना दिया। एक लौंडे को भेजकर नाई बुलवाया। भौं से लेकर दाहिनी ओर के सारे सिर के बाल सफाचट हो गए। भीड़ हंस पड़ी, कहा कि अब ये मजनूं जंचते हैं। सयाना बोला कि अभी नहीं, मजनूं ने जितने पत्थर अपने सिर पर झेले ये कमअज़कम उतने झापड़ तो झेलें। घुटी खोपड़ी पर कड़ाकेदार टीपों का दूसरा दौर चला। इधर पब्लिक अपने खेल में मगन हुई, उधर सयाने उस्ताद के सयाने शागिर्द इशरत मियां का सारा माल ले भागे। इतने में एक कोलतार ले आया। इनके मुंह पर पोता गया। इशरत मियां पिटते-पिटते पत्थर हो गए थे। चेहरा काला कर दिए जाने के बाद सिर झुकाने की ज़रूरत भी न रही। सोचा कि अब एकाएक कौन पहचानेगा ? बड़ी दुर्गत के बाद वहां से चले, बड़ी दूर तक उनकी लूलू बोली गई। बहन की शादी और जल्से के वक़्त इशरत मियां ये ऐश भोग रहे थे !

डॉ० सुरेन्द्र मोहन और निगार दोनों ही अपने-अपने बड़े-बूढ़ों की धार्मिक-सामाजिक खींचतान से मन-ही-मन बुझे हुए थे मगर आसपास के जोश ने उन्हें हरा-भरा बना दिया। बरात में सभी बड़े-बड़े डॉक्टर शामिल थे। निगार के भाई-भावज, कुछ मुसलमान सहेलियां, कुछ सहेलियों के साहब भी आए थे। डॉक्टर सुरेन्द्र के बहन-बहनोई, मंझला भाई और कई दोस्त किस्म के सजातीय भी मौजूद थे। अखबार वाले थे। बड़ी शानदार भीड़ थी। अपने-आप ही लड़के-लड़कियों के वायलिन, हारमोनियम, तबले, तानपूरे आ गए; गाना हुआ; नकलें हुईं, बड़ा मज़ा आया। बड़े-बूढ़ों से लेकर नौजवानों तक हरएक सहज भाव से ऐसा मगन-मन हो रहा था कि निगार और सुरेन्द्र

देख-देखकर खिले-उमगे पड़ते थे। माला पहनने के वक़्त इशरत मियां भी झुंझलाहट के साथ याद किए गए, फिर फूलमालाओं से ही काम चल गया । बेशुमार प्रेजेंट्स आईं। इस शादी में कुछ लोग सकपकाया हुआ मन लेकर शामिल हुए थे लेकिन जवानों की उमंग ने सबको ही हंसी-हौसले से भर-भर दिया। हर एक खुश था।

रात को दूल्हा-दुलहन अपने बंगले पर पहुंचे। डॉ० मोहन ने सजावट के एक ठेकेदार से सुहाग-कमरे में फूलों की सजावट करवाई थी। मगर आके देखा तो कमरे में अंधेरा घुप । बत्ती जलाई तो बढ़िया सजावट और फूलों की महक के साथ एक अजीब कलमुंही सूरत भी देखी। इशरत मियां थे। कुछ पूछने से पहले ही बोल उठे, "भाईजान, बात कुछ नहीं, सिर्फ एक एक्सपेरिमेंट और फेल हुआ। आशिकी करने के लिए भी अक़्ल चाहिए। अब पढ़-लिखकर ही एक्सपेरिमेंट करूंगा। फ़िलहाल खाना खिलवा दीजिए, मार खाने से पेट नहीं भरा, बेहद भूखा हूं। कल बचा हुआ सिर मुड़वाने के लिए पैसे भी लूंगा आपसे। बाकी जो नुक़सान हुआ उसे सह जाइएगा। आख़िर आपकी जोरू का भाई हूं, सारी खुदाई से अलग।"

निगार और सुरेन्द्र दोनों ही हंस पड़े।

दूसरे दिन अखबारों में इस विवाह की शानदार रिपोर्ट छपी। पढ़कर डॉ० श्याम मोहन और प्रोफेसर अख़्तर हुसैन के मनों पर मातम छा गया। दोनों ही सोच रहे थे कि दुनिया क्या सोचेगी? मगर दुनिया में दोनों ओर के रिश्तेदार क़िस्म के चंद लोगों ने ही इस ख़बर पर थोड़ा-बहुत तंज़िया ध्यान दिया। कइयों ने इसे एक खबर के तौर पर पढ़ा और अच्छा कहा। बाकी दुनिया ने न पढ़ा, न कुछ सोचा और न कुछ कहा ही। दुनिया यों ही बढ़ती है। □

द्विजेन्द्रनाथ मिश्र 'निर्गुण'

जन्म : सन् 1919

परिचय

'निर्गुण' जी हिन्दी के प्रथम श्रेणी के कथाकार हैं। अपने संकोची, शांत और आडम्बरहीन स्वभाव के कारण ही आप अभी तक हिन्दी के आलोचकों के प्रशंसापात्र नहीं बन पाए हैं; किन्तु जहां तक पाठकों का सवाल है, प्रेमचंदजी के बाद यदि उनका कोई प्रिय कथाकार है तो वह 'निर्गुण' जी ही हैं। 'माया' और 'मनोहर कहानियां' का आप बहुत सफलतापूर्वक सम्पादन कर चुके हैं। सम्प्रति, काशी में अध्यापन कर रहे हैं।

समाज के उपेक्षित और तिरस्कृत पात्रों की व्यथा जितनी 'निर्गुण' जी की कहानियों में सजीव हुई है उतनी अन्य किसी कथाकार की कहानियों में नहीं। कहानियों के अतिरिक्त आपने दो-तीन उपन्यास भी लिखे हैं। आपके प्रमुख कहानी-संग्रह हैं : 'पूर्ति', 'टीला', 'खोज', 'प्यार के भूखे', 'ज़िंदगी', 'टूटे सपने'। 'रावण' उनकी बहुत सशक्त और बेजोड़ कहानी है।

रावण

अपना न तो खेत था, न खेती होती थी। पड़ोसिन के यहां से बाजरे की चार बालियां मांग लाई थी।

लड़कों को बालियां देखकर फिर चैन न पड़ा। तीसरा पहर डूब रहा था, चूल्हा चढ़ा न था, अंगीठी सुलगा ली और बालियां भूनने बैठ गए दोनों । छोटा आग फूंकने पर रहा और बड़े ने बालियां पकड़ीं।

बाप को 'तिजारी' आती है—दो महीने से ऊपर हुआ। गांव के हकीमजी की दवा होती है और हर तीसरे दिन जाड़ा देकर बुख़ार आता है।

तुलसी के रस में आधा तोला शहद डालकर प्याली में पुड़िया घोलकर चाटने को दी। उस समय खाट पर बैठे बाप ने इधर को झांककर देखा—बुझी हुई आग का धुआं ऊपर आकाश को उड़ता चला जा रहा था और दोनों भाई बारी-बारी उसे फूंक रहे थे । देखकर हंसी आई और दवा की प्याली हाथ में लेकर लड़कों की मां से कहा, "देखो तो, दोनों क्या कर रहे है!"

मां ने एक बार उधर देखकर दृष्टि हटा ली। हकीमजी की पुड़िया जैसे 'ज़हर' की है। उसे चाटने के बाद बहुत जी मिचलाता है, मुंह बिगड़ने लगता है।

दो बार पानी का कुल्ला करके जल्दी से चादर ओढ़कर कहा, "जाओ, बालियां भून दो उनकी ।"

आंगन के पार आकर मां ने दोनों के चेहरे देखे । चेहरे लाल हो रहे थे

आग फूंकने से और आंखों से आंसू बह रहे थे धुआं लगकर। दया-सी लगी और पास बैठकर बोली, "हट तो, ला, मैं भून दूं।"

दोनों लड़कों के चेहरे प्रसन्नता से खिल उठे और कुर्तों की बांहों से आंखों का पानी पोंछते पीछे को हट आए।

तब मां ने अंगीठी में हाथ डाला और हाथ जहां-का-तहां रुक गया। फिर दोनों लड़कों की ओर देखकर चिल्लाकर बोली, "नासपीटो, यह क्या कर डाला ?"

ये बांस की खपच्चें, जो अंगीठी में सुलग रही थीं, 'रावण' की थीं। इन बांस की खपच्चों से 'रामलीला का रावण' बनता था। गांव में हर साल रामलीला होती थी। और हर साल बाप इन बांस की खपच्चों से पचास फ़ीट ऊंची रावण की मूर्ति बनाकर खड़ी करते थे रामलीला में । एक-एक खपच्च जाने कितने श्रम से तैयार होती, फिर उसे चाकू से चिकना करते रात-रात भर लगकर, फिर उन्हें दिन-दिन भर बांधते रहते, फिर उन खपच्चों पर रंग-बिरंगा कागज़ मढ़ते, फिर जगह-जगह सुनहली पन्नी लगाते । फिर पचास फ़ीट ऊंची रावण की मूर्ति रामलीला में ले जाकर खड़ी करते। उस मूर्ति का सिर और सिर के ऊपर का छत्र-मुकुट हवा के सहारे आकाश के बीच धीरे-धीरे हिलता रहता और देखने वाले उस सिर को यों हिलता देखकर कहते, "अरे, यह देखो, रावण कैसी शान से खड़ा सिर हिला रहा है!"

गांव का हर आदमी, हर औरत और बालक तक जानते थे कि 'रावण' कौन बनाता है। पास-पड़ोस के और दूर-दूर के नाते-रिश्तेदार, जो रामलीला देखने आते, रावण को इस तरह आकाश के बीच सिर हिलाता देखकर भय से और अचरज से पूछते, "यह रावण किसने बनाया है ?" और तब चाहे कोई कह देता, "हमारे गांव के जुम्मन यह रावण बनाया करते हैं।" और कहने वाला यह कहकर गर्व अनुभव करता। उस समय अपना पीतल के बटनोंवाला कोट पहने, कन्धे पर अंगोछा डाले यह रावण का बनानेवाला धीर-मन्थर गति से भगवान रामचन्द्र के सिंहासन के आस-पास टहलता रहता, चेहरे पर प्रसन्नता छाई रहती, होंठों में मुसकान छिपी रहती और आंखों में आनन्द दीखता। गांव का गर्व करनेवाला हर आदमी पास आता और "इस चेहरे पर आदर की नज़र डालकर कहता, इस बार तुमने रावण बनाने में कमाल कर

दिया है।" और गांव का गर्व करनेवाला हर आदमी दूर से अंगुली उठाकर बाहरवालों को संकेत से बताता और आंखों में आदर भरकर कहता, "वे देखो, जुम्मन खड़े हैं, उन्होंने रावण बनाया है।"...

अपराधी की तरह दोनों लड़के अपने हाथों का मैल छुड़ाते खड़े थे और चेहरे उतर गए थे दोनों के।

मां ने जल्दी से वे आधी सुलगी बांस की खपच्चें अंगीठी से खींचकर बाहर कीं और जल्दी से उन आधी जली खपच्चों पर पानी डाला।

अपने हाथों का मैल छुटाते दोनों लड़के खड़े देख रहे थे।

खपच्चें सामने बुझी पड़ी थीं और उनसे तनिक-तनिक काला धुआं निकलकर हवा में विलीन हो रहा था।

मां ने दोनों की ओर ताककर अपना माथा ठोका और बोली—"हाय राम, अब मैं क्या करूं ? बाप सुनेंगे तो जाने क्या करेंगे तुम्हारा ?"

दोनों लड़कों के चेहरे भय से सफ़ेद पड़ गए और ज़ोर-ज़ोर से अपने हाथों का मैल छुटाने लगे।

कि बाप ने भीतर से पुकारकर कहा, "अरे धुन्नू की मां, ज़रा मुझे लिहाफ़ उढ़ा जाओ।"

मां भीतर को गई और दोनों लड़कों ने एक-दूसरे की ओर देखा और दबे पैरों चल दिए। दरवाज़ा खोला हौले से और नौ-दो ग्यारह हो गए।

बाप को जोड़ा चढ़ आया था। पेट में दोनों घुटने दिए औंधे पड़े थे और देही थर-थर हो रही थी।

मां ने लिहाफ़ उढ़ा दिया तो भी उसी तरह कंपकंपाते रहे और उसी हालत में हांफते-हांफते पूछा, "बालियां भून दीं उनकी ?"

मां ने दुख मनाकर कहा, "बालियां क्या भूनती ? ऐसे सत्यानासी बालक हैं कि पिरान दुखी कर लिए हैं मेरे। अन्धों ने रावणवाली खपच्चें जला दीं। अभी जाकर बुझाई हैं मैंने ।"

बाप ने हांफकर कहा, "खपच्चें जला दीं तो क्या हुआ ? जला लेने देतीं उन्हें ।"

मां ने दुख मनाकर कहा, "इतनी मेहनत से एक-एक खपच्च बनती है, उनसे बालियां भून देती ? इसीलिए ये खपच्चें हैं ?"

बाप ने जाड़े से कंपकंपाते कहा, "और क्या होगा उनका ?"

"रावण काहे का बनेगा फिर ?"

बाप ने हांफकर पूछा, "रावण कौन बनाएगा ?"

मां ने इसका जवाब न दिया।

बाप ने पेट में दोनों घुटनों को और ज़ोर से सटा लिया। सारी देही जाड़े से थर-थर हो रही थी। हांफकर कहा लिहाफ़ के भीतर से, "अब कौन रावण बनाएगा ? मैं किसी तरह नहीं बचूंगा..."

तब शीघ्रता से पांयते बैठकर लिहाफ़ के ऊपर से दोनों हाथों से कसकर स्वामी के कांपते पैर पकड़ लिए और रोकर बोली, "ऐसी बातें मत कहो..."

पूरी पांच सालें हो चुकीं—पांच सालों से गांव की रामलीला बन्द है; सारे ज़िले की रामलीला बन्द है। शहर में हिन्दू और मुसलमानों में लड़ाई हो गई थी उस साल। तभी से सरकार ने रामलीला बन्द करवा दी सारे ज़िले भर की।

अब इस साल हुकुम मिला था। पांच साल के बाद आज फिर दशहरा की 'उगाई' हो रही थी। इस साल बहुत ज़ोर-शोर से रामलीला होगी। रामलीला-कमेटी बन गई थी और गांव के लम्बरदार कोमिल जोशी को साथ लिए दुकान-दुकान, मुहल्ले-मुहल्ले और घर-घर चन्दा वसूल कर रहे थे रामलीला का ।

आगे-आगे गेरुआ झंडा लिए लड़कों का झुंड था और उसके पीछे ढोलवाला ढोल पीटता चलता था।

दोनों लड़के उसी झुंड में शामिल हो गए और राह में ईंट-पत्थरों से ठोकरें खाते, पैरों से धूल उड़ाते चल दिए झंडे के साथ।

भगवन्ता के हाथ में झंडा था। वह सब संगी लड़कों पर शान गांठता चलता था, साथ दौड़ने वाले सब लड़कों से कहता चलता था, "पीछे रहो—पीछे रहो।"

ये दोनों भी सबसे कन्धा भिड़ाए दौड़ रहे थे और अकसर लपककर झंडे

के पास पहुंच जाते, तो भगवन्ता डांटकर कह देता, "अबे पीछे-पीछे रहो।" और सहमकर एक क़दम पीछे हट जाते दोनों।

सहसा ढोल की 'भड़-भड़' बन्द हो गई और कोमिल जोशी ने पीछे से पुकार लगाई, "अरे ओ भगवन्ता, रुक जा।"

भगवन्ता राह के एक किनारे हो गया। इतनी देर तक झंडा थामे-थामे, बांस उठाए-उठाए थक गया था, हाथ पिराने लगे थे। झंडा तो दीवार से टेक दिया और कमर की धोती कसकर सामने की दुकान पर जा खड़ा हुआ।

रामदीन लाला खांड के बताशे तोड़ रहे थे। परछा खट्-खट् बोलता था और नीचे कपड़े पर किनारी-किनारी क़तार से बताशे गिरते जाते थे। भगवन्ता थोड़ी देर खड़ा देखता रहा, फिर लाला की तरह एक हाथ ऊपर और एक हाथ नीचे करके मुंह से बोला—खट्-खट् खट्-खट्' और उसके रूपहीन बताशे नीचे गिरने लगे। लाला का स्वभाव सब जानते हैं, सब मज़ाक कर लेते हैं। लाला ने एक बार उसकी ओर देखा और उसी तरह खट्-खट् करके परछा चलाते रहे। भगवन्ता को बड़ा मज़ा आया। वह और तेज़ी से अदृश्य में अपने हाथ चलाकर मुंह से करने लगा, 'खट्-खट्-खट्-खट् और खट्-खट्-खट्-खट् ।'

कि दो लड़के उसके आगे आकर बोले, "देखो, वे झंडा उठा रहे हैं।" सब लड़के झंडे को चारों ओर से घेरे खड़े थे। ये दोनों तो बिलकुल पास थे झंडे के। जब रहा नहीं गया तो बड़े धुन्नू ने झंडे का डंडा छूकर देखा, फिर धीरे से उसे ऊपर उठाया। हवा में लहराती गेरुआ ध्वजा कैसी सुन्दर लगती है।

बड़ा भाई झंडा ऊपर रोके था और छोटा भाई सतृष्ण आखों से आकाश में उड़ती ध्वजा को निहार रहा था ऊपर को मुंह किए कि भगवन्ता दौड़ा आया और ताक़त से धुन्नू की खोपड़ी पर एक धौल लगाकर बोला, "अबे रख, झंडा नीचे रख ।"

धौल खाकर खोपड़ी झन्ना गई थी। झंडा चुपचाप टेक दिया और सिर पर हाथ फिराने लगा।

पर भगवन्ता को सन्तोष न हुआ। दोनों भाइयों की एक-एक बाह पकड़ी

और सामने खड़े लड़कों पर ढकेल दिया। छोटा भाई गिरते-गिरते बचा और कातर दृष्टि से इधर देखने लगा तो सिर तानकर हाथ उठाकर कहा, "ख़बरदार, आगे मत बढ़ना। तुम मुसलमान हो, झंडे के पास आए तो लात दूंगा छाती पर।"

कोमिल जोशी आ गए उधर से । भगवन्ता कमर कसकर बोला, "ताऊ, झंडा उठाएं ?"

कोमिल जोशी ने कहा, "अभी नहीं, लम्बरदार, जुम्मन के यहां गए हैं।"

इन्होंने न सुना। भीड़ से अलग होकर चुप-चुप खड़े थे उदास और झंडे के उठने की प्रतीक्षा में थे।

पड़ोसी का लड़का सोहनलाल दौड़ा आया और धुन्नू का कंधा पकड़कर बोला, "लम्बरदार तुम्हारे घर गए हैं। चलो, उनसे कह दो, भगवन्तू ने हमें मारा है।"

यहां, चौखट के पार लम्बरदार से बात करते बाप खड़े मिले चादर ओढ़े । क्या बातें हो रही हैं ? दोनों किवाड़ों के पास रुककर सुनने लगे।

मां किवाड़ों के पीछे आड़ में खड़ी थी, उसने दोनों को धीरे से भीतर खींच लिया और दोनों के सिर पर हाथ फिराकर ममता में डूबकर बोली, "कहां थे दोनों ?"

धुन्नू ने प्रसन्नता से कहा, "झंडा निकल रहा है न, उसीके संग थे।"

मां ने सरलता से पूछा, "निकल गया झंडा ?"

धुन्नू बोला, "अब लम्बरदार जाएंगे तो आगे बढ़ेगा, अभी रुके हैं सब।"

छोटा भाई मुन्नू लम्बरदार की याद करके बोला, "अम्मां, भगवन्तू ने अभी भैया को..." तो बड़े ने फ़ौरन आंख के इशारे से रोक दिया। किवाड़ों से सटी, कान लगाए खड़ी थी बातों पर।...

घड़ी पीछे बाप भीतर लौटे और धम्म से खटिया पर गिर पड़े। बुख़ार की तेज़ी से हांफ रहे थे और आंखें लाल थीं, माथा फटा जा रहा था और कनपटी पर खट्-खट् करके रक्त बज रहा था।

पलक दे लिए और सुन्न हो पड़ रहे ।

दोनों लड़के स्तब्ध होकर पाटी के पास खड़े बाप का मुंह ताक रहे थे और मां विषाद में डूबी, उस मुंह पर झुककर पूछने लगी, "बहुत पीर हो रही है ? माथा दबा दूं ?"

क्षण भर जैसे कुछ नहीं सुना, फिर ज्वर से आरक्त आंखें खोलकर सामने खड़े मुन्नू को देखा और बांह पकड़कर अपने पास खींच लिया और उसकी कोमल शीतल हथेली अपने जलते माथे पर रख ली।

धुन्नू चुप खड़ा था। उसकी ओर देखकर बोले, "तू भी आ जा बेटा !"

और दोनों बेटों को छाती की गरम हड्डियों से सटाकर थोड़ी देर पड़े रहे। फिर मानो शान्ति पाकर बोले, "धुन्नू की मां, लम्बरदार की बातें सुनीं तुमने ?"

उदास खड़ी थी सिर के पास, धीरे से बोली, "सुन तो रही थी।"

बोले, "इधर आओ, सामने ।" और सामने करके बोले, "रावण बनाओगी फिर ?"

उदास होकर बोली, "ऐसा तो हाल हो रहा है, खाट से उठ नहीं पाते हो, कैसे भला रावण बनेगा ?"

बोले, "कोमिल कल शहर जाएंगे, मेरे लिए 'कुनैन' लेने ही जाएंगे। कहते थे, फिर 'तिजारी' न आएगी हरगिज़।"

उदास होकर बोली, "यह तिजारी छूट जाए, मैं 'मनौती मनाऊंगी, 'देवी' पर झण्डी चढ़ाऊंगी और 'पीरजी' पै चद्दर चढ़ाऊंगी।"

बोले, "ज़रा बल आ जाए, तो फिर दो दिन में रावण बना दूं।"

बोली, "अम्मां की झूमड़ कब की गिरी पड़ी है, आख़िरी निशानी है। सोचा था, इन रावण वाले रुपयों से छुड़ा लूंगी, साल भर में । और तो कोई बंधी आमदनी नहीं है।"

बोले, "आमदनी की बात जाने दो। मुझे तो गांव की इज्जत का ख़याल है। तुमने सुना नहीं? लम्बरदार कह रहे थे, अफ़सर लोग शिवपुर में डेरा डाले पड़े हैं, 'बन्दोबस्त' हो रहा है, वे लोग इस साल रामलीला में आएंगे—रावण देखेंगे। पांच साल के बाद हमारे गांव में रामलीला हो रही है।"

मुन्नू तब से बाप की गरम छाती पर सिर धरे लेटा था। चौंककर पूछने लगा, "कलक्टर साहब रावण देखने आएंगे। ऐं बप्पा ?"

बाप ने उसका सिर छाती में दबाकर कहा, "हां बेटा, इस साल बहुत बढ़िया रावण बनाओ, गांव की शान रह जाए।"

मां ने कहा, "इस धुन्नुआ के अब थप्पड़ मारो तुम, आज इस हत्यारे ने सब खपच्चें जलाके रख दीं।"

धुन्नू कातर होकर बाप की ओर देखता रहा। पर बाप नाराज़ न हुए। उसके सिर पर हाथ फिराकर दुलार से बोले, "नासमझ है, समझता नहीं है।" फिर कष्ट से आंखें मूंदकर बोले, "मुझे बचपन की याद है, अब्बा तब रावण बनाया करते थे। मैंने जाने कितनी बार रंगीन काग़ज चुराकर झंडियां बना डाली थीं। अब्बा कभी नाराज़ न हुए।" फिर दोनों लड़कों को छाती में कसकर एक सांस खींचकर बोले, "मेरे बाद ये दोनों ही रावण बनाया करेंगे। मैं अकेला था, सब ज़िन्दगी भर गरीबी घेरे रही—रावण के लिए रुपये लेता रहा। ये दो हैं, बहुतेरा कमाएंगे, पढ़—लिखकर 'आदमी' बनेंगे। इनसे कह जाऊंगा—रावण के रुपये मत लेना रामलीला की कमेटी से। यों ही हर साल रावण बनाना। अपने बाप-दादों का नाम रखना और गांव की शान रखना हमेशा।" कहते-कहते आंखों में पानी भर आया। आंखों से वह पानी बहने दिया और आंखें मूंदे रहे कलेजे की हड्डियों से बेटों को सटाए!

कोठे की दीवार फोड़कर रास्ते की ओर एक खिड़की लगा ली थी। उसी खिड़की के किनारे 'बिसातखाने' की छोटी-सी दुकान रखते थे। दुकान में बिसातखाने की दो-चार चीज़ें रहतीं, बाक़ी मदरसा के लड़कों के लिए पेंसिल, दावातें और स्याही की पुड़ियां बेचते, लड़कियों की क्रोशिए और सूत के पिंडे बेचते, बच्चों के खिलौने बेचते।...

धुन्नू-मुन्नू दुकान पर बैठे बिक्री कर रहे थे। बड़ा आनन्द आ रहा था। बापवाली गद्दी पर बड़ी शान से बैठे थे और पैसों वाली सन्दूकची सामने रख ली थी। सुबह से अब तक कुल दो पैसे की बिक्री हुई थी। उन दोनों पैसों को सन्दूकची

में डाल दिया था और बार-बार उसे हिलाकर देख लेते थे कि पैसे हैं तो।

कि हुरिया काना आया। एक आंख से दुकान की हर चीज़ को देखकर पूछने लगा, "यह गेंद कितने की है ?"

मुन्नू ने जल्दी से कहा, "चार पैसे की।"

धुन्नू ने कहा, "नहीं, चार की नहीं, पांच पैसे की है।"

मुन्नू बोला "वाह, बप्पा तो शहर से चार पैसे में लाए हैं।"

हुरिया काना एक आंख से दोनों भाइयों को देखकर बोला, "हमसे बेईमानी कर रहे हो ! लो, चार पैसे लो।"

धुन्नू ने कहा, "अच्छा, रुक जाओ। हम बप्पा से पूछ आते हैं।"

धुन्नू भीतर दौड़ आया। हुरिया काना मुन्नू से बोला "मुन्नू, उल्लू देखोगे ?"

मुन्नू ने पूछा, "कहां है उल्लू ?"

हुरिया काना बोला, "वह देखो, सामने के पीपल पर बैठा है, उधर।"

मुन्नू उचककर उल्लू देखने लगा कि पलक मारते हुरिया काने ने लपककर गेंद उठा ली और उड़न छू हो गया सड़ाक से।

दोनों लड़कों ने बड़े दुख से यह समाचार मां-बाप के आगे सुनाया।

घर में रावण बन रहा था। मां-बाप लगे थे, खपच्चें बन रही थीं। मां ने नाराज़ होकर कहा, "लो, दोनों के दोनों मिट्टी के महादेव हैं। एक काम के नहीं। बैठे देखते रहे और गेंद चुरवा दी एक आने की।"

बाप ने माथे पे बल डालकर कहा, "तुमसे किसने कहा था दुकान खोलने को ? ऐसी क्या मारी जाती थी दुकान के बिना ?"

मां ने खिन्न होकर कहा, "जो दो-चार पैसे आ जाते थे सो भी बंद। मुझे क्या है, रहने दो, मत खोलो दुकान।"

बाप ने सिर झुकाकर काम में ध्यान दिया और धीरे से बोले, "हां, रहने दो, अभी रावण बनने तक दुकान न खुलेगी—चाहे कितना हर्जा हो।"

फिर लड़कों की ओर देखकर बोले, "जाओ, दुकान बन्द कर आओ और हमारे साथ काम करो, रावण बनाओ।"

लड़कों ने खिड़की की किवाड़ें दे दीं—दुकान बन्द हो गई। बहुत

प्रसन्नता से पास आ बैठे और प्रार्थी के स्वर में बप्पा से पूछने लगा, "क्या करें?"

बप्पा ने सोचकर कहा, "तुम...तुम दोनों ये खपच्चें छांट-छांटकर रखते जाओ। लो, ये छोटी-छोटी एक ओर रखो, ये हाथों की हैं।"

लड़के काम में लग गए। पर मां ने उनकी ओर देखा तक नहीं। सिर डाले चुपचाप अपना काम किए जा रही थी—बांस से खपच्चें काट रही थी।

सहसा उसे याद आया और हाथ रोककर बोली, "तुम्हारी दवा का वक़्त हो गया, दवा ले आऊं?"

बाप ने हाथ न रोके, बोले, "अभी मत उठो, यह बांस पूरा कर लो।"

फिर कोई कुछ न बोला, चारों प्राणी एकाग्रभाव से अपने-अपने काम में लीन थे। केवल बाप बीच-बीच में एक सांस खींचकर दीवार से क्षण-भर को टिक जाते थे और फिर उनका चाकू 'सर्र-सर्र' करके चलने लगता था।

धीरे-धीरे सांझ डूबी। फिर सूरज की आख़िरी किरणें भी पेड़ों से उतरने लगीं। पर न बाप को सुधि थी और न लड़कों को। मां से और सह्य न हुआ। चलते-चलते उसके हाथ एकाएक रुक गए और रुआंसी-सी होकर बोली, "अब उठोगे नहीं?"

बाप ने मानो याद करके कहा, "हां-हां, तुम उठो न, रोटी बनाओ, ये दोनों भूखे होंगे।"

मां ने कहा, "और तुम?"

बोले, "बस, ये चार खपच्चें और हैं। इन्हें पूरा कर लूं।"

तभी बाहर राह में भड़-भड़ करके ढोल बज उठा। दोनों लड़कों के कान खड़े हो गए और आंखें चमकाकर बोले, "अरे, काला झंडा जा रहा है। रावण का।" और पलक मारते भाग खड़े हुए बाहर को।...

घर में अंधेरा घुस आया। चूल्हे के आगे बैठी देखती रही—देखती रही कि अब उठें, अब उठें। पर उन्हें तो जैसे होश ही न था, काम में डूबे थे और डूबे थे।

जब रहा नहीं गया तो आगे आकर विनती करके कहा, "तुम्हारे हाथ जोड़ू, अब रहने दो। इतनी कमज़ोरी है, आज बुख़ार नहीं आया है, सरदी में

बैठे रहोगे तो कल ही फिर बुख़ार बुला लोगे।"

तो फ़ौरन काम रोक दिया और हंसकर बोले, "लो, बन्द कर दिया काम। अब खुश !"

इस तरह यह एक दिन बीत गया और सितारों जड़ी काली चादर दुनिया पर छा गई। लड़के खा-पीकर सो रहे । पर बाप की आंखों में नींद न उतरी। जागते लेटे थे और अंधेरा में पलक खोले थे। यह, इधर को तीसरी खटिया थी।

पुकारकर बोले, "धुन्नू की मां, सो गईं क्या ?"

अभी-अभी झपक आई थी, चौंककर कहा, "नहीं तो, क्यों ? प्यास लगी है क्या ?"

बोले, "नहीं, प्यास नहीं लगी है। मैं यह सोच रहा हूं कि इतने दिनों में रावण बन सकेगा मुझसे ?"

"क्यों ? बनेगा क्यों नहीं ? अभी तो आठ रोज़ हैं।"

बोले, "हां, आठ रोज़ हैं। धुन्नू की मां, कल से खूब मेहनत करो। कलक्टर साहब रामलीला में आएंगे—रावण देखेंगे, गांव की इज़्ज़त रखनी है। अगर रावण तैयार न हो सका तो फिर लम्बरदार को कैसे मुंह दिखाऊंगा ? धुन्नू की मां, रावण नहीं बना तो मैं फांसी खाकर मर जाऊंगा।"

चमककर अंधेरे में उठ बैठी और कातर वाणी में बोली, "कैसी बुरी बात मंह से निकाल रहे हो ! मैं तो हूं, तुम इतना क्यों घबरा रहे हो ? रावण काहे को न बनेगा, मैं अपनी जान लड़ा दूंगी।"

एक गहरी सांस खींचकर बोले, "हां धुन्नू की मां, मैं तुम्हारे मुंह से यही सुनना चाहता था। अब सो रहो। बहुत रात हो गई है क्या ?"

आंसू-भरे कण्ठ से कहा, "हां, आधी रात बीत गई है।"

दूसरे दिन कोमिल जोशी आए और पांच रुपये का एक नोट देकर बोले, "ये कागज़ और पन्नी के लिए भेजे हैं लम्बरदार ने। अब तुम अपनी मर्ज़ी से मंगा लो जैसा कागज़ चाहो। और भैया, यह समझ लो कि बस, तुम्हें गांव की इज़्ज़त रखनी है—साहब लोग रामलीला देखने आएंगे, पांच साल के

बाद अपने गांव में रामलीला हो रही है। खूब मन लगाकर रावण बनाओ कि देखने वाले भी कहें कि इस गांव में कैसे-कैसे कारीगर आदमी बसते हैं। ऐसा रावण बने इस साल कि बस, कमाल हो जाए। शहर में भी रामलीला हो रही है इस साल। मैं उनका रावण देख आया हूं, अभी से बनाकर खड़ा कर दिया है। तुमसे क्या बताऊं, बिलकूल कूड़ा-करकट ! मैंने वकील साहब से कहा—हमारे गांव में अब आप आकर देखिए तो आंखें खुल जाएं। बोले—तुम्हारे गांव की रामलीला भाई, यों ही मशहूर है, रावण भी बढ़िया बनता होगा। अच्छा, इस साल देखने आएंगे। तुम्हारे यहां कौन बनाता है रावण ? तो मैंने कहा—हमारे जुम्मन भैया बनाते हैं। बोले—क्या मुसलमान ? हमने कहा—साहब, यह शहर नहीं, गांव है। रामलीला गांव की है, हिन्दू-मुसलमानों की नहीं, सबकी इज़्ज़त है, सबकी आन है। मुंह देखने लगे मेरा।"

जुम्मन का दिल भर आया, आंखों में पानी भर आया, बोला नहीं गया।

कोमिल जोशी वोले, "लो थामो, ये रुपये लो, इनके काग़ज-फागज़ मंगा लेना और जो कुछ पड़े, अपने पास से डाल देना, पीछे हिसाब हो जाएगा सव। लो।" यह कहकर नोट देने लगे हाथ में।

पर जुम्मन ने हाथ न बढ़ाया। दिल भरा था, आंखें भरी थीं, गला भरा था। उसी भरे गले से बोले, "रुपये रख लो अपने पास।"

कोमिल जोशी ने अचरज से पूछा, "क्यों ?"

दिल भरा था, आंखें भरी थीं, गला भरा था। उसी भरे गले से बोले, "इस बार मैं रुपये न लूंगा। ग़रीब हूं, और तो कुछ दे नहीं पाऊंगा रामलीला में, मेरी ओर से यही समझ लेना बस। पांच साल के बाद गांव में रामलीला हो रही है, साहब लोग देखने आएंगे, मैं रावण बनाऊंगा। इस बार जी-जान लगा दूंगा—गांव की इज़्ज़त रखनी है।"

कोमिल जोशी ने कहा, "जुम्मन भैया, तुम ग़रीब हो ? कैसे तुम अपने लिए ग़रीब कहते हो ? तुम्हारा जैसा दिल तो बड़े-बड़े अमीरों का न होगा। चन्दा देने वाले तो बहुत हैं लेकिन तुम तो वह चीज़ दोगे जो हज़ारों रुपयों की है...तुम्हारे जैसा रावण दूर-दूर तक कोई नहीं बनाता, तुमसे रामलीला की

शान है...गांव की इज़्ज़त है। लेकिन रुपये तुम ये मत लौटाओ, मेरा कहना मानो, रुपये ले लो। तुम कहां तक अपने पास से ख़र्च करोगे ?"

कुर्ते से आंखें पोंछकर कहा, "नहीं कोमिल भैया, इस बार मुझे यों ही रावण बनाने दो, मजबूर न करो। रुपये मैं हरगिज़ न लूंगा—तुम चाहे कुछ भी करो—मैं रुपये नहीं लूंगा।"

विवश होकर कोमिल जोशी उठ गए।...

कोठे के भीतर से सब सुनाई दे रहा था। सब सुन लिया था। तो भी पास आकर पूछा, "क्या कह रहे थे कोमिल ?"

चेहरे पर उल्लास खिला था। तनिक मुसकराकर कहा, "रुपये देने आए थे। लम्बरदार ने कागज़ों के लिए रुपये भेजे।"

कुछ नहीं बोली।

हंसकर खुद ही सुनाया, "सो मैंने तो लौटा दिए रुपये।"

कुछ नहीं बोली।

खुद ही कहा, "इस साल रुपये नहीं लूंगा..."

कुछ नहीं बोली।

खुद ही पूछा, "तुम चुप क्यों हो ? क्या मैंने ग़लती की है ? सच कहो, धुन्नू की मां, तुम नाराज़ हो ?"

तो धीरे से कहा सिर झुकाकर, "नाराज़ काहे को होती ?"

सांस खींचकर बोले, "ऐसी ग़रीबी है, तो भी मैंने रुपये न लिए। दिल न माना, धुन्नू की मां, गांव में पांच साल बाद रामलीला हो रही है—सभीने चन्दा दिया है और मैं उल्टे रुपये ले लेता ! कैसे रुपये ले लेता ? जैसे भी हो, अपने पास से ही रावण का ख़र्चा करूंगा। कहीं से उधार लूंगा। चार आना 'सूद' पर तो पुजारी भी दे देंगे जितना चाहो।"

कि दोनों लड़के हांफते हुए आ पहुंचे और मां-बाप की ओर देखकर बोले, "बुढ़िया के बार लेंगे, एक पैसा दो हमें।"

बुढ़िया के बार—यानी चीनी के लच्छे।

मां-बाप में से एक ने भी कुछ न कहा—एक पैसा न दिया।

फिर चिल्लाकर कहा, "बप्पा, एक पैसा दो।"

बप्पा ने कहा, "बैठ जाओ।"

तो दोनों जहां के तहां बैठ गए। बप्पा ने दोनों की ओर अंगुली उठाकर कहा, "देखो, हमारे साथ काम करो तो पैसा मिलेगा। दो-दो पैसे मिलेंगे। अच्छा, लाओ, बांस तो निकालो भीतर से । रावण बनाओ।"

दोनों लड़के रावण बनाने में लग गए शान्त भाव से ।

दिन भर खपच्चें तैयार हुईं। शाम हुई तो अचानक बाप के हाथ कांपने लगे। लड़के से बोले, "बेटा, बंडी तो उठा लाओ हमारा।"

मां ने चौंककर कहा, "जाड़ा आ गया क्या ?"

बोले, "नहीं, यों ही सरदी लग रही है।"

बोली, "दवा पियोगे ? ले आऊं ?"

बोले, "अभी दवा रहने दो। लौटकर पी लूंगा। पुजारी के पास जा रहा हूं। कल लछमन शहर जाएंगे—कागज़ मंगाना है जल्दी।"

धुन्नू ने बंडी ला दी। बंडी बांहों में डाली और सांस खींचकर कांपते पैरों से उठ खड़े हुए, दीवाल का सहारा लेकर।

तो मां टोककर बोली, "पुजारी के यहां मत जाओ।"

दीवार से हाथ टेककर बोले, "और कौन उधार देगा मुझे ?"

सिर झुकाकर बोली, "मत लाओ उधार।"

"फिर कैसे काम चलेगा ?"

बोले, "चल जाएगा काम । मैंने इन्तज़ाम कर लिया है।"

खड़े थे। घुटनों पर हाथ रखकर बैठ गए और अचरज में डूबकर बोले, "क्या इन्तज़ाम किया है तुमने ?"

सिर झुकाकर बोली हौले से, "पड़ोसिन ने दे दिए हैं दस रुपये। कानों की बालियां गिरो कर दीं।"

स्तब्ध रहे घड़ी भर, फिर एक ठंडी सांस लेकर बोले, "बालियों को छोड़कर तुम्हारे पास था क्या, बालियां भी गिरो कर दीं ! जाने कब तक मुझे छुड़ा मिलेंगी, तब तक कान तुम्हारे सूने रहेंगे। काहे को तुमने बालियां गिरो कर दीं ?"

सिर नमाकर हौले से कहा, "बालियां न पहनूंगी तो कौन-सा हर्जा हो जाएगा। राम चाहेंगे तो कभी छूट भी आएंगी। अभी तो हमें रावण बनाना है किसी तरह।"

सिर झुकाकर बोले गम्भीर भाव से, "धुन्नू की मां, मुझ-सा अभागा दुनिया में कौन होगा ? कभी तुम्हें एक ज़ेवर नहीं बनवा सका, कभी अच्छे कपड़े नहीं पहना सका और एक-एक करके तुम्हारे नैहर के गहने भी ख़तम कर दिए मैंने। बड़ी ग़लती हुई, मैंने नाहक़ ही कागज़ों के रुपये लौटा दिए। ग़रीब आदमी की भला औक़ात ही कितनी ? जब कंगाली भाग में लिखी हो तो फिर दरियादिली और दान-पुन्य कैसा ?"

करुण आंखों से उदास चेहरे की ओर देखकर बोली, "ज़ेवर लेकर क्या करूंगी, तुम भले रहो, लड़के किसी दिन क़ाबिल होंगे तो बहुतेरा ज़ेवर बनवा देंगे। तुम ऐसी भटकी-भटकी बातें क्यों कर रहे हो ? रुपये लौटा दिए, अच्छा ही किया । ग़रीबी रहे, कंगाली रहे—तुम्हें दुनिया दरियादिल कहती है, दरियादिली न छोड़ो, दिल छोटा न करो मैं तो यही चाहती हूं।"

आकाश की ओर देखकर बोले, "धुन्नू की मां, दूसरे का दुख-दर्द कौन देखता है। ति सपर ग़रीब आदमी की ओर तो कोई आंख भी नहीं उठाता कि कैसे इसके दिन बीत रहे हैं। चोट करने वाले लाखों हैं, मरहम लगाने वाला कोई नहीं। अब्बा ज़िन्दा थे तो कभी मुझे तिनका नहीं उठाने दिया, चिन्ता न छूने दी, वे चले गए उसी दिन से सिर पर जैसे पहाड़ आ धरा। ज़िन्दगी का बोझ उठाए-उठाए मारा-मारा फिरा। सच कहता हूं, मुझसे यह बोझ संभाले न संभलता, अकेला होता तो शायद किसी दिन ज़हर खाकर सो रहता । पर इन बालकों की ममता ने न मरने दिया और तुमने मुझे सदा उबारा—तुम न होतीं, तुम्हारा साथ न होता तो मैं क्या अब तक दुनिया में होता ?"

फल-फल करके आंखों में आंसू बह चले। और आंसू बिना पोंछे बोली कातर वाणी में, "तुम्हें क्या हो गया है ? ऐसी बातें क्यों कर रहे हो ? मेरा कलेजा निकला आ रहा है, तुम्हारे पैरों पड़ूं, ऐसी बातें न कहो ।"

लड़ाई के कारण, कागज़ के दाम बहुत बढ़ गए। दो पैसे का कागज़ आठ

पैसे में आया। चार रुपये लछमन को दिए थे, जरा-सा कागज़ों का बण्डल ला दिया। तब हारकर दूसरे रोज़ दो रुपये और दिए और कागज़ों के नमूने दे आए और तन-बदन का होश खोकर दोनों स्त्री-पुरुष लगे रहे रावण बनाने में ।

कब दिन निकलता और कब सांझ डूबती, देखने की फुरसत न रही। रोटी पकाने में देर लगती, दोनों जून पीतल की पतीली में खिचड़ी डाल देती और लड़के चूल्हे के आगे बैठकर आग घोंपते रहते। वही कच्ची-पक्की खिचड़ी पेट में डाल लेते और तन-बदन का होश खोकर रावण बनाते रहते ।...

उदासी-भरी सन्ध्या आती और सामने के पेड़ों के पते हिलते-हिलते रुक जाते। पूरब की ओर से धुंधियाला घिरता आता और पच्छिम का आसमान लाल होकर काला होने लगता। बड़ के पेड़ पर काऊं-काऊं करते सैकड़ों पंछी बसेरा आ लेते तो दोनों लड़के रामलीला से थके-मांदे लौटते और सो रहते ।

तब अंधकार की ओर देखकर बाप कहते, "धुन्नू की मां, अब तुम रहने दो, हाथ थक गए होंगे तुम्हारे । जाओ, आराम करो।"

और मां जल्दी-जल्दी हाथ चलाती कहती, "नहीं, मैं तो तनिक भी नहीं थकी हूं। तुम रहने दो अब, कहीं बुख़ार न आ जाए तुम्हें । तुम अब लेट रहो। लेटे-लेटे मूझे बतलाते जाओ, मैं करती रहूंगी।"

और इसी तरह एक-एक घंटा उतरता जाता और बाहर गलियारे में कुत्ते भूंकने लगते। रात का सन्नाटा बढ़ता जाता, चुप्पी छाती जाती गांव के ऊपर।...

और इसी तरह चारों-पांचों दिन कटे, इसी तपस्या और अध्यवसाय के बीच काम की बेहोशी में जैसे पता तक न चला और होते-होते दशहरा आ पहुंचा।...

सब तैयार हो गया। उस दिन दो पहर रात बीते जुम्मन ने सन्तोष की सांस खींची और आंखें मूंदकर वहीं ज़मीन पर लेट गए बेसुध-से होकर।

देखकर घबरा गई और घबराकर पूछने लगी, "क्या हुआ ? क्या बुख़ार आ गया तुम्हें ?" और माथे पर हाथ रख देखा जल्दी से।

जुम्मन ने हाथ वहीं माथे पर रोक लिया और नयन मूंदे ही कहा, "धुन्नू की मां, अब कलेजा ठंडा है मेरा । काम कर लिया सब, अब डर नहीं है। आज सुख की नींद सोओ।"

उसे भी जैसे ठंडक पड़ी, बोली, "हां, अब तो सब हो गया। सिर्फ़ बांध देना है अब तो ले जाकर।"

बोले, "ये मेरा काम है। तुम अब आराम लो। बहुत मेहनत पड़ी तुम पै—बहुत काम लिया मैंने तुमसे । हाथ पिराने लगे होंगे।"

सुख में डूबकर कहा, "मेरे हाथ पिराने लगे, मैं ऐसी नाज़ुक हूं। और तुम ? ऐसी बीमारी की देही, इतनी कमज़ोरी और सुध बिसारे लगे रहे। रात-दिन । इस मेहनत को कोई देखने वाला है गांव में ?"

आंखें खोल दीं, उठ बैठे सांस खींचकर और बोले, "और कोई देखे चाहे न देखे, जो सब कुछ देखने वाला है वह तो देख रहा होगा। मैंने अपना फ़र्ज़ अदा कर दिया—इस गांव में पैदा हुआ हूं, इस धूल में पला हूं, इस गांव की इज़्ज़त के लिए मेरी जान चली जाए, परवाह नहीं है।"

बात बदलकर बोली, "वहां, रामलीला में कैसे अकेले सब कर पाओगे ? न हो, एक आदमी और कर लो कोई।"

सांस खींचकर बोले, "सब कर लूंगा। मैंने आज तक कभी रावण बनाने में किसीका सहारा न लिया—इस बार भी न लूंगा। और अब रहा ही क्या है, बस, जाकर सब बांध देना है। कल सुबह से ही लग्गा लगा दूंगा।"

हाथ दोनों तैयार थे और दोनों पैर भी मढ़ दिए थे। सिर आंगन में धरा चमचमा रहा था। इन सबको अब यथास्थान लगाकर पेट भर मढ़ देना है...

दोनों लड़कों ने घी-नमक से बासी रोटी खाई। बाप ने गुड़ की एक डली मुंह में डालकर पानी पी लिया और उत्साह से भरे तीनों जने उठकर खड़े हुए।

उस समय लड़कों को हिदायत दी। अंगुली उठाकर दोनों से कहा, "बहुत होशियारी से चलो। देखो, कहीं गिरा मत देना।"

दोनों सीना तानकर बोले, "हम नहीं गिराएंगे।"

"राह में बचकर चलना, तोड़-फोड़ मत देना।"

सीना तानकर बोले, "हम तोड़ेंगे नहीं, देख लेना।"

मां ने सहारा दिया और दोनों लड़के कन्धा लगाकर रावण की एक बांह उठा ले चले खुशी-खुशी।

...रावण की लम्बी बांह कन्धे पर उठाए दोनों भाई जब गांव के बीच से होकर गुजरने लगे तो हर किसीकी नज़र पड़ी उस रंगीन बांह पर जिसकी किनारी पर पन्नीझनझना रही थी और कागज़ हवा से फरफराता था। टोले-मुहल्ले के लड़के, जो राह में खड़े मिले, पीछे हो लिए और तेज़ क़दमों से उनके साथ-साथ चलते हुए बहुत ही शाइस्तगी से कहने लगे, "तुम थक गए हो तो हम ले चलें यह बांह, हमारे कन्धे पर रख दो।"

और दोनों भाइयों ने सिर घुमा-घुमाकर उन सबसे कहा, "नहीं, तुम रहने दो, हम क्यों थकते ! अभी तो हमें दूसरी बांह लानी है, पैर लाने हैं।"

और सब टोले-मुहल्ले के लड़के उसी तरह उनके साथ, तेज़ क़दमों से दौड़ते, दायें-बायें चलते गए रावण की बांह देखते।

और इसी तरह गांव पार किया और रामलीला के सुने मैदान में दोनों भाइयों ने रावण की लम्बी बांह ला धरी।

...उस समय, जाने कहां से, आसमान में बादलों के टुकड़े उड़ते आए और सूरज को घेर लिया उन्होंने। किरणें जो उगी थीं, बादलों के टुकड़ों ने छिपा लीं और धूप न गिरने दीं ज़मीन पर।

बहुत सुहावना लग रहा था। रामलीला का लम्बा-चौड़ा मैदान ख़ाली पड़ा था और उस कोने में टोले-मुहल्ले के लड़कों को साथ लिए रावण की बांह रक्खे बैठे थे दोनों भाई।...

घड़ी पीछे बाप आ पहुंचे। रावण खड़े होने की जगह निश्चित थी।

पर पांच साल से रामलीला रुकी थी। उस जगह पर घास जम आई और मिट्टी ऊंची हो गई।

बाप ने घास हटाई। फिर फावड़े से जगह इकसार करके गड्ढे खोदने लगे

पैर गाड़ने को। लड़के दूसरी बांह लेने दौड़े गए।

शरीर में जैसे बिलकुल दम न रहा था—बुख़ार ने सारी ताक़त जैसे चूस ली थी। फावड़ा चलाया तो दो-तीन हाथ मारते ही सांस फूलने लगी और हाथ कांपने लगे। सुस्ताने को रुक गए और ज्योंही इधर को मुंह किया, लम्बरदार को खड़ा पाया सामने।

विह्वल हो गए थे। गद्गद होकर बोले, "जुम्मन बेटा, भगवान के यहां तुम्हारी यह सेवा ज़रूर लिखी जाती होगी। हद कर दी तुमने ।"

लजाकर कहा, "दाऊ, मैं भला किस क़ाबिल हूं, पापी जीव हूं—मुझसे भगवान की कुछ सेवा नहीं हुई कभी।"

लम्बरदार ने गद्गद होकर कहा, "ऐसी बात मत कहो बेटा, अजामील की कथा नहीं सुनी है क्या ? कबीर भक्त हुए हैं, रैदास सन्त हुए हैं। भगवान के यहां छोटे-बड़े का भला क्या विचार ? जो सच्चा इंसान है, वही भगवान को प्यारा है। सच कहता हूं, तुमने मुझे नीचा कर दिया। इतनी बीमारी से उठे हो, इतनी कमज़ोरी है, और यह तंगी पैसे की। तिसमें सब कर डाला, सब बोझ अपनी खुशी से अपने सिर ले लिया। आज मेरी आंखें खुल गई बेटा ! इस गांव में राम के भक्त बहुत हैं, पर सेवक अकेले तुम हो—तुम्हारे हृदय में भगवान का वास है बेटा !"

सिर नमा लिया और शरमाकर कही विह्वल होकर, "दाऊ, मैं भला किस क़ाबिल हूं, सब तुम्हारे चरणों का ही पुन्य-प्रताप है, मैं तो एक अदना हूं... तुम्हारी जूतियों का गुलाम ।"

लम्बरदार ने कहा, "तुम जुम्मन नहीं, मेरे बेटे हो, अदना नहीं, इस गांव की शान हो, गुलाम नहीं, मालिक हो मेरे। मुझे यक़ीन न होता था कि इस बार रावण बन सकेगा—बेटा, तुमने मेरी, अपनी और सब गांव की इज़्ज़त रख ली समझो। साहब आएंगे कल । तब उनके सामने तुम्हें पेश करूंगा और उन्हें बतलाऊंगा कि गांव का रूप किसे कहते हैं। ममता किसे कहते हैं।"

जुम्मन ने और सिर झुका लिया।

लम्बरदार चारों ओर देखकर बोले, "मैं मजूर भेजे देता हूं दो । उनसे काम लो, तुम कमज़ोर हो, अकेले कर नहीं पाओगे। लो, बीड़ी पियो।"

जुम्मन ने उठकर बीड़ी ली फिर उसे सुलगाकर बोले बिनती करके, "दाऊ, मैंने कभी मजूरों से काम लिया है रावण में ! कमज़ोरी तो है, पर दिल नहीं मानता, दूसरा कोई आकर रावण में हाथ लगाए, यह मुझसे बरदाश्त न होगा।"

पीठ ठोंककर बोले, "बहादुर, तेरी जैसी मर्ज़ी हो, वही कर। मैं न बोलूंगा। शहर जा रहा हूं, रात तक लौटूंगा। आज शाम तक सब ठीक कर लो बेटा, क्या जाने साहब लोग कल जल्दी ही आ जाएं यहां।"

सारे दिन बादल छाए रहे और सारे दिन पुरवैया हवा बहती रही । बादलों की ओर देखकर सब घबराए कि कहीं पानी न गिरने लगे।

पर जुम्मन न डरे। नवमी की लीला करने जब भीड़ आई तो सबने देखा कि आसमान के बीच सिर उठाए रावण की पचास फ़ीट ऊंची मूर्ति खड़ी है सामने । देखने वाले आंखें फाड़कर बोले कि, "वाह, ऐसा रावण तो कभी न बना था रामलीला में। कितना ऊंचा है ! बाप रे, इसकी ओर देखकर तो दिल बैठा जाता है, कैसा सिर हिला रहा है। आंखें तो देखो इसकी। हाथ में तलवार लिए खड़ा है राक्षस। हंस रहा है पिशाच हम सबकी ओर देखकर, हम सब जैसे तिनका हों !"

"इस बार तो कमाल कर दिया जुम्मन ने। जुम्मन के हाथ हैं कि जैसे सांचे में ढाल दिया है रावण, इसे भला कोई मूर्ति कहेगा—सचमुच का-सा लग रहा है। जान पड़ी हो जैसे इसमें । कैसी कारीगरी से बनाया है जुम्मन ने !"

पर जुम्मन को जैसे होश न था । आसमान के बीच, रावण के सिर के पास बैठे थे, बांसों की टटरी पर। और रावण के गले में सुनहरी पन्नी के फूल बनाकर लगा रहे थे बराबर।

कोमिल जोशी ने रावण देखा तो दिल बाग़-बाग़ हो गया। रामलीला कमेटी के सब आदमी दांतों तले अंगुली दबा गए। एक-दूसरे से बोले कि "ग़ज़ब कर दिया भाई जुम्मन ने।" पर कोमिल जोशी के मुंह से तारीफ़ का एक शब्द न निकला। हृदय भर-भर आया, हाय, क्या कहें, क्या कहकर इस वीर को शाबाशी दें ?

पचास फ़िट ऊंचे रावण के चरणों में क्षुद्र जीव की तरह खड़े होकर ऊपर

को मुंह करके पुकारा, "जुम्मन भैया !"

जुम्मन ने नीचे को ताका और आसमान के बीच, रावण के सिर पर बांस की टटरी पर बैठे-बैठे कहा, "हां भैया !"

कोमिल जोशी ने आंखों में स्नेह भरकर कहा, "बादल आ रहे हैं।"

पर जुम्मन को डर न लगा। चेहरे पर सन्तोष और गर्व की मुसकान खिली थी, लापरवाही से कहा हंसकर, "बादलों को आने दो। मेंह न बरसेगा। भगवान इतने निर्दयी नहीं हैं भैया !"

सब लोगों की नज़रें आकाश की ओर उठ गईं। भूरे बादल चारों ओर से झुकते चले आ रहे थे। सबके हृदय जैसे आशंकित हुए हों। पर तो भी सबने यही कहा, "नहीं, पानी नहीं गिरेगा, ऐसे बादल नहीं हैं।"

पानी सचमुच न गिरा। नवमी की लीला होती रही आनन्द से और जुम्मन रावण को सजाते रहे आसमान के बीच बैठे।...

दोनों लड़के सिंहासन के पास खड़े रामलीला देख रहे थे। उस दिन मेघनाद का वध था। अन्त में लक्ष्मणजी ने मेघनाद को मार डाला और उस दिन की लीला समाप्त हुई। बानरों की सेना मैदान में हर्ष से उछलती फिरी और शंख बज उठा और फिर राजा रामचन्द्र की जय के साथ सिंहासन चल दिया गांव को । मैदान खाली हो गया।

दोनों लड़के कूदते हुए रावण के पास आए और पतली आवाज़ों से चिल्ला उठे नीचे से, "बप्पा, ओ बप्पा !"

बप्पा ने ऊपर से झांककर कहा, "हां बेटा, तुम दोनों घर जाओ और देखो, अम्मां से मांगकर छतरी दे जाओ हमारी।"

मुन्नू ने बड़े भाई से कहा, "दादा, अभी हमारे मुंह पर एक बूंद गिरी पानी की।"

धुन्नू बोला, "अरे, यह देखो, हमारी बांह पर गिरी बूंद । चलो, जल्दी से घर चलो। बप्पा की छतरी ला दें।" और दोनों चौकड़ी भरते घर की ओर चले।

दिन बहुत पहले डूब गया था। चारों ओर से बादलों की भयानक

अंधियारी झुक आई। पुरवैया हवा खूब ज़ोरों से बह रही थी। रावण की मूर्ति जैसे सामने के ख़ाली मैदान को ताक रही थी। हवा से उसका सिर झूमने लगा और सिर के ऊपर का मुकुट और मुकुट के ऊपर का छत्र हवा के झोंकों से फर-फर करके उड़ने लगे ऊपर को।...

सहसा उत्तर की ओर चमचम करके तीव्र कौंदा हुआ और गड़-गड़ करके काले बादल गरज उठे।...

जुम्मन ने हाथ का काम रोक दिया। फिर आकाश में चारों ओर दृष्टि घुमाकर देखा, चारों ओर बादल लदे खड़े थे और अंधियारी झुक रही थी चारों ओर से।

हृदय ने कांपकर कहा, "क्या अब पानी बरसेगा ?"

मन ने धीरज धार कर कहा, "नहीं, पानी न बरसेगा। भगवान क्या इतने निर्दयी हैं !"

तभी पानी की तीन-चार बूंदें मुंह के ऊपर आ पड़ीं। जुम्मन ने गांव की ओर जाने वाली राह में दृष्टि लगा दी। अस्पष्ट-सा दीखता था। लड़के अभी तक छाता लेकर न लौटे। कहीं अब पानी न गिरने लगे। धीरे से कहा, "नहीं, पानी न गिरेगा। भगवान क्या इतने निर्दयी हैं !"...

क्या पानी बरसेगा ? नहीं, पानी न बरसेगा। भगवान क्या इतने निर्दयी हैं !

...बूंदें और बढ़ने लगीं। हवा के झोंकों से रावण का मुकुट-छत्र फर-फर करके ऊपर को उड़ने लगा। जुम्मन ने कसकर छत्र-मुकुट पकड़ लिए और आकाश की ओर देखकर कहा, "भगवान, निर्दयी न होओ। पानी बरसेगा तो रावण कैसे बचेगा ? रावण बिगड़ गया तो मैं अपनी जान दे दूंगा। भगवान, मैं प्राण त्याग दूंगा यहीं, प्राण त्याग दूंगा।"

भगवान ने क्या यह करुण-प्रार्थना सुनी ? पर कहां ? पानी तो न रुका।...

आकाश के बीच, रावण के सिर पर सुध-बुध खोए जुम्मन बैठे थे छत्र-मुकुट हाथों से रोके और बादल उनपर पानी गिरा रहे थे समान से।...

...भगवान निर्दयी हो गए क्या ?...

आकाश के बीच, सुध-बुध खोए बैठे थे छत्र-मुकुट हाथों से रोके और बादल उनपर पानी गिरा रहे थे आसमान से।...

...नीचे से किसीने कातर स्वर में पुकारा, "छाता ले जाओ।" फिर दो पतली आवाजें आईं, "बप्पा, हम आए हैं।"

बांस पकड़-पकड़कर नीचे उतर आए। चेहरा सफ़ेद। ज़बान में शब्द न थे। आंखें फटीं।

दोनों लड़के और मां पानी में भीगते खड़े थे एक छाते में। मां ने लालटेन के प्रकाश में वह कातर मुख देखा और रोकर बोती, "घबराओ मत, घबराने से क्या होगा ? भगवान निर्दयी हो गए हैं। लो, यह छाता ले जाओ। किसी तरह सिर बचा लो । बाक़ी फिर बन जाएगा। सिर नहीं बना मिलेगा दुबारा।"

छर-छर करके पानी गिरने लगा चारों ओर।...

जुम्मन ने कुछ न कहा। वह छाता ले लिया और चुपचाप बांसों पर पैर धरते ऊपर चढ़ गए और पागलों की तरह रावण के सिर पर छाता तानकर खड़े हो गए आसमान में ।...

दोनों लड़के और मां पानी में भीगते देखते रहे ऊपर को।...

पानी छर-छर करके गिरने लगा चारों ओर।

चारों ओर काला निचाट अंधेरा छाया था। पूरब-पच्छिम में जहां-तहां बिजली चमक उठती और बादलों की गड़गड़ाहट होती और मेंह ज़ोर पकड़ता जाता था।...

पागलों की तरह रावण के सिर पर छाता ताने खड़े थे आसमान में ।

पानी जोड़ पकड़ने लगा। दोनों लड़के और मां पानी में भीगते देख रहे थे ऊपर को।...

फिर धीरे-धीरे सोलह धार वर्षा होने लगी। लड़के भयभीत हो उठे। मां से चिपटकर बोले, "बप्पा को बुला लो ऊपर से।"

वह जैसे संज्ञाहीन हो गई थी। जैसे झटका लगा हो। पानी मुंह पर थपेड़ मार रहा था। मुंह पर दोनों हाथ रखकर ऊपर को मुंह करके कातर स्वर में पुकारा, "नीचे उतर आओ।"

पर जुम्मन ने न सुना। पागलों की तरह रावण के सिर पर छाता ताने खड़े थे आसमान में ।

दोनों लड़के एकसाथ पतली आवाज़ों से पुकार उठे, "बप्पा, नीचे उतर आओ।"

"नीचे उतर आओ। भीगो मत। बुख़ार आ जाएगा।"

"बप्पा, नीचे उतर आओ।"

"नीचे उतर आओ। अब रावण न बचेगा। भीगो मत।"

"बप्पा, नीचे उतर आओ।"

"नीचे उतर आओ। सुनते नहीं !"

"बप्पा, नीचे उतर आओ।"

कोई जवाब न आया। पागलों की तरह रावण के सिर पर छाता ताने खड़े थे आसमान में।

रोकर कहा, "नीचे उतर आओ। रावण के पीछे पिरान दोगे क्या ? सुन लो, नीचे उतर आओ, सुन लो।"

दोनों लड़के पानी में भीगते चिल्ला उठे, "हाय बप्पा, हाय बप्पा !"

मैदान में चारों ओर पानी-ही-पानी हो गया। रावण के ऊपर से रंगबिरंग पानी बहकर गिरने लगा। पर आसमान से पानी बरसना बन्द न हुआ। उसी तरह झम-झम करके पानी गिरता रहा और उसी तरह कातर पुकारें जाती रहीं ऊपर को, "नीचे उतर आओ। रावण के लिए पिरान मत दो।"

"हाय बप्पा, हाय बप्पा !"

और पागलों की तरह रावण के सिर पर छाता ताने खड़े रहे आसमान में ।

सुबह चार बजे शहर से ट्रेन आती है। मोटर निकल गया, इक्का-तांगा भी न मिला। लम्बरदार सारी रात स्टेशन पर पड़े रहे सामान लिए और सारी रात मेंह बरसता रहा प्लेटफ़ार्म के बाहर और सारी रात चिन्ता में डूबे रहे कि हाय, रावण का क्या हाल हुआ होगा, अगर गांव में भी मेंह बरसा हो । इतने बादल हैं, भला गांव में मेंह न बरसा होगा ! ओह, भगवान, यह क्या निर्दयता कर

डाली ! जुम्मन ने कितने परिश्रम से रावण बनाया है ! हे ईश्वर ! चाहे न बरसा हो गांव में, चाहे रावण बच गया हो । हे ईश्वर, हे ईश्वर !

और इसी तरह ईश्वर को भजते गांव तक आए।

स्टेशन के पार हुए तो आसमान से पानी गिरना रुका था । पर जहां देखो वहीं, पानी भरा था चारों ओर। हाय, यह क्या हुआ !...

घर जाने की सुधि न हुई। सब सामान कन्धे पर लादे यों ही लपके चले आए तेज़ चाल से, जहां रामलीला होती थी और जहां रावण खड़ा था...

दूर से रावण को देखा—सनाका हो गया। बिलकुल क्षत-विक्षत खड़ा था राक्षस । कागज़ों के रंग बह गए थे, भीतर के कागज़ भी फट गए थे। एक बांह नीचे को लटकी पड़ी थी। पैरों के पास पानी बह रहा था आगे-पीछे।...

और पास आकर देखा—जुम्मन की बहू और दोनों लड़के उसी पानी में भीगते बैठे हैं थर-थर कांपते ।

बहू कुछ न बोली । न चीखी-चिल्लाई और न फ़रियाद की। उसी तरह गुम-सुम बैठी रही।

केवल दोनों लड़कों ने शीत से थर-थर कांपते रोते-रोते कहा, "लम्बरदार बाबा, हमारे बप्पा को ऊपर से उतारो।"

अब देखा ध्यान से ऊपर को। पागलों की तरह रावण के सिर पर छाता ताने खड़े थे आसमान में।

चिल्लाकर कहा, "जुम्मन बेटा, नीचे तो आओ।"

जुम्मन ने जवाब न दिया।

और चिल्लाकर कहा, "जुम्मन बेटा, मैं आ गया हूं, नीचे उतर आओ। उतर आओ बेटा !"

पर जुम्मन ने न सुना। लम्बरदार ऊपर को मुंह किए देखते रहे। दोनों लड़के शीत से थर-थर कांपते रो रहे थे।

जाने किसने पीछे से कहा, "मैं चढ़ जाऊं ऊपर ?"

लम्बरदार ने सिर घुमाकर देखा—कोमिल जोशी थे और रामलीला कमेटी के दो आदमी उनके पीछे छिपे-से खड़े थे चुपचाप ।

लम्बरदार ने तीनों की ओर आग्नेय नेत्रों से देखा और दांत पीसकर बोले, "हत्यारो, अब आए हो। सारी रात ये अभागे यहां भीगते रहे। जुम्मन ऊपर टंगा रहा सारी रात । तुम सब मर गए थे क्या ? डूब मरो नीचो, इसी पानी में डूब मरो !"

किसीने कुछ न कहा। तीनों आदमी अपराधियों की तरह सिर डाले खड़े रहे।

दोनों लड़के थर-थर कांपकर रोकर बोले, "बाबा, हमारे बप्पा को उतारो।"

लम्बरदार ने दोनों लड़कों को अपने पास खींचकर कलेजे से लगा लिया और पुचकारकर बोले, "अभी लो बेटा, अभी उतारा।" फिर कोमिल जोशी की ओर देखकर आक्रोश से कहा, "खड़ा क्या है गधे की तरह, ऊपर चढ़ जल्दी से।"

कोमिल जोशी ऊपर चढ़ने लगे।...

पागलों की तरह जुम्मन रावण के सिर पर छाता ताने खड़े थे आसमान में।...

सब देखते रहे। सब देखते रहे।

कोमिल जोशी बांसों पर पैर धरते जुम्मन के पास जा पहुंचे।

सब देखते रहे। सब देखते रहे।

पागलों की तरह जुम्मन रावण के सिर पर छाता ताने खड़े थे आसमान में ।...

कोमिल जोशी ने जाकर वह छाता अपने हाथ में लिया और तब सबने देखा-जुम्मन की संज्ञा-शून्य देही ऊपर से गिरती आ रही है बांसों से टकराती।

रांगेय राघव

जन्म : 17 जनवरी, सन् 1923

मृत्यु : 12 सितम्बर, सन् 1962

परिचय

तमिल भाषी रांगेय राघव का जन्म 17 जनवरी, 1923 को आगरा में हुआ। आगरा विश्वविद्यालय से ही अपने एम० ए० और पी० एच० डी० की उपाधियां प्राप्त की। 12 सितम्बर, 1962 को आपका निधन हो गया।

आपने कहानियों के साथ उपन्यास, कविताएं, आलोचना और रिपोतार्ज भी लिखे हैं। आपकी शैली में ओज, आपकी कला में सामाजिक चेतना, भावना की शक्ति और आपकी भाषा में वर्षा ऋतु की वेगवती नदी का उन्माद है। अपनी सशक्त रचनाओं के कारण आपकी गिनती हिन्दी के विशिष्ट लेखकों में होती है। अपने लेखन के विषय में आपने एक स्थल पर लिखा है : "...मेरा मत यह है कि पात्र जब सामने आए तो ऐसा लगना चाहिए जैसे ज़िन्दगी में एक नये आदमी से मुलाक़ात हो गई। उसे किस नज़र से आप देखना चाहते हैं ? मैं तो सम्पूर्ण मानव को देखना ही कला के दृष्टिकोण से ठीक समझता हूं...साहित्य का सत्य मूलतः वस्तु का सत्य होता है और कलाकार का सत्य यदि उसपर हावी हो जाता है तो उसमें चित्रित मनुष्य का रूप नष्ट हो जाता है। इस रेखा को मैंने सदैव ध्यान में रखा है..."

आपकी प्रसिद्ध रचनाएं हैं :

उपन्यास : 'घरौंदे', 'मुरदों का टीला', 'सीधा-सादा रास्ता', 'विषाद मठ', 'कब तक पुकारूं ?' इत्यादि।

कथा-संग्रह : 'अंगारे न बुझे', 'साम्राज्य का वैभव', 'देवदासी', 'समुद्र के फेन'।

रिपोतर्जि : 'तूफ़ानों के बीच'।

जाति और पेशा

अब्दुल ने चिन्ता से सिर हिलाया। नहीं। यह पट्टी उसीकी है। वह रामदास को उसपर कभी कब्ज़ा नहीं करने देगा। श्याम जब मरा था तब वह मुझसे कह गया था। रामदास तो उस वक़्त नहीं था। उसका क्या हक़ है ? आया बड़ा हिन्दू बनकर ! उस वक़्त कहां चला गया था ? अब देखो तो हाथ में लट्ठ उठा-उठाकर दिखाता है। मैं कचहरी में ले जाऊंगा इसको !

उसके शरीर पर एक मैली-सी मिरजई और कटि के नीचे घुटनों तक ऊंची धोती । वह बैठा-बैठा हुक्का गुड़गुड़ा रहा था। इधर जो नाज महंगा बिकता है, उसके पास कुछ रुपया जमा हो गया है। वह अब किसीसे क्यों दबे ? उसने भौं सिकोड़कर गम्भीरता से एक बार ज़ोर का कश लगाया और फिर अपने कैंची से कटे बालों पर हाथ फेरा। जब मुंह से धुआं छोड़ा तो उसका हाथ दाढ़ी को सहला रहा था।

उसके बच्चे बाहर धूल में खेल रहे थे। उन्हें क्या फ़िक्र ? साथ ही रामदास के बच्चे भी थे। एक बच्चा धूल में पैर देकर ऊपर से मिट्टी थोपकर घर बनाने की कोशिश कर रहा था । जब चिलम बुझ गई, वह उठा। उसने पत्नी को आवाज़ दी और उससे कह दिया कि वह सम्भवतः देर में लौटेगा। पत्नी कुछ नहीं समझ सकी। अपने इन्हीं विचारों में मग्न वह शहर चल दिया।

दो मील चलकर वह वकील साहब के यहां पहुंचा तो उसने देखा, वकील साहब को एक मिनट की भी फुर्सत नहीं; किन्तु जब वह पास जाकर सलाम करके

बैठ गया तो उसे पता चला कि वह सिर्फ गवाहों की भीड़ थी जिन्हें वकील साहब कल का बयान रटा रहे थे। वह चुपचाप प्रतीक्षा करता रहा। जब बयान खत्म हो गया, उन्होंने एक गवाह से उसे सुना। उसकी गलतियों को ठीक किया और फिर सन्तुष्ट होकर कहा, "ठाकुरों को उस गांव में कोई नहीं हरा सकता। अब जाओ।"

वकील साहब की आंखों में एक तीक्ष्णता थी जिससे उन्होंने शीघ्र ही अब्दुल को भांप लिया। उनका काम ही यह था। उन्होंने उससे कहा, "अरे, बहुत दिन बाद दिखाई दिए। इधर तो आना ही छोड़ दिया था।" फिर हंसकर कहा, "वकील और डाक्टर दूर ही रहें, यही अच्छा है।"

वे धार्मिक आदमी थे। सुबह अंधेरे ही उठकर भजन-पूजन समाप्त कर लेते और फिर सांसारिक कामों में लग जाते । छुआछूत का पूरा खयाल रखते। जब बच्चे सुबह पढ़ने लगते, वे अपने मुवक्किल से बातें करते हुए उनपर भी नज़र रखते कि कोई बेकार ही पेंसिल छील-छालकर तो समय नष्ट नहीं कर रहा है। पड़ोस के ख़ां साहब से उनके पिता के समय में बहुत मेल-जोल था। किन्तु अब आना-जाना तो है नहीं, बच्चे अलबत्ता साथ खेलते हैं। उनका सिर्फ सलाम-दुआ का रिश्ता है और कुछ नहीं। वे मुसलमान, ये हिन्दू । अब पड़ोस से सब व्यवहार बन्द हो चुका था। वकील साहब की सदा यही कोशिश रहती कि कैसे भी हो, ख़ां साहब यहां से उखड़ें तो मैं मध्यस्थ बनकर वह मकान किसी शरणार्थी को दिला दें और बीच में जो अपना हो उसे प्राप्त करूं।

श्यामा की भूमि पर अब्दुल का यह हक़ जमाना कतई नापसन्द रहा पर उनको क्या ? उन्हें तो पैसा मिलना चाहिए।

उन्होंने कागज़ पर बहुत कुछ लिखा और कहा, "केस पेचीदा है। जबानी किसीने कुछ कह दिया, उसे साबित करना कठिन काम है। और कोई लिखा-पढ़ी है ?"

"होती तो क्या बात थी," उन्होंने स्वयं कहा; क्योंकि अब्दुल ख़ाली आंखों से देख रहा था। उन्होंने ज़ोर देते हुए कहा, "और तुम्हारी अड़ पड़ गई है।"

अब्दुल ने सिर हिलाकर स्वीकार किया। हां, अड़-पड़ गई है। जमीन तो ऐसी कोई बहुत नहीं है, पर रामदास जीत गया तो अब्दुल सदा के लिख

दबकर रहेगा।

वकील साहब समझ गए । वे समझदार आदमी थे।

"कौन से डिपटी की कोरट में जाएगा ?" अब्दुल ने पूछा, "ऐसी जगह पहुंचाओ जहां काम हो जाए।"

वकील हंसे। कहा, "तकवी के यहां ले जाता, पर वैसे सुन्दरभान ठीक रहेगा । क्यों ? आदमी तो वह ठीक है ?"

अब्दुल ने कहा, "आप जाने।"

वकील साहब ने कहा, "अरे भाई, तुम्हारी भी तो राय लेनी चाहिए। मैं और वकीलों की तरह नहीं हूं।"

उन्होंने उसे कुछ और समझाया । रुपये गिन लिए । आश्वासन दिया। वह प्रसन्न-सा लौट आया। वकील साहब खुश हुए। सुन्दरभान से उनकी अदावत थी। वहां यह मुसलमान कभी नहीं जीतेगा । हिन्दू की ज़मीन हिन्दू को ही मिलेगी। एक पन्थ दो काज सिद्ध होंगे। तकवी दोस्त तो है, लेकिन क्या ठीक ? किन्तु अब्दुल कुछ और ही सोच रहा था। वकील को रुपये देते ही बोझ उतर गया। जिस समय वह गांव पहुंचा, उसे लगा, उसने रामदास को हरा दिया था। मामूली नहीं है यह वकील। कितने गवाहों को साथ पढ़ा रहा था। जब उस झूठे मामले को वह यों ही सुलझा गया तो फिर उसका तो एक सहारा भी है। वह ज़रूर जीतकर रहेगा।

तभी किसीने कहा, "कहो अब्दुल, अच्छे तो हो ? बहुत दिन बाद दिखाई दिए।"

गरगलाती आवाज़ में एक भारीपन था जिसमें अधिकार, स्नेह और चातुर्य भावना थी। अब्दुल ने देखा, मौलवी साहब थे। वह खुशी से अपना किस्सा सुना गया।

उसकी बात सुनकर वे उसे ऐसे देखते रहे, जैसे किसी बेवकूफ़ को आज ज़िन्दा पकड़ लिया था । अत्यन्त गम्भीर मुद्रा बनाकर उन्होंने कहा, "अब्दुल, तू सचमुच बच्चा है।"

अब्दुल चौंक उठा। उसने पूछा, "क्यों ? क्या बात है ?"

लम्बा चोगा पहननेवाले मौलवी साहब की उंगलियां उनकी खिचड़ी दाढ़ी

में उलझ गईं। वे चुप खड़े रहे। उनके उस मौन को देखकर अब्दुल को भय होने लगा। वह हल और ज़मीन का मोटा काम करनेवाला किसान अल्लाह के सूक्ष्म तत्त्वों को समझने वाले मौलवी साहब को इस तरह ख़ामोश देखकर सिहर उठा।

उन्होंने मुसकराकरा कहा, "अभी वह शायद तुमने सुना नहीं है। हिन्दू अब मुसलमानों पर खार खाए बैठे हैं। यह वह बोदा हिन्दू नहीं है जो हमारा गुलाम बनकर रहता था, अब वह हमें गुलाम बनाकर रखना चाहता है।"

अब्दुल कांप उठा। मौलवी साहब अपनी भारी आवाज़ में कहते रहे, "सूबेदार तलवार लगाकर घूमता है। वह कहता है, इन्हें सूई की नोक बराबर ज़मीन पर भी नहीं रहन दी जाएगी। कोई रोकनेवाला है उसे ? कोई नहीं। क्योंकि सुन्दरभान सबसे बड़ा अफ़सर है। उसके सामने कौन बोल सकता है ?"

उन्होंने हाथ फैलाकर समझाते हुए कहा—आज हल्के में सब मुसलमान हैं। अपना दारोग़ा है, अपना तहसीलदार, मगर सुन्दरभान अकेला हिन्दू डिप्टी है। मुसलमानों को दबाकर रखना चाहता है। तकवी है—अपनी बातें सुनता है, तरफ़दारी करता है, ठीक है, मगर डरता है। जहां हिन्दू-मुसलमान का सवाल आया, फौरन अपने-आपको ईमानदार साबित करने के लिए हिन्दू की तरफ हो जाएगा। अगर ऐसे लोग न होते तो क्या मुसलमान इतना दबकर रहता ?

अब्दुल संकट की-सी हालत में पड़ गया। अब वह क्या करे। कुछ भी हो, आख़िर जब वह दीन भाई है तो क्या कुछ भी ख़याल नहीं करेगा ? तकवी ही ठीक रहेगा।

अब्दुल दूसरे दिन जब वकील साहब के यहां पहुंचा, वकील साहब अकेले बैठे थे। उनकी स्त्री पर्दे के पीछे खड़ी उनसे कुछ बातें कर रही थी। अब्दुल को देखकर वह भीतर चली गई।

"आओ, आओ अब्दुल !" वकील साहब ने आरामकुर्सी पर लेटते से बैठते हुए कहा। अब्दुल जाकर बगल में ज़मीन पर बैठ गया। काफी तकलीफ़ के साथ उसने अपनी बात को छिपाकर उनसे कह दिया।

वकील साहब ने अधमुंदी आंखों से देखा। तकवी के यहां मामला पहुंचाना उनके बस की बात है लेकिन उसमें वही ख़तरा है। मुसलमान कैसा भी दोस्त हो, आख़िर मुसलमान है। वह जब देखेगा कि ज़मीन का मामला है, फौरन मुसलमान की तरफ हो जाएगा, दोस्ती धरी रह जाएगी। केस तो शायद वे जिता दें, पर हिन्दुओं का इसमें नुकसान होगा। मुसलमान को ज़मीन दिलाने का मतलब है इनके यहां पट्टा कर देना। उन्होंने अब्दुल की बात पर हर पहलू से विचार किया।

वे समझ गए। इससे किसीने कहा है कि तकवी मेरा दोस्त है। वहां काम जल्दी होगा। और फिर मुसलमान मुसलमान की तरफ झुकता है। इस विचार से उन्हें कोफ़्त होने लगी। उन्होंने सोचा, वे खुद ही केस कमज़ोर कर देंगे। पर इसमें उनकी बदनामी होगी। फिर वे मुसकरा उठे। क्या बदनामी होगी ? ऐसा कमज़ोर रखेंगे कि तकवी उल्टा फैसला देगा। उनपर क्या चोट आएगी। वह तो मुसलमान है।

उन्होंने कहा—अब तो खर्चा बढ़ेगा अब्दुल ! समझे ? मैं जितना गहरा जाता हूं उतना ही मामला पेचीदा होता जाता है। तकवी से कुछ नहीं कहूंगा। सुन्दरभान से कह देता। केस मैं तकवी की कोर्ट में करवा दूंगा।

वे यह झूठ बोलते तनिक भी न हिचके। सुन्दरभान उन्हें दूर रखते थे।

परिणामस्वरूप कुछ रुपये अंटी में से फिर झड़ गए। हृदय फिर हलका हुआ। अब्दुल जब लौटा तो फिर उसके पांव ज़मीन पर पड़ने से इंकार कर रहे थे, जैसे वह उड़ रहा था। अब क्या है ? अगर तकवी भी उसकी मदद नहीं कर सकता, तो फिर खुदा भी नहीं कर सकता। मौलवी साहब कुछ भी हों, उन्हें मुकदमा करने का हक थोड़े ही है। रास्ते में देखा। सब बच्चे खेल में इधर-उधर भाग गए थे। एक घुटनों पर चलने वाला रह गया था। उसने रामदास के बच्चे को गोद में उठा लिया। धूल में सना हुआ बच्चा रो रहा था। उसने उसे पुचकारकर चुप किया और उससे बात करने लगा। उसका मन प्रसन्न हो रहा था। कैसा मज़े का है। बड़ी-बड़ी आंखों से घूर रहा है।

तभी रामदास ने पुकारकर कहा, "इसे तो रहने दो। दोस्ती करने को मैं काफी नहीं हूं ?" वह सामने से आ रहा था। अब्दुल ने बच्चे को उतार दिया। बात लग गई थी।

अब घरों के बीच की भीत और ठोस हो गई, अभेद्य हो गई। रामदास ने बच्चे की हिफ़ाज़त के लिए कुछ टोटका किया था। अब्दुल ने सुना तो उसका हृदय कसक उठा। मुझे इतना कमीना समझता है ? और प्रतिशोध के शोले भीतर-ही-भीतर भड़क उठे। बीवी से उसने दृढ़ता से कहा, "आज से रामदास हमारा बैरी है, समझती हो ?" स्त्री ने देखा। वह कुछ न समझ सकी।

कई दिन बीत गए।

अब्दुल हार गया था। तकवी ने उसके खिलाफ़ फैसला सुनाया था। उसके सब-डिवीज़न में कुछ हिन्दू-मुस्लिम तनातनी थी। सरकार ने उस पर कड़ी डांट लगाई थी। उसकी नौकरी का चक्कर था। वकील साहब दोस्त थे। उनके मुवक्किल होने में ही हानि थी और फिर मुसलमान होना तो गज़ब था। सब सुनकर मौलवी साहब ने हंसकर कहा, "मैंने पहले कहा था कि वह हिन्दुओं से दबता है। वकील नरोत्तम बड़ा घाघ आदमी है। जब तुम कोरट बदलवाने गए, ज़रा न हिचका। वह जानता था कि तकवी पोच आदमी है। उससे हिन्दू का कभी नुकसान नहीं हो सकता।"

"लेकिन डिपटी तो अपना ही था।" अब्दुल ने प्रतिवाद किया। "मुसलमान तो बेकार है, हिन्दू तो अलग है ही। फिर मैं करता भी क्या ? अपना तो कोई भी नहीं निकला ?"

मौलवी साहब सुनकर परास्त हुए। किन्तु हार कैसे जाते। कहा, "तू तो सीधा आदमी है अब्दुल ! इस मामले में बड़े-बड़े चक्कर खा जाते हैं। अंग्रेज़ों के ये कानून तो ऐसे हैं कि अच्छा वकील हो, एक के चार मतलब निकाल ले। तू मेरी राय में एक काम कर। किसी मुसलमान वकील के पास जा। मुकदमे की जीत-हार की कुंजी डिप्टी नहीं, वकील है वकील। समझा ?"

अब्दुल फिर विचारमग्न हो गया। मौलवी साहब का कहना ठीक है।

पेशकार ने भी उससे अकेले में कहा था कि केस ही इतना कमज़ोर है तब तकवी क्या खाक कर लेता ? और पेशकार से सुनी यह चार रुपये क़ीमत की बात उसके कानों में गूंज उठी।

जब वह घर पहुंचा, उसकी स्त्री चूल्हे पर खाना पका रही थी। वह बैठा-बैठा सोचता रहा । स्त्री घर की मालकिन थी। उसके क्षेत्र में अब्दुल को बोलने का कोई अधिकार नहीं था, इसीलिए वह उसके मामलों में अधिक दिलचस्पी नहीं लेती। अब्दुल की राय में औरत का दिमाग़ छोटा बनाया गया था। वह खा-पीकर लेट गया और अपनी चिन्ता में मग्न हो गया।

दूसरे दिन वह फिर वकील साहब के यहां पहुंचा। उस समय उसके हृदय में एक विक्षोभ था। उसने तीखी दृष्टि से देखकर आंखें फिरा लीं जैसे उनसे उसे घृणा हो गई थी, जैसे वह किसी अद्भुत पशु के सामने खड़ा था जिसमें मनुष्यता के कोई भी लक्षण उसे दिखाई नहीं देते थे।

वकील साहब मुकदमा हारे हुए की प्रवृत्ति को खूब जानते थे। अब्दुल को उन्होंने गमगीन देखा तो मुसकराए। कहा, “क्यों ? मैंने कहा नहीं था ? सुन्दरभान के यहां मामला ठीक रहता, लेकिन तुम नहीं माने। मैं तभी समझ गया था कि किसीने तुम्हें बहकाया ज़रूर है। वर्ना तुम मेरे पुराने मुवक्किल ठहरे। आज तक कभी मेरी बहस से तुम हारे हो ? कभी नहीं। फिर अबकी क्या हुआ ?”

अब्दुल सिर झुकाए बैठा रहा।

वकील साहब ने फिर कहा, “भाई, यह मामला तो उलझ गया है। अब तो तुम कब्ज़ा ले लो। मैं दूसरा केस लड़ूंगा। समझ गए। कहो कि ज़मीन मेरी है। कई साल से मैं जोत रहा हूं। अंब किसीका हक़ कैसे चल सकता है ? मुकदमा किया था, उसपर अपील चल सकती है। पहले जाकर दारोग़ा से मिलो । कुछ रुपया ज़रूर खर्च करना पड़ेगा। कब्ज़ा सच्चा झगड़ा झूठ।”

वह उठा। सीधे दारोग़ाजी के पास गया। थाने में उस वक़्त भीड़ थी। कई आदमी पकड़े गए थे। कोई चोरी का मामला था। वह बैठकर इन्तज़ार करने लगा। वह मन-ही-मन प्रसन्न हुआ। दूसरों को फंसा देखकर उसे खुशी

हुई, क्योंकि उससे उसका नुकसान नहीं था। कुछ देर बाद उसने देखा कि दारोग़ाजी अन्दर चले गए और वे आदमी भी एक-एक करके उनके पास बुलवा लिए गए।

बाहर बैठा-बैठा वह ऊंघ गया। गांव के थानेदार बादशाह आदमी थे। उनके सामने सिर उठाना कोई साधारण बात नहीं थी। अब शाम हो गई थी। कुछ देर बाद उसने देखा कि गांव के लोग राम-राम करके चले गए। सब छूट गए थे। उसे दारोग़ा के खुले दिल पर विश्वास हुआ, एकांत में अपनी कहानी सुनाई। दीन का महत्त्व समझाया पर काम मुक्त नहीं हुआ। और वह भी सिर्फ कोशिश करेंगे।

खाली होकर जब वह घर लौटा तो खटोले पर बैठकर पांव फैला दिए। उसने एक लम्बी सांस छोड़ी और सिर से पगड़ी उतारकर धर दी। फिर अपनी कैंची फिरी खोपड़ी पर हाथ फेरा। और फिर उठकर खाट पर लेट गया, जिसपर से उसके पांव बाहर निकल रहे थे।

बीवी सामने आ गई। उसने मुसकराकर कहा, "आज बड़ी देर कर दी। कहां गए थे ?"

उसे कुछ-कुछ मालूम था कि उसके पति का रामदास से मुकदमा चल रहा था, जिसमें उसका पति हार गया था। अब वह इसीकी झेंप में बैठा है। अपना अधिकार दिखाने को जो उसने प्रश्न पूछा, वह ठीक निशाने पर बैठा। अब्दुल का सिर झुक गया।

उसकी पहले तो हिम्मत ही न पड़ी, किन्तु उसके बार-बार पूछने पर उसे लाचार होकर सब सुनाना पड़ा। वह चुपचाप उसकी ओर देखती रही। उसके चुप होते ही स्त्री का चातुर्य अब खुल पड़ा, "मैं कहती थी न कि पहले मेरी बात सुन लो । अब हो गया ?"

उसका व्यंग्य सुनकर अब्दुल ने कहा, "तो मैं करता भी क्या ?"

स्त्री ने उसे घूरकर देखा। अब्दुल सहम उठा। तब स्त्री ने अपने दोनों हाथ चलाकर कहा, "वह सब बड़े लोगों के खेल हैं। वकील को कहो, डिपटी के यहां जा, चपरासी से कहो। वह डिपटी का भी बाप है। सीधे मुंह बोल नहीं कढ़ता। एक हैं। थानेदार, वाह...वाह..." उसने मुंह बनाया, जिसको देखकर अब्दुल हंस

दिया। उस स्त्री के मुंह पर दो झुर्रियां पड़ गई थीं। वह बकबक करती रही। ये लोग सब ऐसे ही हैं। अपना तो यही रामदास है। उसकी बहू से मैं कह देती। घर का मामला घर ही में सुधर जाता था। पर तुम क्यों मानने लगे। दो पैसे मिले बस चले कचहरी। कुछ और भी खयाल रहता है? चले आए बड़े अकलमन्द! वकील को दे आया हूं, ज़माना कहेगा, इसके बड़े-बड़े साले हैं..." वह हंस दी।

अब्दुल अधीर-सा देखता रहा। उसकी समझ में कुछ भी नहीं आया। औरत की अक्ल ही कितनी! यह क्या बक रही है? वे सब और हैं। स्त्री ने फिर कहा, "उन्हें नहीं है हिन्दू-मुसलमान की जात। वे तो बेईमान हैं, बेईमान।" अब्दुल चौंक उठा; लेकिन वह खुद तो मुसलमान है। उसने कहा, "वाह! यहां शहर-गांव, गांव-शहर का चक्कर लगाते टांगें टूट गईं और तू है कि अपनी रट लगाए जाती है! अरे आख़िर इतने लोग हैं। वे कुछ भी नहीं समझते? एक तू ही दुनिया में अकलमन्द बाकी है?"

स्त्री इसके लिए बिल्कुल तैयार नहीं थी। उसने कहा, "रहने दे। उसका काम कभी ठीक नहीं चलता।"

अब्दुल ने हाथ उठाकर कहा, "रहने दे। कल मैं किसी बिरादरी के वकील से राय लूंगा, फिर देखो क्या होता है..."

स्त्री ने चेतकर सिर झुका लिया।

दूसरे दिन वह हामिद खां वकील के पास गया। हामिद ख़ां अब पेशकारों की 'जयहिन्द' सुनकर मुवक्किलों से रिश्वत दिलाने वाले आदमियों में थे। पहले मुस्लिम लीगी थे, अब राज-भक्तों में थे, कांग्रेस वालों के पीछे-पीछे लगे डोलते थे। स्वयं उन्हें अपने ऊपर कभी-कभी आश्चर्य होने लगता था। इस समय वे पान चबाते हुए आरामकुर्सी पर बगल में रखा हुक्का गुड़गुड़ा रहे थे। कभी-कभी बढ़े हुए पेट पर हाथ फेर लेते।

अब्दुल ने इधर-उधर की बातों के बाद अपनी बात कहना शुरू किया। हामिद ख़ां ने चौंककर पूछा, "क्या कहा? सुन्दरभान की कोर्ट से मामला तुमने हटवाकर तकवी की कोर्ट में करवा दिया?"

अब्दुल ने कहा, "जी हां, बदलवा लिया। नरोत्तम वकील ने यही कहा था।"

उन्होंने काटकर कहा, "बड़े अजीब आदमी हो, तुमने निहायत गलती की। तुम्हें उसके सिवा कोई वकील नहीं मिला? मुसलमानों में से कोई नहीं ठीक जंचा तुम्हें? वह बड़ा तास्सुबी हिन्दू है। उसीकी गड़बड़ी से सब कुछ बिगड़ गया। और तकवी से उसकी दांत काटी रोटी है। तकवी उसके ज़रिये खूब खाता है। डिप्टी सुन्दरभान ठीक थे। मुझसे क्यों न कहा? मैं उनसे जो चाहे करा सकता हूं..."

अब्दुल ने शंका की, "वह तो हिन्दू है..."

"हो," हामिद ख़ां ने कहा, "मेरा दोस्त है। इन मामलों में वह फर्क नहीं करता।"

और चार रुपये देकर जब वह लौटा, उसका मन ग्लानि से फट रहा था। बीवी की बात सच थी। वे लोग वास्तव में और थे। उसका अपना तो वही रामदास था, और कोई नहीं।

खेत पर रामदास को देखकर, उसने पुकारकर कहा, "राम-राम भैया!"

रामदास ने गर्व से देखा और व्यंग्य से हंसा। ख़ाली जेब वाले अब्दुल ने उस अपमान को पी लिया। आज उसे लग रहा था कि जो सत्य उसने पहचान लिया है, रामदास अभी उससे बहुत दूर है। लेकिन जब वह घर पहुंचा, उसने पत्नी से कहा, "कल मैं रामदास पर अपील दायर करूंगा...।" □

मोहन राकेश

जन्म : 8 जनवरी, सन् 1925

मृत्यु : 3 दिसम्बर, सन् 1972

परिचय

मोहन राकेश का जन्म 8 जनवरी, 1925 को अमृतसर में हुआ था। आपकी शिक्षा लाहौर में हुई थी। आपने कुछ वर्ष सिडनहेम कॉलेज, बम्बई; बिशप कॉटन स्कूल, शिमला और डी० ए० वी० कॉलेज, जालंधर में अध्यापन करने के बाद 1958 से 1961 तक दिल्ली में स्वतंत्र लेखन किया। 1962 में 'सारिका' के सम्पादक के रूप में बम्बई चले गए किन्तु कुछ समय बाद त्यागपत्र देकर दिल्ली आ गए और साहित्य-रचना में संलग्न हो गए। आपको 'नाटक की भाषा' पर रिसर्च करने के लिए नेहरू फ़ैलोशिप मिली थी, किन्तु 3 दिसम्बर, 1972 को आपके आकस्मिक निधन के कारण यह कार्य अधूरा रह गया।

कहानियों के अतिरिक्त श्री राकेश ने नाटक, उपन्यास, निबंध, ललित लेख और यात्रा-विवरण भी लिखे हैं। आपकी प्रमुख रचनाएं हैं:

उपन्यास : 'अंधेरे बंद कमरे', 'न आने वाला कल', 'अंतराल'।

कहानी-संग्रह : 'नये बादल', 'जानवर और जानवर', 'एक और ज़िंदगी', 'फ़ौलाद का आकाश'।

नाटक : 'आषाढ़ का एक दिन', 'लहरों के राजहंस', 'आधे अधूरे', 'पैर तले की ज़मीन'।

एकांकी : 'अंडे के छिलके' तथा अन्य एकांकी।

यात्रा-विवरण : 'आख़िरी चट्टान तक'।

मलबे का मालिक

पूरे साढ़े सात साल के बाद वे लोग लाहौर से अमृतसर आए थे। हाकी का मैच देखने का तो बहाना ही था, उन्हें ज़्यादा चाव उन घरों और बाज़ारों को फिर से देखने का था, जो साढ़े सात साल पहले उनके लिए पराये हो गए थे। हर सड़क पर मुसलमानों की कोई-न-कोई टोली घूमती नज़र आ जाती थी। उनकी आंखें इस आग्रह के साथ वहां की हर चीज़ को देख रही थीं, जैसे वह शहर साधारण शहर न होकर एक खास आकर्षण-केन्द्र हो ।

तंग बाज़ारों में से गुज़रते हुए वे एक-दूसरे को पुरानी चीज़ों की याद दिला रहे थे...देख, फतहदीना, मिसरी बाज़ार में अब मिसरी की दुकानें पहले से कितनी कम रह गई हैं।...उस नुक्कड़ पर भठियारिन की भट्ठी थी, जहां अब यह पानवाला बैठा है।...यह नमकमण्डी देख लो, खान साहब !...

बहुत दिन के बाद बाज़ारों में तुर्रेदार पगड़ियां और लालतुर्की टोपियां दिखाई दे रही थीं । लाहौर से आए हुए मुसलमानों में काफी संख्या ऐसे लोगों की थी, जिन्हें विभाजन के समय मजबूर होकर अमृतसर छोड़कर जाना पड़ा था। साढ़े सात साल में आए अनिवार्य परिवर्तनों को देखकर कहीं उनकी आंखों में हैरानी भर जाती और कहीं अफसोस घिर आता...वल्लाह। कटरा जयमलसिंह इतना चौड़ा कैसे हो गया ? क्या इस तरफ के सबके सब मकान जल गए ?...यहां हकीम आसिफअली की दुकान थी न ? अब यहां एक मोची ने कब्ज़ा कर रखा है।

और कहीं-कहीं ऐसे भी वाक्य सुनाई दे जाते—वली, यह मस्जिद ज्यों-की-त्यों खड़ी है ? इन लोगों ने इसका गुरुद्वारा नहीं बना दिया ?

जिस रास्ते से भी पाकिस्तानियों की टोली गुज़रती, शहर के लोग उत्सुकतापूर्वक उसकी ओर देखते रहते । कुछ लोग अब भी मुसलमानों को आते देखकर शंकित से रास्ते से हट जाते थे, जबकि दूसरे आगे बढ़कर उनसे बगलगीर होने लगते थे। ज़्यादातर वे आगंतुकों से ऐसे-ऐसे सवाल पूछते थे कि आजकल लाहौर का क्या हाल है ? अनारकली में अब पहले जितनी रौनक होती है या नहीं ? सुना है, शाहालमीगेट का बाज़ार पूरा नया बना है ? कृष्ण नगर में तो कोई खास तबदीली नहीं आई ? वहां का रिश्वतपुरा क्या वाकई रिश्वत के पैसे से बना है ? कहते हैं, पाकिस्तान में अब बुर्का बिल्कुल उड़ गया है, यह ठीक है ?...इन सवालों में इतनी आत्मीयता झलकती थी कि लगता था कि लाहौर एक शहर नहीं, हज़ारों लोगों का सगा-संबंधी है, जिनके हालात जानने के लिए वे उत्सुक हैं। लाहौर से आए हुए लोग उस दिन शहर-भर के मेहमान थे, जिनसे मिलकर और बातें करके लोगों को खामखाह खुशी का अनुभव होता था।

बाज़ार बांसा अमृतसर का एक उपेक्षित-सा बाज़ार है जो विभाजन से पहले गरीब मुसलमानों की बस्ती थी। वहां ज़्यादातर बांस और शहतीर की ही दुकानें थीं, जो सबकी सब एक ही आग में जल गई थीं। बाज़ार बांसा की आग अमृतसर की सबसे भयानक आग थी, जिससे कुछ देर के लिए तो सारे शहर के जल जाने का अंदेशा पैदा हो गया था। बाज़ार बांसा के आस-पास के कई मुहल्लों को तो उस आग ने अपनी लपेट में ले ही लिया था। खैर, किसी तरह वह आग काबू में तो आ गई, पर उसमें मुसलमानों के एक-एक घर के साथ हिन्दुओं के भी चार-चार, छः-छः घर जलकर राख हो गए। अब साढ़े सात साल में उनमें से कई इमारते तो फिर से खड़ी हो गई थी, मगर जगह-जगह मलबे के ढेर अब भी मौजूद थे। नई इमारतों के बीच-बीच में मलबे के ढेर अजीब ही वातावरण प्रस्तुत करते थे।

बाज़ार बांसा में उस दिन भी चहल-पहल नहीं थी, क्योंकि उस बाज़ार

के ज़्यादातर बाभिंदे तो अपने मकानों के साथ ही शहीद हो गए थे और जो बचकर चले गए थे, उनमें शायद लौटकर आने की हिम्मत बाकी नहीं रही थी। सिर्फ एक दुबला-पतला बुड्ढा मुसलमान ही उस वीरान बाज़ार में आया और वहां की नई और जली हुई इमारतों को देखकर जैसे भूल-भूलैया में पड़ गया। बायें हाथ को जाने वाली गली के पास पहुंचकर उसके कदम अंदर मुड़ने को हुए, मगर फिर वह हिचकिचाकर वहां बाहर ही खड़ा रह गया, जैसे उसे निश्चय नहीं हुआ कि वह वही गली है या नहीं, जिसमें वह जाना चाहता है। गली में एक तरफ कुछ बच्चे कीड़ीकाड़ा खेल रहे थे और कुछ अंतर पर दो स्त्रियां ऊंची आवाज़ में चीखती हुई एक-दूसरी को गालियां दे रही थीं।

"सब कुछ बदल गया, मगर बोलियां नहीं बदलीं।" बुड्ढे मुसलमान ने धीमे स्वर में अपने से कहा और छड़ी का सहारा लिए खड़ा रहा। उसके घुटने पाजामे से बाहर को निकल रहे थे और घुटनों के थोड़ा ऊपर ही उसकी शेरवानी में तीन-चार पैबंद लगे थे। गली से एक बच्चा रोता हुआ बाहर को आ रहा था। उसने उसे पुचकारकर पुकारा, "इधर आ बेटे, आ इधर ! देख तुझे चिज्जी देंगे, आ !" और वह अपनी जेब में हाथ डालकर उसे देने के लिए कोई चीज़ ढूंढ़ने लगा। बच्चा क्षण-भर के लिए चुप कर गया, लेकिन फिर उसने होंठ बिसोर लिए और रोने लगा। एक सोलह-सत्रह बरस की लड़की गली के अंदर से दौड़ती हुई आई और बच्चे की बांह पकड़कर उसे घसीटती हुई गली में ले चली । बच्चा रोने के साथ-साथ अपनी बांह छुड़ाने के लिए मचलने लगा। लड़की ने उसे बांहों में उठाकर अपने साथ चिपका लिया और उसका मुंह चूमती हुई बोली, "चुप कर मेरा वीर ! रोएगा तो तुझे वह मुसलमान पकड़कर ले जाएगा, मैं वारी जाऊं, चुप कर !"

बड्ढे मुसलमान ने बच्चे को देने के लिए जो पैसा निकाला था, वह वापस जेब में रख लिया । सिर से टोपी उतारकर उसने वहां थोड़ा खुजलाया और टोपी बगल में दबा ली। उसका गला खुश्क हो रहा था और घुटने ज़रा-ज़रा कांप रहे थे। उसने गली के बाहर की बंद दुकान के तख्ते का सहारा ले लिया और टोपी फिर से सिर पर लगा ली। गली के सामने जहां पहले ऊंचे-ऊंचे

शहतीर रखे रहते थे, वहां अब एक तिमंज़िला मकान खड़ा था। सामने बिजली के तार पर दो मोटी-मोटी चीज़ें बिलकुल जड़ होकर बैठी थीं। बिजली के खंभे के पास थोड़ी धूप थी। वह कई पल धूप में उड़ते हुए जर्रों को देखता रहा। फिर उसके मुंह से निकला, "या मालिक !"

एक नवयुवक चाबियों का गुच्छा घुमाता हुआ गली की ओर आया और बुड्ढे को वहां खड़े देखकर उसने रुककर पूछा, "कहिए, मियांजी, यहां किस तरह खड़े हैं ?"

बुड्ढे मुसलमान की छाती और बांहों में हल्की-सी कंपकंपी हुई और उसने होंठों पर ज़बान फेरकर नवयुवक को ध्यान से देखते हुए पूछा, "बेटे, तेरा नाम मनोरी नहीं है ?"

नवयुवक ने चाबियों का गुच्छा हिलाना बंद करके मुट्ठी में ले लिया और आश्चर्य के साथ पूछा, "आपको मेरा नाम कैसे पता है ?"

"साढ़े सात साल पहले तू बेटे, इतना-सा था," कहकर बुड्ढे ने मुसकराने की कोशिश की।

"आप आज पाकिस्तान से आए हैं ?" मनोरी ने पूछा।

"हां, मगर पहले हम इसी गली में रहते थे," बुड्ढे ने कहा, "मेरा लड़का चिरागदीन तुम लोगों का दर्जी था। तकसीम से छः महीने पहले हम लोगों ने यहां अपना नया मकान बनाया था।"

"ओ गनी मियां !" मनोरी ने पहचानकर कहा।

"हां बेटे, मैं तुम लोगों का गनी मियां हूं ! चिराग और उसके बीवी-बच्चे तो नहीं मिल सकते मगर मैंने कहा कि एक बार मकान की सूरत ही देख लूं !" और उसने टोपी उतारकर सिर पर हाथ फेरते हुए आंसुओं को बहने से रोक लिया।

"आप तो शायद काफी पहले ही यहां से चले गए थे," मनोरी ने स्वर में संवेदना लाकर कहा।

"हां, बेटे, मेरी बदबख्ती थी कि पहले अकेला निकलकर चला गया। यहां रहता, तो उनके साथ मैं भी..." और कहते-कहते उसे अहसास हो आया कि उसे ऐसी बात नहीं कहनी चाहिए। उसने बात मुंह में रोक ली, मगर आंख

में आए हुए आंसुओं को बह जाने दिया।

"छोड़िए, गनी साहब, अब बीती बातों को सोचने में क्या रखा है ?" मनोरी ने गनी की बांह पकड़कर कहा, "आपको आपका घर दिखा दूं ?"

गली में खबर इस रूप में फैली कि गली के बाहर मुसलमान खड़ा है, जो रामदासी के लड़के को उठाने जा रहा था...उसकी बहन उसे पकड़कर घसीट लाई, नहीं तो वह मुसलमान उसे ले गया होता। यह खबर पाते ही जो स्त्रियां गली में पीढ़े बिछाकर बैठी थीं, वे अपने-अपने पीढ़े उठाकर घरों के अंदर चली गईं। गली में खेलते हुए बच्चों को भी उन स्त्रियों ने पुकार-पुकारकर घरों में बुला लिया। मनोरी जब गनी को लेकर गली में आया तो गली में एक फेरीवाला रह गया था या कुएं के साथ उगे हुए पीपल के नीचे रक्खा पहलवान बिखरकर सोया था। घरों की खिड़कियों में से और किवाड़ों के पीछे से अलबत्ता कई चेहरे झांक रहे थे। गनी को गली में आते देखकर उनमें हल्की-हल्की चेमेगोइयां शुरू हो गईं। दाढ़ी के सब बाल सफेद हो जाने के बावजूद लोगों ने चिरागदीन के बाप अब्दुल गनी को पहचान लिया था।

"वह आपका मकान था," मनोरी ने दूर से एक मलबे की ओर संकेत किया। गनी पलभर के लिए ठिठककर फटी-फटी आंखों से उसकी ओर देखता रहा। चिराग और उसके बीवी-बच्चों की मौत को वह काफी अर्सा पहले स्वीकार कर चुका था, मगर अपने नये मकान को इस रूप में देखकर उसे जो झुंझुनी हुई, उसके लिए वह तैयार नहीं था। उसकी ज़बान पहले से ज़्यादा खुश्क हो गई और घुटने भी और ज़्यादा कांपने लगे।

"वह मलबा ?" उसने अविश्वास के स्वर में पूछा।

मनोरी ने उसके चेहरे का बदला हुआ रंग देखा। उसने उसकी बांह को और सहारा देकर ठहरे हुए स्वर में उत्तर दिया, "आपका मकान उन्हीं दिनों जल गया था।"

गनी छड़ी का सहारा लेता हुआ किसी तरह मलबे के पास पहुंच गया। मलबे में अब मिट्टी ही मिट्टी थी, जिसमें जहां-तहां टूटी और जली हुई ईंटें फंसी थीं। लोहे और लकड़ी का सामान उसमें से न जाने कब का निकाल लिया

गया था। केवल जले हुए दरवाज़े का चौखट न जाने कैसे बचा रह गया था, जो मलबे में से बाहर निकला हुआ था। पीछे की ओर दो जली हुई अलमारियां और बाकी थीं, जिनकी कालिख पर अब सफेदी की हल्की-हल्की तह उभर आई थी। मलबे को पास से देखकर गनी ने कहा, "यह रह गया है, यह?" और जैसे उसके घुटने जवाब दे गए और वह जले हुए चौखट को पकड़कर बैठ गया। क्षण-भर बाद उसका सिर भी चौखट से जा लगा और उसके मुंह से बिलखने की-सी आवाज़ निकली, "ओए ! ओए चिरागदीना !"

जले हुए किवाड़ का चौखट साढ़े सात साल मलबे में से सिर निकाले खड़ा तो रहा था, मगर उसकी लकड़ी बुरी तरह भुरभुरा गई थी। गनी के सिर के छूने से उसके कई रेशे झड़कर बिखर गए। कुछ रेशे गनी की टोपी और बालों पर आ गिरे। लकड़ी के रेशों के साथ एक केंचुआ भी नीचे गिरा, जो गनी के पैर से छः-आठ इंच दूर नाली के साथ बनी ईंटों की पटरी पर सरसराने लगा। वह अपने लिए सुराख ढूंढता हुआ ज़रा-सा सिर उठाता, मगर दो-एक बार सिर पटककर और निराश होकर दूसरी ओर को मुड़ जाता ।

खिड़कियों में से झांकने वाले चेहरों की संख्या पहले से कहीं बढ़ गई थी। उनमें चेमेगोइयां चल रही थीं कि आज कुछ-न-कुछ ज़रूर होगा...चिरागदीन का बाप गनी आ गया है, इसलिए साढ़ सात साल पहले की सारी घटना आज खुल जाएगी। लोगों को लग रहा था, जैसे वह मलबा ही गनी को सारी कहानी सुना देगा कि शाम के वक़्त चिराग ऊपर के कमरे में खाना खा रहा था, जब रक्खे पहलवान ने उसे नीचे बुलाया कि वह एक मिनट आकर एक ज़रूरी बात सुन जाए...पहलवान उन दिनों गली का बादशाह था। हिंदुओं पर ही उसका दबदबा था, चिराग तो खैर मुसलमान था। चिराग हाथ का कौर बीच में ही छोड़कर नीचे उतर आया। उसकी बीवी जुबैदा और दोनों लड़कियां किश्वर और सुलताना खिड़कियों में से नीचे झांकने लगीं । चिराग़ ने ड्योढ़ी से बाहर कदम रखा ही था कि पहलवान ने उसे कमीज के कालर से पकड़कर खींच लिया और उसे गली में गिराकर उसकी छाती पर चढ़ बैठा। चिराग उसका छुरेवाला हाथ पकड़कर चिल्लाया, "न, रक्खे पहलवान, मुझे मत मार! हाय !

मुझे बचाओ ! ज़ुबैदा ! मुझे बचा !" और ऊपर ज़ुबैदा, किश्वर और सुलताना हताश स्वर में चिल्लाईं। ज़ुबैदा चीखती हुई नीचे ड्योढ़ी की तरफ भागी। रक्खे के एक शागिर्द ने चिराग की जद्दोजहद करती हुई बांहें पकड़ लीं और रक्खा उसकी जांघों को घुटनों से दबाए हुए बोला, "चीखता क्यों है, भेण के... तुझे पाकिस्तान दे रहा हूं, ले !" और ज़ुबैदा के नीचे पहुंचने से पहले ही उसने चिराग को पाकिस्तान दे दिया।

आस-पास के घरों की खिड़कियां बंद हो गईं। जो लोग इश्य के साक्षी थे, उन्होंने दरवाज़े बंद करके अपने को इस घटना के उत्तरदायित्व से मुक्त कर दिया। बंद किवाड़ों में भी उन्हें देर तक ज़ुबैदा, किश्वर और सुलताना के चीखने की आवाज़ें सुनाई देती रहीं। रक्खे पहलवान और उसके साथियों ने उन्हें भी उसी रात पाकिस्तान देकर बिदा कर दिया, मगर दूसरे तबील रास्ते से। उनकी लाशें चिराग के घर में न मिलकर बाद में नहर के पानी में पाई गईं।

दो दिन तक चिराग के घर की खानातलाशी होती रही। जब उसका सारा सामान लूटा जा चुका, तो न जाने किसने उस घर को आग लगा दी। रक्खे पहलवान ने कसम खाई थी कि वह आग लगाने वाले को ज़िंदा ज़मीन में गाड़ देगा, क्योंकि उसने उस मकान पर नज़र रखकर ही चिराग को मारने का निश्चय किया था। उसने उस मकान को शुद्ध करने के लिए हवन-सामग्री भी खरीद रखी थी। मगर आग लगाने वाले का पता ही नहीं चल सका, उसे ज़िंदा गाड़ने की नौबत तो बाद में आती। अब साढ़े सात साल से रक्खा पहलवान उस मलबे को अपनी जागीर समझता आ रहा था, जहां न वह किसीको गाय-भैंस बांधने देता था और न खोंचा लगाने देता था। उस मलबे से बिना उसकी अनुमति के कोई ईंट भी नहीं उठा सकता था।

लोग आशा कर रहे थे कि यह सारी कहानी जरूर किसी-न-किसी तरह गनी के कानों तक पहुंच जाएगी...जैसे मलबे को देखकर उसे अपनेआप ही सारी घटना का पता चल जाएगा। और गनी मलबे की मिट्टी नाखूनों से खोद-खोदकर अपने ऊपर डाल रहा था और दरवाज़े के चौखट को बांह में लिए हुए रो रहा था, "बोल, चिरागदीना, बोल ! तू कहां चला गया, ओए? ओ किश्वर !

ओ सुलताना ! हाय मेरे बच्चे, ओए ! गनी को कहां छोड़ दिया, ओए...!"

और भुरभुरे किवाड़ से लकड़ी के रेशे झड़ते जा रहे थे।

पीपल के नीचे सोए हुए रक्खे पहलवान को जाने किसीने जगा दिया, या वह वैसे ही जाग गया। यह जानकर कि पाकिस्तान से अब्दुल गनी आया है और अपने मकान के मलबे पर बैठा है, उसके गले में थोड़ा झाग उठ आया, जिससे उसे खांसी हो आई और उसने कुएं के पर्श पर थूक दिया। मलबे की ओर देखकर उसकी छाती से धोंकनी का-सा स्वर निकला और उसका निचला होंठ थोड़ा बाहर को फैल आया ।

"गनी अपने मलबे पर बैठा है," उसके शागिर्द लच्छे पहलवान ने उसके पास आकर बैठते हुए कहा।

"मलबा उसका कैसे है ? मलबा हमारा है।" पहलवान ने झाग के कारण घरघराती हुई आवाज़ से कहा।

"मगर वह वहां पर बैठा है," लच्छे ने आंखों में रहस्यमय संकेत लाकर कहा।

"बैठा है, बैठा रहे, तू चिलम ला ।" उसकी टांगें थोड़ी फैल गई और उसने अपनी नंगी जांघों पर हाथ फेरा।

"मनोरी ने अगर उसे कुछ बताया-वताया, तो...?" लच्छे ने चिलम भरने के लिए उठते हुए उसी रहस्यपूर्ण दृष्टि से देखकर कहा।

"मनोरी की शामत आई है ?"

लच्छा चला गया।

कुएं पर पीपल की कई पुरानी पत्तियां बिखरी थीं। रक्खा उन पत्तियों को उठा-उठाकर हाथों में मसलता रहा। जब लच्छे ने चिलम के नीचे कपड़ा लगाकर उसके हाथ में दिया, तो उसने कश खींचते हुए पूछा, "और तो किसीसे गनी की बात नहीं हुई ?"

"नहीं ।"

"ले," और उसने खांसते हुए चिलम लच्छे के हाथ में दे दी। लच्छे ने देखा कि मनोरी मलबे की तरफ से गनी की बांह पकड़े हुए आ रहा है। वह उकड़,

होकर चिलम के लम्बे-लम्बे कश खींचने लगा। उसकी आंखें आधा क्षण रक्खे के चेहरे पर टिकतीं और आधा क्षण गनी की ओर लगी रहतीं।

मनोरी गनी की बांह पकड़े हुए उससे एक कदम आगे चल रहा था, जैसे उसकी कोशिश हो कि गनी कुएं के पास से बिना पहलवान को देखे ही निकल जाए। मगर रक्खा जिस तरह बिखरकर बैठा था, उससे गनी ने उसे दूर से देख लिया। कुएं के पास पहुंचते-न-पहुंचते उसकी दोनों बांहें फैल गईं और उसने कहा, "रक्खे पहलवान, मुझे पहचाना नहीं?" गनी ने बांहें नीची करके कहा, "मैं गनी हूं, अब्दुल गनी, चिरागदीन का बाप!"

पहलवान ने संदेहपूर्ण दृष्टि से उसका ऊपर से नीचे तक जायज़ा लिया। अब्दुल गनी की आंखों में उसे देखकर चमक आ गई थी। सफेद दाढ़ी के नीचे उसके चेहरे की झुर्रियां ज़रा फैल गई थीं। रक्खे का निचला होंठ फड़का, फिर उसकी छाती से भारी-सा स्वर निकला, "सुना, गनियां!"

गनी की बांहें फिर फैलने को हुईं, परन्तु पहलवान पर कोई प्रतिक्रिया न देखकर उसी तरह रह गईं। वह पीपल के तने का सहारा लेकर कुएं की सिल पर बैठ गया।

ऊपर खिड़कियों में चेमेगोइयां तेज़ हो गईं कि अब दोनों आमने-सामने आ गए हैं, तो बात ज़रूर खुलेगी...फिर हो सकता है, दोनों में गाली-गलौज भी हो—अब रक्खा गनी को कुछ नहीं कह सकता, अब वो दिन नहीं रहे...बड़ा मलबे का मालिक बनता था।...असल में मलबा न इसका है, न गनी का। मलबा तो सरकार की मलकियत है...किसीको गाय का खूंटा नहीं लगाने देता।...मनोरी भी डरपोक है। इसने गनी को बताया क्यों नहीं कि रक्खे ने ही चिराग और उसके बीवी-बच्चों को मारा है...रक्खा आदमी नहीं, सांड़ है। दिन-भर सांड़ की तरह गली में घूमता है...गनी बेचारा कितना दुबला हो गया है! दाढ़ी के सारे बाल सफेद हो गए हैं!...

गनी ने कुएं की सिल पर बैठकर कहा, "देख, रक्खे पहलवान, क्या से क्या रह गया है? भरा-पूरा घर छोड़कर गया था और आज यहां मिट्टी देखने आया

हूं। बसे हुए घर की यही निशानी रह गई है। तू सच पूछे रक्खे तो मेरा यह मिट्टी भी छोड़कर जाने को जी नहीं करता !" और उसकी आंखें छलछला आईं।

पहलवान ने फैली हुई टांगें समेट लीं और अंगोछा कुएं की मुंडेर से उठाकर कंधे पर डाल लिया। लच्छे ने चिलम उसकी तरफ बढ़ा दी और वह कश खींचने लगा।

"तू बता, रक्खे, यह सब हुआ किस तरह ?" गनी आंसू रोकता हुआ आग्रह के साथ बोला, "तुम लोग उसके पास थे, सबमें भाई-भाई की-सी मुहब्बत थी, अगर वह चाहता तो वह तुममें से किसीके घर में नहीं छिप सकता था? उसे इतनी भी समझ नहीं आई ?"

"ऐसा ही है," रक्खे को स्वयं लगा कि उसकी आवाज़ में कुछ अस्वाभाविक-सी गूंज है। उसके होंठ गाढ़े खार से चिपक-से गए थे। उसकी मूंछों के नीचे से पसीना उसके होंठों पर आ रहा था। उसके माथे पर किसी चीज़ का दबाव पड़ रहा था और उसकी रीढ़ की हड्डी सहारा चाह रही थी।

"पाकिस्तान का क्या हाल है ?" उसने वैसे ही स्वर में पूछा । उसके गले की नसों में तनाव आ गया था। उसने अंगोछे से बगलों का पसीना पोंछा और गले का झाग मुंह में खींच-खींचकर गली में थूक दिया।

"मैं क्या हाल बताऊं, रक्खे," गनी दोनों हाथों से छड़ी पर ज़ोर देकर झुकता हुआ बोला, "मेरा हाल पूछे, तो वह मेरा खुदा ही जानता है। मेरा चिराग साथ होता तो और बात थी...रक्खे, मैं उसे समझा रहा था कि मेरे साथ चला चल। मगर वह अड़ा रहा कि नया मकान छोड़कर कैसे जाऊं, यहां अपनी गली है, कोई खतरा नहीं है। भोले कबूतर ने यह नहीं सोचा कि गली में खतरा न सही, बाहर से तो खतरा आ सकता है। मकान की रखवाली के लिए चारों जनों ने जान दे दी!...रक्खे, उसे तेरा बहुत भरोसा था। कहता था कि रक्खे के रहते कोई मेरा कुछ नहीं बिगाड़ सकता। मगर जब आनी आई, तो रक्खे के रोके भी न रुक सकी।"

रक्खे ने सीधा होने की चेष्टा की, क्योंकि उसकी रीढ़ की हड्डी दर्द कर रही थी। उसे अपनी कमर और जांघों के जोड़ पर सख्त दबाव महसूस हो

रहा था। पेट की अंतड़ियों के पास जैसे कोई चीज़ उसकी सांस को जकड़ रही थी। उसका सारा जिस्म पसीने से भीग गया था और उसके पैरों के तलुओं में चुनचुनाहट हो रही थी। बीच-बीच में नीली फुलझड़ियां-सी ऊपर से उतरतीं और उसकी आंखों के सामने से तैरती हुई निकल जातीं। उसे अपनी ज़बान और होंठों के बीच का अंतर कुछ ज़्यादा महसूस हो रहा था। उसने अंगोछे से होंठों के कोनों को साफ किया और उसके मुंह से निकला, "हे प्रभु सच्चिआ, तू ही है, तू ही है, तू ही है!"

गनी ने लक्षित किया कि पहलवान के होंठ सूख रहे हैं और उसकी आंखों के इर्द-गिर्द दायरे गहरे हो आए हैं, तो वह उसके कंधे पर हाथ रखकर बोला, "जी हल्का न कर, रक्खिआ! जो होनी थी, सो हो गई। उसे कोई लौटा थोड़े ही सकता है? खुदा नेक की नेकी रखे और बद की बदी माफ करें। मेरे लिए चिराग नहीं, तो तुम लोग तो हो। मुझे आकर इतनी ही तसल्ली हुई है कि उस ज़माने की कोई तो यादगार है। मैंने तुमको देख लिया, तो चिराग को देख लिया। अल्लाह तुम लोगों का सेहतमंद रखे! जीते रहो और खुशियां देखो!" और गनी छड़ी पर दबाव देकर उठ खड़ा हुआ। चलते हुए उसने फिर कहा, "रक्खे पहलवान, याद रखना।"

रक्खे के गले में स्वीकृति की मद्धम-सी आवाज़ निकली। अंगोछा बीच में लिए हुए उसके दोनों हाथ जुड़ गए। गनी गली के वातावरण को हसरत-भरी नज़र से देखता हुआ धीरे-धीरे गली से बाहर चला गया।

ऊपर खिड़कियों में थोड़ी देर चेमेगोइयां चलती रहीं कि मनोरी ने गली से बाहर निकलकर ज़रूर गनी को सब कुछ बता दिया होगा...गनी के सामने रक्खे का तालू किस तरह खुश्क हो गया था?...रक्खा अब किस मुंह से लोगों को मलबे पर गाय बांधने से रोकेगा?...बेचारी ज़ुबैदा। बेचारी कितनी अच्छी थी! कभी किसीसे मंदा बोल नहीं बोली।...रक्खे मरदूद का घर न घाट, इसे किस मां-बहन का लिहाज था?

और थोड़ी ही देर में स्त्रियां घरों से गली में उतर आईं, बच्चे गली में गुल्ली-डंडा खेलने लगे और दो बारह-तेरह बरस की लड़कियां किसी बात पर एक-दूसरी से गुत्थमगुत्था हो गईं।

रक्खा गहरी शाम तक कुएं पर बैठा खखारता और चिलम फूंकता रहा। कई लोगों ने वहां से गुज़रते हुए उससे पूछा, "रक्खे शाह, सुना है, आज गनी पाकिस्तान से आया था ?"

"आया था," रक्खे ने हर बार एक ही उत्तर दिया।

"फिर ?"

"फिर कुछ नहीं, चला गया।"

रात होने पर पहलवान रोज़ की तरह गली के बाहर बाईं ओर की दुकान के तख्ते पर आ बैठा। रोज़ अक्सर वह रास्ते से गुज़रने वाले परिचित लोगों को आवाज़ दे-देकर बुला लेता था और उन्हें सट्टे के गुर और सेहत के नुस्खे बताया करता था, मगर उस दिन वह लच्छे को अपनी वैश्नो देवी की यात्रा का विवरण सुनाता रहा, जो उसने पन्द्रह साल पहले की थी। लच्छे को बिदा करके वह गली में आया, तो मलबे के पास लोकू पंडित की भैंस को खड़ी देखकर वह रोज़ की आदत के मुताबिक उसे धक्के दे-देकर हटाने लगा...तत्-तत्-तत्... तत-तत्...

और भैंस को हटाकर वह सुस्ताने के लिए मलबे के चौखट पर बैठ गया। गली उस समय बिलकुल सुनसान थी। कमेटी की कोई बत्ती न होने से वहां शाम से अंधेरा हो जाता था। मलबे के नीचे नाली का पानी हलकी आवाज़ करता हुआ बह रहा था। रात की खामोशी के साथ मिली हुई कई तरह की हल्की-हल्की आवाज़ें मलबे की मिट्टी में से निकल रही थीं...'च्यु च्यु च्यु...चिक्-चिक्-चिक्...चिर्र्र्र्-इर्र्र्-री री री-चिर्र्र्र्...एक भटका हुआ कौआ न जाने कहां से उड़कर लकड़ी के चौखट पर आ बैठा। उससे लकड़ी के रेशे इधर-उधर छितरा गए। कौए के वहां बैठते-न-बैठते मलबे के एक कोने में लेटा हुआ कुत्ता गुरकिर उठा और ज़ोर-ज़ोर से भौंकने लगा, बऊ-बऊ-अऊ-बऊ। कौआ कुछ देर सहमा-सा चौखट पर बैठा रहा, फिर वह पंख फड़फड़ाता हुआ उड़कर कुएं के पीपल पर चला गया। कौए के उड़ जाने पर कुत्ता और नीचे उतर आया और पहलवान की ओर मुंह करके भौंकने लगा। पहलवान उसे हटाने के लिए भारी आवाज़ में बोला...दुर् दुर् दुर्... दुरे।

मगर कुत्ता और पास आकर भौंकने लगा—वउ-भउ-वउ-भउ-बउ...

—हट-हैट, दुर्र्र्र्र् दुर्र्र्र्र् दुरे !...

...वउ-अऊ-अउ-भउ-अउ-अउ !...

पहलवान ने एक ढेला उठाकर कुत्ते की ओर फेंका। कुत्ता थोड़ा पीछे हट गया, पर उसका भौंकना बंद नहीं हुआ। पहलवान मुंह की मुंह कुत्त को मां की गाली देकर वहां से उठ खड़ा हुआ और धीरे-धीरे जाकर कुएं की सिल पर लेट गया। पहलवान के वहां से हटने पर कुत्ता गली में उतर आया और कुएं की ओर मुंह करके भौंकने लगा। काफी देर भौंककर जब गली में उसे कोई प्राणी चलता-फिरता दिखाई नहीं दिया, तो वह एक बार कान झटकाकर मलबे पर लौट आया और वहां कोने में बैठकर गुर्राने लगा। □

डॉ० महीपसिंह

जन्म : 15 अगस्त, सन् 1930

परिचय

15 अगस्त, 1930 को डॉ० महीपसिंह का जन्म हुआ। मौलिक लेखन, अध्यापन, सम्पादन, और साहित्यिक गोष्ठियों का आयोजन—इन सब कामों को एकसाथ सुचारू रूप से करने वाले डॉक्टर महीपसिंह दिल्ली के साहित्य-समाज के एक 'लाइव वायर' हैं। 1975 से आप प्रतिवर्ष, साल भर की हिन्दी श्रेष्ठ कथाओं का पुस्तक रूप में संकलन कर रहे हैं। त्रैमासिक साहित्यिक पत्रिका 'संचेतना' का सम्पादन करने के साथ-साथ खालसा कालेज (दिल्ली विश्वविद्यालय) में अध्यापन भी कर रहे हैं। बीच में कुछ वर्ष जापान भी रह आए हैं।

आपकी प्रकाशित रचनाएं हैं:

उपन्यास : 'यह भी नहीं' ।

कहानी-संग्रह : 'उलझन', 'उजाले के उल्लू', 'कील', 'कुछ और कितना' ।

स्वयं लेखक के शब्दों में : "कहानी 'पानी और पुल' में मैंने मानवीय भावनाओं के उस सत्य को समझने का प्रयास किया है जो समूह के उन्माद के बावजूद व्यक्ति मन में सुरक्षित रहता है।"

पानी और पुल

गाड़ी ने लाहौर का स्टेशन छोड़ा तो एक बारगी मेरा मन कांप उठा। अब हम लोग उस ओर जा रहे थे जहां चौदह साल पहले आग लगी थी, जिसमें लाखों जल गए थे, और लाखों पर जलने के निशान आज तक बने हुए थे। मुझे लगा, हमारी गाड़ी किसी गहरी, लम्बी अंधकारमय गुफा में घुस रही है और हम अपना सब कुछ इस अन्धकार को सौंप दे रहे हैं।

हम सब लगभग तीन सौ यात्री थे। स्त्रियों और बच्चों की संख्या भी काफी थी। लाहौर में हमने सभी गुरुद्वारों के दर्शन किए। वहां हमें जैसा स्वागत मिला, उससे आगे अब पंजा साहब की यात्रा में किसी प्रकार का अनिष्ट घट सकता है, ऐसी सम्भावना तो नहीं थी, परन्तु मनुष्य के अन्दर का पशु कब जागकर सभी सम्भावनाओं को डकार जाएगा, कौन जानता है?

यही सब सोचते-सोचते मैंने मां की ओर देखा। हथेली पर मुंह टिकाए, कोहनी को खिड़की का सहारा दिए वे निरन्तर बाहर की ओर देख रही थीं। खेत कट चुके थे। दूर-दूर तक सपाट धरती दिखाई दे रही थी। मुझे लगा, मां की आंखों में से उतरकर यह सपाटता मन में पूरी तरह छा गई है। फिर मैंने अपने डिब्बे के दूसरे यात्रियों की तरफ देखा। उनपर भी गहरी उदासी छाई हुई थी। समझ में नहीं आ रहा था कि एकाएक ऐसी उदासी सबपर क्यों छा गई ?

"तुम्हें तो रास्ता अच्छी तरह याद होगा ?" मैंने मां का ध्यान तोड़ते हुए पूछा, "सैकड़ों बार आना-जाना हुआ होगा तुम्हारा ?"

मां मेरी ओर देखकर मुसकराईं। वह मुसकराहट सब कुछ खोकर पाई हुई मुसकराहट थी। बोलीं, "मुझे तो रास्ते का एक-एक स्टेशन तक याद है। पर आज यह इलाका कितना बेगाना-बाना-सा लग रहा है! आज चौदह साल बाद इधर से जा रही हूं। पहले भी ऐसे ही जाती थी । लाहौर पार करते ही अजीब-सी उमंग नस-नस में दौड़ जाती थी। सराई (हमारा गांव) जैसे-जैसे निकट आता जाता, वहां की एक-एक शक्ल मेरे सामने दौड़ जाती, स्टेशन पर कितने लोग आए होते..."

मां की आंखों में चौदह साल पहले की याद तरल हो आई थी। पिताजी ने अपना रोज़गार उत्तरप्रदेश में ही जमा लिया था। हम सब भाई-बहनों का जन्म पंजाब के बाहर ही हुआ था। मुझे याद है, पिताजी तो शायद साल में एकाध बार ही पंजाब आते हों, पर मां के दो-तीन चक्कर ज़रूर लग जाते थे। हममें जो छोटा होता, वही मां के साथ जाता, और जब से मुझे मेरी याद है, मेरी छोटी बहन ही उनके साथ जाया करती थी।

उन दिनों, पंजाब का विभाजन घोषित हो चुका था, पंजाब की पांचों नदियों का जल उन्माद की तीखी शराब बन चुका था, मां ने फिर पंजाब जाने का फैसला किया था। सभीने ऐसे विरोध किया जैसे वे जलती आग में कूदने जा रही हों । और वह सचमुच आग में कूदने जैसा ही तो था । परन्तु पिताजी सहित हम सब जानते थे कि मां को अपने निश्चय से डिगाना कोई आसान बात नहीं। उन्होंने सबकी बातों को हंसकर टाल दिया। बीस-बाईस दिनों में वह वापस आ गई। गांव के घर का बहुत-सा सामान वे बुक करा आई थीं। अपने साथ वे अपना पुराना चरखा और दही मथने की मथानी ले आई थीं।

फिर सारे पंजाब में आग लग गई। घर-के-घर, गांव-के-गांव और शहर-के-शहर उस आग में जलने लगे। आग रुकी तो लगा, इधर तक सपाट फैली हुई ज़मीन अमृतसर और लाहौर के बीच से फट गई है और उस पार का फटा हुआ हिस्सा बीच में गहरी खाई छोड़कर न जाने कितना उधर खिसक गया है। हम सब भूल-से गए कि उस गहरी खाई के उस पार हमारा अपना गांव था, पक्की सड़क के किनारे पीछे की ओर एक नहर थी, और पास की

जेहलम नदी, अल्हड़ लड़की की तरह उछलती-कूदती बहती थी।

आज मैं मां के साथ खाई पर राजकीय औपचारिकता के बांधे हुए पुल से गुजरकर उसी ओर जा रहा था, जो कल कितना अपना था, आज कितना पराया है !

मैं एक पुस्तक के पन्ने उलट रहा था। मां ने पूछा, "यह गाड़ी सराई स्टेशन पर रुकेगी ?"

मैंने कुछ सोचा, फिर कहा, "हां, रुकेगी शायद । पर पहुंचेगी रात के एक-दो बजे। हम लोग गहरी नींद में सो रहे होंगे। स्टेशन कब आकर निकल जाएगा, पता भी नहीं लगेगा। और अब अपना रखा ही क्या है वहां ?"

मां के चेहरे पर खिसियाहट-सी दौड़ गई। बोलीं, "तुम्हारे लिए पहले भी वहां क्या रखा था ?"

मेरी बात से मां को चोट पहुंची थी। बिना और कुछ बोले मैं सिर झुकाकर अपनी पुस्तक के पन्नों में उलझ गया।

धीरे-धीरे अंधेरा छाने लगा। मां ने पोटली खोलकर खाने के लिए कुछ निकाला । मेरे एक दूर के मामाजी हमारे साथ थे। तीनों ने मिलकर कुछ खाया और सोने की तैयारी करने लगे। मामाजी तो दस मिनट में ही खर्राटे भरने लगे। मैं भी एक ओर उढ़क गया। मां वैसी ही बैठी रहीं।

कुछ देर बाद एकाएक मेरी आंख खुली । देखा, मां वैसे ही बाहर फैले हुए अंधेरे की ओर निष्पलक देखती हुई बैठी हैं। घड़ी देखी, साढ़े दस बज गए थे। मैंने कहा, "मां, तुम भी लेट जाओ न।"

"अच्छा।" उनके मुंह से निकला और वे अधलेटी-सी हो गईं।

उस अधनींदी अवस्था में मैंने कोई स्वप्न देखा, ऐसा तो मुझे याद नहीं आता, पर उस नींद में भी कुछ घबराहट अवश्य होती रही थी। शायद किसी अस्पष्ट स्वप्न की ही घबराहट हो। कोई लाल-सी तरल चीज़ मुझे अपने चारों ओर फिरती अनुभव होती थी। और मुझे लग रहा था, उस लाल-लाल गाढ़ी-सी चीज़ पर मेरे पैर फच-फच पड़ रहे हैं। फिर एकाएक मैं हड़बड़ाकर उठा। मां मुझे झकझोर रही थी। अजीब-सी घबराहट और उत्तेजना से उनके हाथ

कांप रहे थे।

"क्या है ?"

"देखो, यह बाहर शोर कैसा है ?"

मैंने बाहर झांककर देखा । हमारी गाड़ी एक छोटे-से स्टेशन पर खड़ी थी। प्लेटफ़ॉर्म पर लैम्प पोस्टों की हलकी-हलकी रोशनी थी और अजीब-सा कोलाहल वहां छाया हुआ था। एक बारगी मेरा रोयां-रोयां कांप उठा। चौदह साल पहले की अनेक सुनी-सुनाई घटनाएं बिजली बनकर कौंध गईं, जब दंगाइयों ने कितनी गाड़ियों को जहां-तहां रोककर लोगों को गाजर-मूली की तरह काट डाला था। मामाजी जागकर मेरा कंधा हिला रहे थे।

"अरे, क्या बात है ?"

तभी मेरे कानों में आवाज़ पड़ी। उस भीड़ में से कोई चिल्ला रहा था, "अरे इस गाड़ी में कोई सराई का है ?"

"यह कौन-सा स्टेशन है ?" मैंने मां से पूछा ।

मां ने कहां, "सराई...अपने गांव का स्टेशन।"

बाहर से फिर आवाज आई, "अरे इस गाड़ी में कोई सराई का है ?"

मैंने मां की ओर देखा। उनके चेहरे पर पूर्ण आश्वस्तता थी।

"पूछो इनसे, क्या बात है?"

मैंने खिड़की से गरदन निकाली । बहुत-से लोग घूमते हुए पुकार रहे थे,"अरे कोई सराई का है ?"

पास से जाते हुए एक आदमी को बुलाकर मैंने पूछा, "क्या बात है जी ?"

"आपमें कोई इस गांव का है ?"

"हां, हम हैं इस गांव के..." मां आगे आकर बोलीं।

"तुम सराई की हो ?" उस आदमी ने जोर देकर पूछा।

"हां जी।"

मां के इतना कहते ही स्टेशन पर चारों ओर शोर मच गया। इधर-उधर घूमते हुए बहुत-से आदमी हमारे डिब्बे के सामने जमा हो गए। फिर कई आवाज़ें एकसाथ आईं :

"तुम सराई के ही हो...?"

मां ने ज़ोर देकर कहा, "इसी गांव के ।"

उपस्थित जनसमुदाय में फिर एक कोलाहल-सा हुआ। किसीकी आवाज़ आई, "तुम किसके घर से हो ?"

मां ने मेरी ओर देखा। मैंने कहा, "मेरे पिताजी का नाम सरदार मूलासिंह है। ये मेरी मां हैं।"

तुम मूलासिंह के बेटे हो ?" कई लोग एकसाथ चिल्लाए, "तुम मूलासिंह की बीवी हो...रवेलसिंह की भाभी ? कैसे हैं सब लोग...?" कहते-कहते कितने ही हाथ हमारी ओर बढ़ने लगे। लोग हमारे संबंधियों में सबकी कुशल-क्षेम पूछते हुए अपने हाथ की पोटलियां मुझे और मां को थमाते जा रहे थे। उनमें बादाम, अखरोट, किशमिश आदि सूखे मेवे बंधे हुए लग रहे थे। मैं और मां गुम-सुम से उन्हें ले-लेकर अपनी सीट पर रखते जा रहे थे। देखते-देखते हमारी बर्थ कपड़ों की छोटी-छोटी पोटलियों से भर गई।

मैं हक्का-बक्का-सा यह सब देख रहा था। मां अपने सिर का कपड़ा बार-बार संभालती हुई हाथ जोड़ रही थीं। खुशी से उनके होंठ फड़फड़ा रहे थे। मुंह से निकल कुछ भी न रहा था और लगता था, आंखें अभी चू पड़ेंगी।

वहीं खड़े गार्ड ने हरी लालटेन ऊपर उठाई और कोट की जेब से सीटी निकाली । मैंने देखा, तीन-चार आदमियों ने उसे पकड़-सा लिया—

"अरे बाबू, दो-चार मिनट और खड़ी रहने दे न गाड़ी को। देखता नहीं, ये बीबी इसी गांव की है..." और एक ने उसका लालटेन वाला हाथ पकड़कर नीचे कर दिया।

"भरजाई, सरदारजी कैसे हैं ? उन्हें क्यों नहीं लाई, पंजेसाहब का दरशन कराने ?" एक बूढ़ा-सा मुसलमान पूछ रहा था।

मां ने दोनों हाथों से सिर का कपड़ा और आगे कर लिया। उनके मुंह से धीरे से निकला, "सरदारजी नहीं रहे...!"

"क्या...? मूलासिंह गुज़र गए ? क्या हुआ था उन्हें ?"

मां चुप रहीं। मैंने जवाब दिया, "उनके पेट में रसोली हो गई थी।

एक दिन फूट गई और दूसरे दिन पूरे हो गए।"

"ओह, बड़े ही नेक बन्दे थे, ख़ुदा उन्हें अपनी दरगाह में जगह दे।" उनमें से एक ने अफसोस प्रकट करते हुए कहा। कुछ क्षण के लिए सब में खामोशी छा गई।

"भरजाई, तेरे बच्चे कैसे हैं ?"

"वाहेगुरु जी की किरपा है, सब अच्छे हैं।" मां ने धीरे से कहा।

"अल्लाह उनकी उम्र दराज़ करे।" कई आवाज़ें एक साथ आईं।

"भरजाई, तुम अपने बच्चों को लेकर यहां आ जाओ।" किसी एक ने कहा, और कितनों ने दुहराया, "भरजाई, तुम लोग वापस आ जाओ... वापस आ जाओ।" प्लेटफार्म पर खड़ी कितनी आवाज़ें कह रहीं थीं :

"वापस आ जाओ !"

"वापस आ जाओ !"

मैंने सुना, मेरे पीछे खड़े मामाजी कुढ़ते हुए कह रहे थे, "हूं...बदमाश कहीं के ! पहले तो मार-मारकर यहां से निकाल दिया, अब कहते हैं, वापस आ जाओ...लुच्चे !"

पर प्लेटफार्म पर खड़े लोगों ने उनकी बात नहीं सुनी थी। वे कहे जा रहे थे : "भरजाई, तुम अपने बच्चों को लेकर वापस आ जाओ। बोलो भरजाई, कब आओगी ? अपना गांव तो तुम्हें याद आता है ? भरजाई, वापस आ जाओ...।"

मां के मुंह से कुछ नहीं निकल रहा था। वे सिर का कपड़ा संभालते हुए हाथ जोड़े जा रही थीं।

दूर खड़ा गार्ड हरी लालटेन दिखाता हुआ सीटी बजा रहा था।

इंजन ने सीटी दी । गाड़ी फकफक करती हुई चल दी। भीड़ की भीड़ हमारे डिब्बे के साथ चल दी।

"अच्छा, भरजाई, सलाम...अच्छा, बेटे, सलाम...रवेलसिंह को मेरा सलाम देना...सबको हमारा सलाम देना।"

मां के हाथ जुड़े हुए थे और मुंह से गद्गद स्वर में धीरे-धीरे कुछ निकल

रहा था। धीरे-धीरे गाड़ी कुछ तेज हो गई। हम दोनों खिड़की से सिर निकाले हाथ जोड़े रहे। भीड़ के लोग वहीं खड़े हाथ ऊपर उठाए चिल्लाते रहे।

गाड़ी स्टेशन के बाहर निकल आई तो मैंने बर्थ से पोटलियां हटाकर एक ओर की और मां से कुछ कहने के लिए उनकी ओर देखा।

मां की आंखों से आंसुओं की अविरल धार बह रही थी, बहे जा रही थी। वे बार-बार दुपट्टे से आंखें पोंछे जा रही थीं, पर टूटे हुए बांध का पानी बहता जा ही रहा था।

हमारी गाड़ी जेहलम के पुल पर आ गई थी। रात्रि की उस नीरवता में खडर...खड़र...खडर...की आवाज़ आ रही थी। मैं खिड़की से झांककर जेहलम का पुल देखने लगा। मैंने सुना था, जेहलम का पुल बहुत मज़बूत है। पत्थर और लोहे के बने उस मज़बूत पुल को अंधेरे में मैं देख रहा था। मेरी दृष्टि और नीचे की ओर जा रही थी। वहां घुप अंधेरा था। पर मैं जानता था, वहां पानी है, जेहलम नदी का कल-कल करता हुआ स्वच्छ और निर्मल पानी, जो उस पत्थर और लोहे के बने हुए पुल के नीचे से बह रहा था।

हिमांशु जोशी

जन्म : 4 मई, सन् 1935

परिचय

हिमांशु जोशी का जन्म कूर्मांचल प्रदेश के जोस्यूड़ा ग्राम (ज़िला पिथौरागढ़) में 4 मई, सन् 1935 को हुआ। शिक्षा नैनीताल में हुई और दीक्षा दिल्ली में।

आपकी पहली कहानी 1655 में छपी। तब से लेखन के साथ-साथ पत्रकारिता का भी सफलतापूर्वक निर्वाह कर रहे हैं।

आज के हिन्दी कहानीकारों में हिमांशु जोशी का विशिष्ट स्थान है। भाषा, शिल्प और कथ्य—हर दृष्टि से इनकी रचनाओं की अपनी अलग पहचान है। आपकी रचनाओं का मूल स्वर है—अन्याय, अत्याचार और अनाचार के विरुद्ध संघर्ष और विद्रोह। कहानियों के अतिरिक्त उपन्यास भी लिखे हैं। सम्प्रति : 'साप्ताहिक हिन्दुस्तान' में काम कर रहे हैं।

प्रकाशित रचनाएं हैं:

कहानी-संग्रह : 'अन्ततः', 'रथचक्र', 'मनुष्य चिह्न', 'जलते हुए डैने' ।

उपन्यास : 'छाया मत छूना मन', 'कगार की आग', 'समय साक्षी है', 'तुम्हारे लिए', 'महासागर'।

कटी हुई किरणें

अरे, अंधेर हो गया ! कोरे आकाश से बजर बरस गया। नकटे हरपतिया ने अपनी ही नहीं, सारे लोहार-बिरादरी वालों की नाक कटा दी। खूंना के मलिहार-मुसलमानों में चला गया ! कलयुग हो गया ! कल्पांत !

पूरे पाख लोहाघाट से खूंनाघाट तक यही हरपतिया-पुरान की चर्चा चलती रही। जहां कहीं भी वह जाता, जहां कहीं भी वह आता, थू-थू, सभी मुंह पर थूकने लगते । वह तब काठ-सा देखता रह जाता। कुछ भी कहते न बनता।

अकेले बेचारे की बनती भी क्या ? अपना-सा मुंह लेकर चुप हो जाता। फिर भी रोष तो उमड़-घुमड़कर आता ही मन में। आए भी क्यों नहीं ? ठीक है, लाठी का जवाब पत्थर से नहीं दे सकता, न सही। पर परमेश्वर का दिया मुख तो किसीने सिला नहीं ! इसी बदले की भावना से भड़ककर, इसीलिए उसने भी कुछ दिनों तक अल्ला-ही-अल्ला की रट लगानी शुरू कर दी तो हरज क्या !

बात असल में यह है कि हरपतिया अब जनमजात बांस बुनने वाला बायड़ी होकर भी बायड़ी नहीं, लोहार होकर भी लोहार नहीं, बल्कि मलिहार है। पूरा सौ फ़ी सदी मलिहार। चौथे बाड़े की, ऊपर से सिली टोपी पहनता है। वैसी ही बण्डी-बनीन झपकाता है, चाहे फटी-पुरानी ही क्यों न हो।

चोटी कटाकर, जान-बूझकर ऐंठ-ऐंठकर बोलता है। बात-बेबात अब हरनाथ-गंगनाथ की नहीं, भूमियां-फटकशिला की नहीं, एकदम 'पीर अल्ला'

की कसम खाता है। गुस्से से फनकता-दनकता हुआ कभी अकेले में सीने को ठोंकता है—हम्म् करता हुआ। देसी में नहीं, पहाड़ी में नहीं, बल्कि अधकच्ची अलनी खिचड़ी में बोलता है। तब सारे दसज्यूला-बिसज्यूला के दसों गांव-गिराम के लोग उसके मुंह की ओर ताकने लगते हैं—अ-र-र ! यह क्या ?'

"तू भ्रष्टी है रे, हरपतिया ! निरा भ्रष्टी !" कोई दाना-सयाना, ऊंची जात का बुढ़ऊ अपने गियान को बखानता हुआ, उस बेचारे पर तरस खाता हुआ कभी-कदास कहे बिना न रहता, "राम-राम ! बूढ़ी मलिहारनी रह गई थी सारे जिहान में ! तेरे टूटे कपाल, फूटे करम में ! अरे, किसी हुड़कियानी से ब्याह कर लेता, किसी मोछियानी को रख लेता, पर मलिहारनी को क्यों उठा लाया ? तीन पाठे वाली बूढ़न को मुफ्त में हांक लाया ! कुछ तो खियाल करता ! तूने तो हमारे गांव के हमारे लोहारों के मुख पर गोबर पोत दिया। उनकी ही नहीं, हम बामन-थोकदारों की भी नीची कर दी। छिः छिः !"

हरपतिया कुछ क्षण माथा झुकाए अपराधी की तरह चुप सुनता रहता, कुछ न बोलता । फिर सिर खुजाता, खीसें निपोरता हुआ कहता, "माई-बाप, गुसाईं देवता, आपसे लुका-छिपा क्या है ! जानते तो हो सब मेरी विपदा ! अकेले का कौन है। कोई मरने पर लाश फेंकने वाला तक नहीं ! मुझ अभागे रंडुवे को जब बायड़ियों की नौ-जात, नौ-पात में जगह नहीं रही, लधौंन भिगराड़ा के लोहारों में ठौर नहीं रही तो फिर खूंना के मलिहारमुसलमानों में चला गया तो कौन-सा गंगनाथ-हरनाथ का फूल का डोला ज़मीन पर खिसक गया सरग से ? कौन-सा मसान गया मुरदा घर लौट आया ? बंश-बेला तो वढ़ानी ही थी, गुसाईं ! क्या करता ! बुढ़ापे में गले में पानी गेरने वाला कोई तो चाहिए ही ! मैं अकेला कहां-कहां माथा पटकता ! फिर तुम्हीं बताओ, वह तुम्हारी लोहारनियों से किस बात में कम है ! मलिहारनी क्या औरत नहीं होती !"

ऐंठ से हरपतिया कुछ-न-कुछ जली-भुनी बहाव में कह तो जाता, लेकिन उसके मन में खेंट किंनमोड़े के टूटे अदृश्य कांटे की तरह भीतर-ही-भीतर बार-बार काटती, कचोटती रहती। एकांत में बैठा-बैठा नारियल की काली, बिना नली की चिलम पर सांस देता हुआ, गुड़गुड़ाता हुआ, धुआं

फांकता हुआ सोचता रहता है:

—अरे, तू यह क्या कर बैठा है हरपतिया ! उसे खयाल आता—क्यों जीते-जी अपनी छोटी-सी जान के लिए इतनी बड़ी हत्या मोल ले ली ! जात-बिरादरी वालों ने हुक्का-चिलम बंद कर दिया। बोलना-चालना, उठना-बैठना छोड़ दिया। अब इतनी बड़ी रार लेकर क्या करेगा ! बावरे, गाय-भैंसों के दगड़े में भी क्या कभी अकेली गूंगी गैया की चलती है ! कितना ही ज़ोर देकर बोल या मुख पर लीसा थोपकर चुप रह, लेकिन दूसरों की ज़बान तो बिना बात फुरती रहती है, लोहार के घर से लौट तेज़ धार की हंसिया की तरह । बचनों के बाण तो छूटते रहते हैं, शौली के छिटकते कांटों की तरह। फिर तेरी मालू के फटे पात की कटी ढाल क्या करेगी !

वह उदास हो आता । चिलम हाथ में थमी-की-थमी रह जाती। अचरज से आसमान की ओर देखता रहता। सोचता। बार-बार सोचता, लेकिन बिखरे गीले धागे की तरह और जो उलझ जाता, सुलझने के बजाय। तब एकाएक झटके के साथ वह अचकचाता हुआ रुक पड़ता। जैसे भंवर में डूबते-बहते को सहारा देने वाली बाब्यो घास की सड़ी-गली रस्सी भी ठीक उसके किनारे पर पहुंचते-पहुंचते टूट पड़ी और वह अथाह पानी के भंवर में घुप्-घुप् छटपटाता हुआ हिचकी ले रहा हो !

अपनी घुटी खोपड़ी पर फिर हाथ फेरता। सारे सपाट सिर पर उसे एक भी खूं टा इधर-उधर नज़र न आता। बाब्यो की लट-सी लोटती चोटी कहीं भी हाथ न लगती ! गले के चारों ओर फिर हाथ घूमता-घूमता अटक पड़ता। पीली हल्दी के रंग में रंगी छह पलड़ियों जनेऊ, जिसे हंसी में अब वह चमड़े का हलौंड़ा कहता, कहीं भी अंगुलियों से उलझती न थी तो उसे रीता-रीता लगता, जैसे सधुवा औरत का चरेऊ कहीं अजाने में गिर गया हो ! टूटकर तार-तार हो गया हो ! या नई ब्याही दुलहन की 'सकुन' की लाल चूड़ी अकारण चटक पड़ी हो या मांग की रोली मिट गई हो !

वह सुन्न रह जाता। लेकिन फिर भी उसकी सहज बुद्धि हार न खाती। बार-बार वह विचार करता—क्या चोटी रखने से आदमी बदल जाता है ?

नहीं-नहीं ! वह फिर ठिठक पड़ता।

उसने अब रार करना छोड़ दिया। ज़िद बांधना छोड़ दिया। न अब वह अल्ला कहता, न फटक-शिला कहता ! चुप रहता। हाथ बांधे। मुंह बांधे।

फिर भी कानों पर तीखी सींक की-सी कसक पैदा करने वाली लोगों की कर्कश हंसी थमती न थी, जिसे सह न पाता। बाहर-भीतर का हारा-थका, वचन-बाणों से बिंधा सांझ को बिना जात के फिरवा कुत्ते की तरह पूंछ सिकोड़ता, मड़ैया में घुसता। धम्म से औसारे पर लेट जाता या सीढ़ियों के नीचे चौड़े पाथर पर पाल्थी मारे, ठोढ़ी पर हाथ रखे उकड़ूं बैठ जाता। 'अरे, नजिरिया, बसिरिया !' आवाज़ लगाता। तमाखू भरने को कहता, जो थोड़ी ही देर में खुद भी दो-चार फूंक लगाते हुए नन्हे-नन्हे हाथों में थमी चिलम सुलगाते हुए, उसके सामने आस्तीन से नाक पोंछते खड़े हो जाते।

हरपतिया के कानों में अभी तक भी लोगों की बातें टकरातीं। वह तिलमिला उठता। सामने की ओर देखता अजनबी की तरह। वे बच्चे उसे अनजान, अपरिचित-से लगते । उसकी आंखें उनके बछिया-जैसे भोले-भाले मख पर नहीं, बरफ़ से फटे नंगे पांवों पर नहीं, सीधे नंगे सिरों पर टकरातीं—जहां एक भी लम्बा बाल नज़र न आता ढूंढ़े। इतने में रजियानी भी झुंझलाई हुई-सी रोते-चीख़ते नन्हे के कान कुत्ते के पिल्ले की तरह घसीटती हुई सामने खड़ी हो जाती।

"ख़ुदा कसम कौंनियों ये को विचार त अल्ला ही कर लो...!" मोटे-मोटे खरसू के-से खुरदरे हाथ से एक धप्प नन्हे की कनपटी पर जमाती, "कब्र में खित इन हरामजादा कन ! इन मुसीबतों कन ऽ!" वह मुंह फाड़े चिल्लाती और फिर चिल्लाती-चिल्लाती अपने माथे पर हाथ धरकर स्वयं भी रोने लगती । अनायास ! अकारण !

हरपतिया के मुंह से एक भी हरफ फूट न पाता। वह कभी नजिरिया की छोड़ी हुई फटी-पुरानी धुंमरैली, टखनों तक की कमीज़ को टांगे, रोते नन्हे की ओर देखता, कभी फटी छींट के कुरते, फटी छींट के पाज़ामे में लिपटी, सिसकती रजियानी को।

कुछ भी कहते न बनता उसे। क्या करे ? क्या न करे ? कहीं भी कोई रास्ता नहीं दीखता।

उससे अब कोई भी बातें नहीं करता। जान-बूझकर उससे नहीं बोलता। वह एकांत में दाड़िम के पेड़ की छाया में बैठ जाता। खुट-खुट बांस की खपच्चियां छीलता या खेतों में खाद डालने के काम आने वाली बड़ी 'डल्ली' को बुनता या अनाज फटकने वाले सूप के ताने-बाने जोड़ता।

भीतर रजियानी उदास बैठी मिट्टी की हंड़िया में मादरे का दलिया उबालती या बांज की मजबूत लकड़ी के धधकते अंगारों में जौ-मंडुबे की मोटी-मोटी रोटियां सेंकती।

बाहर आंगन पर तीनों बच्चे पहले तो अकेले-अकेले खेलते, क्योंकि गांव का कोई भी बच्चा उनके साथ फटकता तक नहीं, खेलना तो दूर रहा। दाड़िम के लाल फूलों में बांस के तीखे तिनके खोंस-खोंसकर 'बाघ-बकरी' बनाते। 'दूल्हा-दुलहन' का ब्याह रचाते । फिर 'खेल मेरि दरकादरी' खेलते हुए मिट्टी छिटकते, धूल उड़ाते हुए हरपतिया के पास चले आते। कोई खपच्चियां लिए, कोई हंसिया-वसूला लिए, कोई पानी में डुबोई बांस की लम्बी फांकें लिए खड़ा हो जाता । मुंह से हरपतिया के एक भी शब्द फूटता नहीं कि वे उसे छूटने से पहले पूरा कर देते। तीनों उसकी सेवा में तत्पर हाथ बांधे खड़े रहते। बाप को वे नहीं जानते। पिता का प्यार नहीं पहचानते। अम्मीजान ने कभी कह दिया था एक बार—यही तुम्हारा बाप है। उसे ही वे तब से अपना मानने लगे—जी-जान से अपना।

इतना सब होते हुए भी स्वयं हरपतिया को सब पराया-पराया-सा लगता। दिनभर का थका-मांदा, उदास, मुंह लटकाए झोंपड़ी पर लौटता तो रजियानी को पगडंडी पर खड़ी, आंखें बिछाए बाट जोहती पाता। खाली समय में उसके थके घुटनों को दबाती,दर्द से फटते माथे को सहलाती हुई पाता। रजियानी अभागी उस अभागे से क्यों इतना अनुराग रखती है, उसकी समझ में न आता।

अपने उखड़े-उखड़े विचारों का यह सब ताल-मेल वह मिला न पाता। अपने को वह कहीं भी किसी हालत में एक ठौर ठीक से टिका न पाता।

रजियानी जैसे किसी और की औरत है! वे तीनों चुटिया कटे बच्चे किसी और के हैं।...और वह जैसे मेहमान है, चल चुकने वाला।

लाख जतन करने पर भी मन मनाए मानता न था। माने भी कैसे ? दुनिया-जहान के, घर-बाहर के सारे लोग तो यही कहते हैं!

पर क्या वे सब सच कहते हैं! ठीक कहते हैं! आंखें फाड़े वह फिर सामने की ओर देखने लगता। उसके हृदय में बार-बार कुछ उमड़ता, बार-बार कुछ घुमड़ता, तब उसके धुएं से घुटते दिल में अन्दर-ही-अन्दर वन की आग-सी भड़क उठती—धू-धू कर।

किसी भी तरह जो दबाए न दबती। बुझाए न बुझती।

इस साल हरली के ब्याह में उसे पैना ही नहीं आया, न्यौता तो दूर रहा। खिमली के ससुरालवालों ने भतीजे का जनेऊ किया, पर उसे पूछा तक नहीं। पिछले ही असौज में उसके चचेरे भाई मघिया की मंगनी के समय उसे दूध में गिरी मरी मक्खी की तरह भाई-बिरादरी से परे छिटक दिया—हमारी तरफ से वह ज़िन्दा ही मर गया, सभी ने मान लिया। भले ही सगा उसका कोई भी नहीं, अपना कहने को, फिर भी अपने ही खूंट के कका, काकी, ताई, दादी, बुआ—सब उससे जानबूझकर कतराए। दूर भागे। कुशल-ताब तक किसीने नहीं पूछी, आना-जाना तो दूर रहा। रजियानी के पांवों पर पत्थर गिरने से चोट आई थी। नन्हे को जर-बुख़ार आता है, बहुत दिनों से । पर जैसे सबकी बला से।

किन्तु आज जब उसी मघिया की बारात तैयार होने लगी तब भी उसके घर में उदासी रही। गलती से भी किसीने उधर झांका नहीं। एक ही मड़ैया के दूसरे द्वार पर होने पर, एक ही आंगन-बाड़ी, एक ही चाकबरामदा, पयाल से छंही एक ही छत होने पर भी बुलाया नहीं गया तो सिर से पांवों तक वह फुंक गया!

बरात तैयार हुई। छत पर घाम चढ़ने लगा। शंख टूंटाने लगी। फगारियों के फाग उड़ने लगे और दूल्हा के सिर पर पानी परखा जाने लगा तो बुढ़ऊ रुदिया कका पधान से रहा न गया। अपनी रेत में उसी-सी घास सी झुमरेली

दाढ़ी। पर हाथ फेरते-फेरते, लाठी टेकते-टेकते आ धमके।

"हरपतिया, तेरी मटियामेट हो गई रे !" आंगन पर पांव रखते ही छूट उन्होंने इन्हीं वचनों से आशीष देना शुरू किया, "नाक तेरी ही नहीं, हम सबकी भी गरम राख में घुस गई है। क्या कुल में कपूत निकला तू ! पर क्या करें ? कलेजे की खाज के लिए किया ही क्या जा सकता है ! बुद्धि तेरी ही नहीं, आज दूसरों की भी हरी गई रे ! उठ, मर ! तू भी चल बरात में !"

"नहीं, मुझे नहीं जाना है तुम लोगों की बरात-सरात में !" वैसे ही ज़मीन पर निगाहें गड़ाए हरपतिया बुदबुदाया।

"नहीं जाना है ! नहीं जाना है !! क्यों नहीं जाना है !!! हेकड़ कहीं का ! तू ही नहीं, तेरा बाप भी जाएगा अब !" बूढ़े रुदिया कका ने प्यार मिली झिड़की में कहा, "उठ, यहां अकेला पड़ा-पड़ा जुंई मारने के अलावा और क्या करेगा ? वहां बरात में चल। पूरी-पिनालू पर हाथ साफ़ करेगा। तू तो पुराना तमाशबीन ठहरा !" वह अपना पोला मुंह खोले खिलखिलाए।

हरपतिया के मन में बार-बार आया—कह दे, साफ़-साफ़ कह दे—मुझे नहीं खानी है तुम्हारी पूरी-पिनालू । मुझे नहीं मनाना है तुम्हारा कौतिक । जाओ, जिन्हें जाना है। मुझे क्या ? लेकिन अन्त में उनकी उमर का लिहाज कर गया। वैसे बात मानता भी कैसे नहीं ! सारे लोहारों के इस गांव-गिराम में सबसे सयाने हैं। उसके दिवंगत बाप को भी उन्होंने गोदी में खिलाया, लोग आज भी कहा करते हैं।

शंख बजी फिर । बरात रवाना हुई। सबके पीछे-पीछे फटी पंखी कन्धे में झपकाए हरपतिया भी चल पड़ा मन मार के। एकुन्या—अकेले बानर की तरह।

बरात सांझ के समय पास ही सलना नदी के पार, ढेरनाथ गांव में सुदिया बायड़ी के आंगन पर पहुंची। लेकिन बरात ठहरने से पहले ही कन्या-पक्ष वालों ने आंगन की दीवार पर चढ़कर, अंगुली हवा में उठा-उठाकर ललकारना शुरू कर दिया, "खबरदार, रुदिया ! हम लोहार-बाड़ियों की, सिलपकारों की बरात

में मलिहार-मुसल्टिए को लाए तो !! कन्या का ब्याह हम बांज-बुरौंझ के पेड़ में कर देंगे, लेकिन....!"

हरपतिया के जी में आया, सबके मुंह पर पच्च् थूक दे। सबकी झोंपड़ियों में जलती मशाल लेकर आग लगा दे और लौट जाए वापस अपने घर ! लेकिन न जाने क्या सोचकर ठहर गया।

तभी बात का बतंगड़ बने, उससे पहले ही दाने-सयानों ने बीच-बचाव करके झगड़े में झाड़ डाल दिया। मुंह ज़बानी पंचायत में तय हुआ कि हरपतिया मलिहार खाते समय लोहारों की पंगत में नहीं बैठेगा। ब्याह के वक़्त आंगन में नहीं फटकेगा । जानवरों के कमरे के अलग कोने का एक किवाड़ खोल देंगे, वहीं चुप पड़ा रहेगा। खाना उसके मुख पर वहीं फेंक दिया जाएगा और सुबह उसके कपाल पर रोली भी नहीं घसकाई जाएगी, दच्छन-पानी की तो बात दूर रही !

चुप सुनता रहा हरपतिया कानों में अंगुली डाले।

रातभर गाय-बैलों के रीते बाड़े में आधी फटी पंखी बिछाए, आधी ओढ़े पड़ा रहा। जब सबने छक-छक खा लिया, तब कहीं उसके लिए कद्दू के हरे पात में कुछ सूखी पूरियां, कुछ सूखा साग आया। उससे कुछ भी निगला न गया। एक भी ग्रास गले से उतर न पाया, केवल लोटा भर पानी गटकाया और जाड़े से थर-थर कांपता वैसा ही मिट्टी पर लोट गया।

बगल में बचा-खुचा, जूठा-पीठा खाना, जूठे पत्तल पड़े थे, जिनमें गांव-भर के भूखे कुत्ते टूट रहे थे। उन्हींकी भाग-दौड़, खटर-पटर, उछल-कूद, छीना-झपटी की आवाज़ सुनता रहा।

उसे आंखें मींचे रखने पर भी, गाय-बैलों के झुंड गिनने पर भी नींद न आई। वह फिर-फिर सोचता रहा—उसने क्या गुनाह किया ऐसा ! कौनसी किसीकी आंगन पर बंधी बछिया खोली ! दुधारू गाय दुही, जो उसे दुर-दुर कर दुतकारते हैं। बिना जात कुत्ते की तरह फटकारते हैं।

वह टूटे कपाल का क्या करे ! ब्याह किया तो कौन-सा जुलम हो पड़ा उससे ऐसा ! आख़िर इतनी लम्बी उमर किसके सहारे काटता ! कैसे काटता !

बचुली बीच धार में धक्का देकर अभागी संसार से ही चली

गई ! खुद ही दो दिन चैन से टुकड़े रूखे-सूखे न खा सकी। फिर उसका क्या...! बकत पर सभी ने सींग छिपा दिए। दुर-दुर की। आज जब हारकर मलिहारों में गया और अपने दुःख की घड़ी किसी तरह रो-धो के काटने लगा तो फिर भी वही दूर-दूर !

उसका मन अंधियारे में चीत्कार कर उठा। घड़ी भर भी सो न सका वह । पानी में भीगी मुर्गी की तरह बैठा रहा। वैसा ही झुंझलाया-सा फिर खड़ा हुआ और फटी पंखी लपेटे, लकड़ी हाथ में थामे, वापस घर की ओर चल पड़ा।

रजियानी टट्टर मींचे, तीनों नन्हे छौनों को सीने में लगाए, फटी धोती, उसके ऊपर फटा टाट, फटी दरी डाले, घुटने मोड़े चटाई पर पड़ी थी। ठंडी हवा सनसनाती हुई झीनी झोंपड़ी के आर-पार आसानी से बह रही थी, बिना रुकावट के।

टट्टर हौले से हटाकर वह अन्दर घुसा तो छनमन की आहट सुनते ही रजियानी कान खड़े कर जग पड़ी। इस आधी रात में, इस तरह से यों दबे पांव छिप-छिपकर आते देख उसकी खुली छाती पर सांप लोट गया। पलकें 'फाड़े उठ बैठी वह। दबी आवाज़ में बोली, "कैसे चले आए इस बेवक़्त, आधी रात ! डर नहीं लगा रास्ते में !...कहीं मारपीट तो नहीं हो पड़ी !"

हरपतिया खम्भे की तरह चुप खड़ा रहा।

'मैं तो कहती थी, माने नहीं तब ! हुआ क्या ?" उसने अंधियारे में खड़े आदमी की ओर आशंका से, भय से देखा।

कुछ भी नहीं...!" कहता हुआ वह बैठ गया।

"कुछ क्या नहीं !" रजियानी ने एक गहरी सांस छोड़ी। फटी गुदड़ी में अधनंगी लिपटी, उससे और सटकर बैठ गई, "किसी दिन ये सारे राकस मिलकर जान लेके रहेंगे, मैं तो तब भी कहती थी । खाई से बचकर तुम बाघ के मुंह की ओर बढ़ रहे हो। जिसके करम में चैन नहीं, उसे खुदा चैन देगा ही कैसे ! अगर होता ही तो यह सारी नौबत ही क्यों आती !"

हरपतिया के कंठ से एक भी शब्द फूट न सका। वैसा ही कुहनियों में हथेली दबाए बैठा रहा।

"उठो, अब सो जाओ। जो होगा, देखा जाएगा।" रजियानी की आवाज़ में जाड़े के मौसम में बर्फ़ीली नदियों पर से उठने वाले कुहरे की-सी नमी थी।

हरपतिया वैसे ही टोढ़ी पर हाथ रखे बुदबुदाया, "तू क्यों जगी है ! सो जा ! मुझे नींद नहीं आती। मन ही मेरा उचट गया है। उसने एक उसांस भरी। आग जलाने वाला अगपाड़ा जेब से निकाला। लोहे की मोटी पत्ती को सफ़ेद पत्थर पर खटका-खटकाकर आग की चिनगारियां निकालने लगा, ताकि सूखी रुई-सा झूला आग पकड़ ले और तमाखू का सूखा बुरादा धुआं दे। अंगुल भर की सुलफई-हुकिया भी उसने दूसरी जेब से निकाल ली।

चारों ओर कुछ क्षण सन्नाटा रहा, रजियानी जिसे सह न सकी। उसके और पास सटकर बैठी ठंडी हथेलियों को थामती बोली, "सुनो मेरी एक बात मानोगे ! अभी बिगड़ा कुछ नहीं...!"

"क्या ?" लापरवाही से हरपतिया ने पूछा, तमाखू का बुरादा मलते-मलते।

"पहले वादा करो। खुदा की कसम खाओ !"

"मानने-जैसी बात होगी तो क्यों नहीं मानूं गा ! सब कसम ही समझ, रजियानी !" बड़े भोले भाव से हरपतिया बोला।

"तो सुनो, मुझे छोड़ दो। यह सब जी का जंजाल है। अपने परान को दुःख क्यों देते हो ! सताते हो ! पानी में रहकर मगरमच्छ से दुश्मनी ! तुम चन्द्रायणी कर लो। थोकदार-पंचों को, पांच गांव के प्रधानों को मुख-धवाई दे दो ! फिर बिरादरी में मिल जाओगे और सारी मुसीबत कट जाएगी...।"

हरपतिया झीनी झोंपड़ी से बाहर साफ़ झलकते, डूबते-चमकते तारों की ओर टकटकी बांधे देखता रहा। तीन-त्याड़ी डूब र

"रजियानी, तू कहां जाएगी फिर? गले में रस्सी टांगकर मरेगी न!" हरपतिया ने अपने माथे को दबाते हुए कहा, "तू इसीलिए बुरी है न कि तू मलिहारिन है ! अगर तू लोहारिन होती, या कोई और होती, तब तो कोई हरज नहीं था न ! चाहे तू तीन नहीं, छह बच्चों की मां होती ! तीस की नहीं,

साठ की होती। भली नहीं, लाख बुरी होती ! कुलच्छनाहोती । कुलटा होती !" हरपतिया ने उस घटाटोप अंधियारे में उसके मुंह की ओर ताका । एक गहरी सांस ली, "मैंने बहुत सोचा...बहुत...बहुत सोचा, जियानी ! ये तुम्हारे मुलाटुला अनाथ बच्चे दर-दर कहां भटकेंगे ? इन अभागे दुध-मुंहों को साये की ज़रूरत है । बाप की ज़रूरत है।...तेरे मालिक ने तुझें बेबात में बेसहारा छोड़ दिया, जूठे-टूटे सकोरे की तरह ! और नई नवेली पर डोरे डाल लिए...। तू बेआसरा कैसे रहेगी ? तुझे आसरे की ज़रूरत है—पति की ज़रूरत है। फिर मुझे देख—मेरा दुनिया में कौन है !" हरपतिया का गला गदरा आया । रजियानी के रूखे-बिखरे बालों को सहलाता रहा, देर तक चुपचाप ! फिर खांसता हुआ बुदबुदाया, "लोहार रहकर देख लिया। मलिहार होकर भी देख लिया। फिर इस जात-पांत की फांस बांधकर क्या करना है ! ऐसी भाई-बिरादरी से क्या करना है ! कहने न कहने से क्या लेना है ! इनका यह 'धर्म-कर्म' सब इनके शव के साथ जाने दे। दो हाथ हमारे पास हैं। कुछ भी काम कर लेंगे...।" हरपतिया ने रोती-सिसकती जियानी की छलकती आंखें पोंछीं, अंधियारे में गीली माटी से समेटा और आंखें मूंदे सीने से लगा लिया।

□□